Vogelfrei

W0220759

Ulf Kartte, geboren 1956 in Jena, studierte Germanistik und Geschichte in Mainz und Heidelberg. Er ist Mitinhaber einer PR-Agentur, lebt mit seiner Familie in Bonn und arbeitet seit mehr als zwanzig Jahren in Köln. Er interessiert sich für Literatur und Filme, das Segeln und Afrika. »Vogelfrei« ist sein erster Kriminalroman, momentan schreibt er an einer Fortsetzung. Mehr Informationen über den Autor unter www.ulfkartte.de.

Dieses Buch ist ein Roman. Handlungen und Personen sind frei erfunden. Ähnlichkeiten mit lebenden oder toten Personen sind nicht gewollt und rein zufällig.

ULF KARTTE

Vogelfrei

KÖLN KRIMI

emons:

Bibliografische Information der Deutschen Nationalbibliothek
Die Deutsche Nationalbibliothek verzeichnet diese Publikation in der Deutschen Nationalbibliografie; detaillierte bibliografische Daten sind im Internet über http://dnb.d-nb.de abrufbar.

FSC
www.fsc.org
MIX
Papier aus verantwortungsvollen Quellen
FSC® C083411

© Emons Verlag GmbH
Alle Rechte vorbehalten
Umschlagmotiv: © Heinz Wohner/LOOK-foto
Umschlaggestaltung: Tobias Doetsch
Gestaltung Innenteil: César Satz & Grafik GmbH, Köln
Lektorat: Lisa Bitzer
Druck und Bindung: CPI – Clausen & Bosse, Leck
Printed in Germany 2014
ISBN 978-3-95451-272-0
Köln Krimi
Originalausgabe

Unser Newsletter informiert Sie
regelmäßig über Neues von emons:
Kostenlos bestellen unter
www.emons-verlag.de

Dieser Roman wurde vermittelt durch die Literaturagentur
Schmidt & Abrahams GbR, Speyer.

Für Nico

Prolog

Mitternacht war längst vorbei, als der Wagen in die kleine Seitenstraße einbog. Der Treffpunkt war für das, was die beiden Männer in dem Auto vorhatten, ideal. Die Wahrscheinlichkeit, dass sich um diese Zeit jemand in die dunklen Parkanlagen verirrte, war gering. Sie parkten den Wagen am Rand des großen Platzes und schalteten die Lichter aus. Keiner von beiden sprach ein Wort. Sie warteten. Ruhig und unbeweglich saßen sie in dem Auto. Von außen waren in der Dunkelheit ihre Silhouetten kaum zu sehen.

Was für eine kalte und hässliche Stadt, dachte der Ältere der beiden. Die Enge der Straßen mit ihren endlosen Häuserreihen und die neblige, stickige Luft machten ihm zu schaffen. Nicht mehr lange, sagte er sich. Nur noch wenige Stunden, dann ist es vorbei.

Er dachte an seine Heimat, beschwor die Bilder der Macchia mit ihren blühenden Erdbeerbäumen, Zistrosen, Mastixsträuchern und Kräutern herauf, den Geruch und die weite endlose Natur. Warum bin ich hierhergekommen?, fragte er sich zum tausendsten Mal. Einen alten Baum wie mich soll man nicht entwurzeln.

Dabei wusste er genau, was der Grund für sein Kommen gewesen war: Er musste das ausführen, was der Rat beschlossen hatte. Das war genauso unausweichlich wie die Tatsache, dass er irgendwann sterben musste. Und so waren sie nach Monaten des Wartens, als sich die Ereignisse plötzlich überschlagen hatten, aufgebrochen. Innerhalb weniger Tage waren alle Vorbereitungen abgeschlossen, die Fahrkarten gekauft, das Auto war reserviert gewesen.

Er war vorher selten im Ausland gewesen. Reisen war etwas für Leute, dachte er, die nicht wissen, wo sie hingehören. Seinen Platz hatte er gefunden, wenigstens das. Daran hatte er nie gezweifelt. Und jetzt riss ihn diese Geschichte aus seinem Dorf, brachte sein Leben durcheinander und machte ihn krank.

Ja, er fühlte sich elend. Er, der sein ganzes Leben lang immer gearbeitet hatte, und das sogar gern, war nie krank gewesen. Nun merkte er, wie die Schwäche schleichend seine Glieder hinaufkroch und ihm das Fieber den Kopf verdrehte.

Halt durch, sagte er sich. Bald ist alles vorbei.

Das Geräusch eines Autos, das schnell näher kam, riss ihn aus den Gedanken. Die Lichter blendeten ihn, als der ankommende Wagen nur wenige Meter vor ihnen anhielt. Es war so weit. Er hatte die Pistole in seiner Jackentasche versteckt. Bevor sie ausstiegen, vergewisserte er sich, dass die Waffe entsichert war. Er nickte dem anderen zu. Jetzt war der Moment des Handelns gekommen.

»Pass auf, dass uns niemand stört«, sagte er zu dem jüngeren Mann, bevor er ausstieg und langsam auf das fremde Fahrzeug zuging.

1

Eine schmutzige Geschichte war das auf alle Fälle. Hans Brokat hatte lange nichts mehr gesehen, was ihm ein so unangenehmes Gefühl vermittelt hatte. Grausamkeit und kalte Berechnung. Als er in der Nacht zum Mittwoch gegen halb zwei aus dem Bett geklingelt worden war, war seine Laune auf dem Tiefpunkt gewesen. Er hatte schlecht geschlafen. Das Wetter spielte seit Tagen verrückt, wechselte von warm zu lau, von Regen zu windigem Herbstwetter mit Böen, dass man sich auf der Straße vorsehen musste, nicht unversehens weggeweht zu werden.

Dabei war es Januar, und eigentlich hätte es frieren oder schneien müssen. Stattdessen war es herbstlich mild in Köln, und die ersten wagemutigen Touristen saßen bereits wieder auf der Domplatte im Freien. Brokat hatte sich trotzdem eine Erkältung geholt, mit der er sich nun seit Tagen herumschlug, ohne dass eine nennenswerte Besserung eintrat.

Die zwei Leichen am Tatort hatten ihm schnell klargemacht, dass es sich um keine kleine Sache handelte. Sie lagen auf dem Rücken in einer Pfütze aus tiefrotem Blut. Die Haltung wirkte grotesk: Beide Toten hatten die Hände vor der Brust gefaltet, die Beine waren weit gespreizt, der Blick ging nach oben ins Leere.

Das Flutlicht, das den Parkplatz am Eingang des Forstbotanischen Gartens in Köln-Rodenkirchen ausleuchtete, warf lange Schatten auf den Asphalt, wo die Mitarbeiter der Spurensicherung im Scheinwerferkegel arbeiteten. Einige Meter von den Leichen entfernt, wohin das Licht kaum noch reichte, stand ein alter Fiat.

Als Brokat den Parkplatz erreicht hatte, waren die Kollegen schon bei der Arbeit gewesen. Wie immer hatte ihn die kühle Professionalität erstaunt, mit der die Kollegen ihre Arbeit taten, selbst zu nachtschlafender Zeit. Wie ein perfekt funktionierendes Uhrwerk, dachte er, in dem alles zusammenspielt, um die

Maschinerie am Laufen zu halten. Wie häufig erfüllte ihn der Gedanke an die Verantwortung, die auf ihm lastete, mit einer Mischung aus Angst und Müdigkeit. Was ist, wenn ich versage? Dann bleibt dieser schlimme Doppelmord ungesühnt wie so viele andere vor und nach ihm. Ich darf nicht versagen, ich will diesen verdammten Fall aufklären.

Brokat kniete sich hin und schaute einem der Toten ins Gesicht, das von einem Baustrahler beschienen wurde. Er hatte südländische Gesichtszüge, Italiener oder Spanier vermutlich, und war jung, sogar sehr jung – kaum über zwanzig Jahre alt. Wie sein Gefährte trug er eine dicke Winterjacke und Stiefel. Ihm war in den Kopf geschossen worden, so viel konnte man auf den ersten Blick erkennen. Die Kugel war oberhalb der linken Augenbraue ausgetreten. Das Loch war klein und sauber, lediglich an der Austrittstelle war die Haut bläulich angelaufen und leicht zerfasert. Durch eine Schwellung unterhalb der Wunde wirkte das Auge etwas verzogen, was dem Toten einen seltsam starren Gesichtsausdruck gab.

So jung, dachte er. Ich will das nicht, dass jemand so früh stirbt. Ihm fiel sein Sohn ein, der ungefähr im gleichen Alter war. Ein jüngerer Mann, der plötzlich neben ihm stand, riss ihn aus den Gedanken.

»Was hältst du von der Sache, Kunert?«, fragte Brokat seinen Assistenten, der unrasiert und mit wirrer Frisur, aber mit für diese Zeit ungewöhnlichem Elan zu ihm aufschaute. Brokat überragte seinen Kollegen um mehr als einen Kopf.

»Das sieht nach einem Bandenmord aus, Chef«, begann Niko Kunert eifrig. »Hast du die Haltung der beiden Toten gesehen? Sieht irgendwie wie eine Botschaft aus. Und die Einschusslöcher im Kopf – exakt an der gleichen Stelle. Das war ein Profi. Ich denke, hier hat jemand eine Rechnung im großen Stil beglichen. Vielleicht eine Racheaktion unter rivalisierenden Clans.«

Brokats Gedanken waren in eine ähnliche Richtung gegangen, als er die Leichen gesehen hatte. Aber irgendetwas hatte ihn an diesem Eindruck missfallen und ihn daran zweifeln lassen.

»Das wirkt auf mich wie arrangiert«, sagte er leise, fast wie zu sich selbst. Er wandte sich wieder an seinen Kollegen. »Wer hat die Leichen gefunden?«

»Ein Spaziergänger, der seinen Hund noch mal rauslassen wollte.«

»Um diese Zeit?«

»Ja. Er sagt, er hat sich mit seiner Frau gestritten. Um sich abzureagieren, ist er noch mit dem Hund spazieren gegangen. Der Mann wohnt in der Schillingsrotter Straße, ungefähr zehn Minuten Fußweg von hier. Er hat uns kurz nach eins angerufen. Gesehen oder gehört hat er nichts.«

»Keine Schüsse?«

»Nein, Chef. Die nächsten Wohnhäuser sind ein ganzes Stück entfernt. Aber natürlich fragen wir in der Gegend rum. Vielleicht hat ja doch jemand etwas bemerkt.«

»Und das Auto?«

»Ein alter Fiat Uno mit italienischem Kennzeichen. Offensichtlich sind die beiden damit gekommen.«

»Also sind die Toten wahrscheinlich Italiener. Habt ihr in den Wagen geschaut?«

»Im Kofferraum liegen drei Taschen und ein Koffer. Der Fiat wird nachher ins Präsidium geschleppt und auseinandergenommen.«

»Gut«, sagte Brokat. »Schaut euch gleich noch mal in der Umgebung um. Vielleicht findet sich ja etwas Verwertbares. Was zwei kleine Italiener wohl um die Uhrzeit hier gewollt haben?«

»Im Park spazieren gehen wohl sicher nicht«, antwortete Kunert grimmig. »Wahrscheinlich jemanden treffen.«

»Möglicherweise ihren Mörder«, überlegte Brokat laut und beschloss, die Spurensicherung ihre Arbeit machen zu lassen. Er hatte Kopfschmerzen und wollte noch einige Schritte durch den Park laufen, um den Kopf klarzubekommen.

Ein Stück hinter dem Parkplatz umfing ihn Dunkelheit. Der winterliche Mond stand als schmale Sichel am Himmel und gab nur wenig Licht ab. Mit zügigen Schritten ging Brokat auf dem Weg in Richtung des Friedenswäldchens, in dem die Stadt in den achtziger Jahren symbolisch Bäume aus mit Deutschland befreundeten Staaten gepflanzt hatte. Nur schemenhaft konnte er die Rasenfläche vor sich sehen, in dessen Mitte eine riesige Sandkuhle als Spielplatz für Kinder eingebettet lag. Im Frühsommer war Brokat hier regelmäßig entlanggejoggt und hatte die prachtvolle Blüte in der Rhododendron-Schlucht bewundert. Dabei war ihm der Park stets ruhig und friedlich vorgekommen.

Noch immer hatte er das Bild der beiden jungen Toten vor Augen. Möglicherweise hat Kunert recht, überlegte er. Auf den ersten Blick wirkte die Tat wie eine Hinrichtung. Dafür sprachen die Einschusslöcher an exakt der gleichen Stelle und die merkwürdige Haltung der Ermordeten. Die ganze Inszenierung schrie geradezu nach einem Verbrechen der organisierten Kriminalität. Nur, dass die beiden jungen Männer gar nicht wie Mafiosi aussahen. Aber wie sahen Killer der Mafia heute aus? Vielleicht genauso unschuldig wie diese beiden. Fakt war, dass auch in Köln verschiedene Banden längst Fuß gefasst hatten und in der Domstadt am Rhein ihren schmutzigen Geschäften nachgingen. Prostitution, Glücksspiel, Geldwäsche, aber auch scheinbar legale Bauprojekte – die Zahl der Betätigungsfelder der Mafia in deutschen Großstädten war groß. Dennoch durfte er sich bei den Ermittlungen nicht zu früh festlegen. Wichtig war, dass die beiden Toten so schnell wie möglich identifiziert wurden.

Links am Weg säumten dichte Sträucher Brokats Weg. Er wollte gerade wieder umdrehen und zum Parkplatz zurückkehren, als er aus dem Gebüsch vor sich ein Geräusch hörte. Vielleicht ein Tier? Er blieb stehen und lauschte. Es war ruhig. Auf einmal meinte er, ein unterdrücktes Husten zu hören. Vorsichtig ging er auf den Busch zu.

Der Angriff traf ihn völlig unerwartet. Eine große dunkle Gestalt löste sich aus dem Schatten und sprang auf ihn zu. Mehrere kräftige Fausthiebe trafen ihn an Bauch und Brust. Brokat wehrte sich und versuchte, den Hals des Unbekannten zu fassen zu bekommen. Doch dieser schlug schnell und hart wie ein Boxer auf ihn ein.

Brokat, der selbst nicht gerade schwach war, merkte, dass er den gezielten Schlägen des Unbekannten wenig entgegenzusetzen hatte. Das entging auch dem Angreifer nicht. Er kam Brokat näher, die Schläge prasselten auf ihn ein. Dann plötzlich machte jemand in seinem Kopf das Licht aus, und die Welt um ihn wurde schwarz.

***

»Chef, was ist passiert?«

Brokat machte die Augen auf und sah Kunert vor sich knien. Er wollte antworten, aber seine Stimme versagte. Schwerfällig versuchte er, sich aufzurichten. Sein Kreislauf rebellierte, und er musste sich wieder hinlegen.

Kunert suchte nach seinem Handy, um einen Krankenwagen zu rufen. Der Gedanke, offiziell mit der Ambulanz abtransportiert und so womöglich zum Gespött der Abteilung zu werden, verlieh Brokat neue Kräfte. Schwankend baute er sich vor seinem Assistenten auf, die rechte Hand wie zum Schlag geballt. Kunert sah ihn erschrocken an, bis Brokat langsam die Faust öffnete. Darin lag eine Halskette mit einem silbernen Anhänger in der Größe eines Zwei-Euro-Stücks, die er beim Versuch, den Fremden zu würgen, wohl abgerissen hatte. Er ließ sich von Kunert ein kleines Plastiksäckchen reichen und verstaute das Schmuckstück darin.

Als sie am Parkplatz ankamen, fühlte sich Brokat etwas besser. Offensichtlich tat ihm die kalte Nachtluft gut. Vorsichtig betastete er seinen Kopf – wahrscheinlich eine Beule und eine leichte Gehirnerschütterung, jedenfalls nichts Ernstes. Dennoch war es nicht einfach, seinen besorgten Assistenten davon zu überzeugen, dass er seinen Wagen durchaus allein nach Hause lenken konnte.

Als er in seinen alten Volvo stieg und langsam in Richtung Südstadt fuhr, war er immer noch leicht benommen. Am Ende der Bonner Straße, kurz vor dem Chlodwigplatz, meinte er, im Rückspiegel eine große schwarze Limousine zu erhaschen, die ihm folgte. Als er in das Gewirr der Einbahnstraßen im

Severinsviertel eintauchte, drehte er sich häufiger im Fahrersitz um. Um drei Uhr nachts würde ihm bei den leeren Straßen niemand unbemerkt nachfahren können. Die Limousine war dann auch nicht mehr zu sehen. Brokat schrieb den vermeintlichen Verfolger seinem schlechten Allgemeinzustand zu und vergaß den schwarzen Wagen vollends, als er versuchte, in der Kartäusergasse einen Parkplatz zu finden – ein wie immer zeit- und nervenaufreibendes Unterfangen, egal um welche Uhrzeit.

Als er die Treppen zu seiner kleinen Zweizimmerwohnung im Kartäuserhof hochstieg, meldeten sich die Kopfschmerzen zurück. Brokat legte sich einen kalten Waschlappen auf die Stirn, setzte sich in den alten Lehnstuhl im Wohnzimmer und schaltete die große Stehlampe an. Er holte die Kette, die er seinem Angreifer entrissen hatte, aus seiner Jackentasche und legte sie vor sich auf den kleinen Beistelltisch. Im Licht glänzte der Anhänger und funkelte, als sei er gerade kürzlich erst poliert worden. Deutlich konnte Brokat die Prägung erkennen: zwei Adler mit einer Krone darüber und einem Kreuz in der Mitte. Den Rand des wie eine Münze geformten Anhängers zierten stilisierte Lorbeerzweige. Die Rückseite war wesentlich einfacher gestaltet und zeigte nur einen kunstvollen Schriftzug, den Brokat allerdings nicht entziffern konnte. In den Versalien am Anfang der beiden Wörter meinte er, die Buchstaben »R« und »K« zu erkennen. Die Vorderseite zeigte offensichtlich ein Wappen, möglicherweise das einer Familie oder eines Ortes. Bei dem Schriftzug auf der Rückseite konnte es sich um den Namen des Besitzers handeln.

Brokat überlegte. War der Anhänger vielleicht so etwas wie ein Mitgliedsabzeichen? Möglicherweise sogar das einer kriminellen Vereinigung? Auf jeden Fall musste er seine Bedeutung so schnell wie möglich entschlüsseln. Gleich morgen früh würde er ein Foto an einen Spezialisten für Wappen, Abzeichen und Symbole bei der Kripo in Düsseldorf mailen.

***

»Es waren zwei Schützen«, begrüßte ihn Berschke am nächsten Tag gut gelaunt. Wie immer trug er seinen unvermeidlichen weißen Kittel. Obwohl es noch früh am Morgen war, wirkte er hellwach. Seine überschäumende Energie schien sich wie immer auf die wenigen weißen Haare zu übertragen, die von seinem Kopf aus wirr in alle Richtungen abstanden.

Brokat war erst um vier ins Bett gekommen, und zweieinhalb Stunden später hatte der Wecker schon wieder geklingelt. Die Kopfschmerzen waren leider nicht verflogen. Gegen halb acht hatte der Hauptkommissar des Kölner Kriminalkommissariats 11 das Haus verlassen und beim Traditionsbäcker Merzenich einen schnellen Kaffee getrunken. Er mochte es, dort an einem der Stehtische zu stehen und die vorbeihastenden Menschen zu beobachten. Wenigstens das war ein Privileg seines Berufs, dass er keine festen Arbeitszeiten hatte. Dafür war er eigentlich immer im Dienst. Auch nicht schön.

Brokat sah auf den vor ihm liegenden Chlodwigplatz. So richtig hatte er sich noch immer nicht daran gewöhnt, dass nach Jahren des permanenten Lärms wegen des Baus der neuen U-Bahn-Nordsüd-Verbindung der Platz und die Severinstorburg bis auf die Absperrungen für die Eingänge zu den neuen Haltestellen wieder ruhig und friedlich dalagen. Im Verlauf der Bauarbeiten waren eine Reihe von Häusern auf der Severinstraße abgesunken, die Kirche St. Johann Baptist in eine gefährliche Schräglage geraten und schließlich sogar das historische Stadtarchiv eingestürzt. Die neue U-Bahn-Linie war immer noch nicht fertiggestellt, und niemand konnte mit Sicherheit sagen, wann sie endlich eröffnet werden würde.

Langsam war Brokat im morgendlichen Berufsverkehr über die Ringe in die Aachener Straße gefahren, bis er den Kölner Gürtel erreicht hatte. Sein Ziel war ein großes graues Betongebäude des Uniklinikums auf dem Melatengürtel, das das Institut für Rechtsmedizin beherbergte.

Reinhold Berschke war ein erfahrener Rechtsmediziner. Mit weit über sechzig Jahren stand er kurz vor der Pensionierung. Brokat, dem selbst noch fünfzehn Dienstjahre bevorstanden, erschien er mit seiner burschikosen Art beinahe jugendlich.

»Es müssen mindestens zwei Männer gewesen sein«, rief ihm Berschke entgegen, kaum dass Brokat die Sektionssäle der Gerichtsmedizin betreten hatte. Ein Hauch von Verwesung und Tod vermischte sich mit dem Geruch von süßlichen Desinfektionsmitteln. Die beiden Leichen lagen aufgebahrt vor ihm. Offensichtlich war der Mediziner gerade dabei, sie zusammen mit einem Assistenten einer sorgfältigen Untersuchung zu unterziehen.

Er bat Brokat, mit in sein Büro zu kommen. Dort bedeutete er ihm, auf dem alten Stuhl vor seinem Schreibtisch Platz zu nehmen. Brokat setzte sich schweigend und wartete darauf, dass der andere begann. Doch Berschke blätterte hektisch in seinen Notizen und schien die Gegenwart des Kommissars kurzzeitig vergessen zu haben. So schaute sich Brokat in dem kleinen Büro um. Das Zimmer wirkte kahl und unpersönlich, die Wände waren bis auf zwei schon leicht vergilbte Plakate mit anatomischen Zeichnungen leer. Das Fenster war so dreckig, dass die aufgehende blasse Januarsonne kaum in den muffig riechenden Raum dringen konnte.

Brokat kannte Berschke schon seit mehr als fünfzehn Jahren. Er hielt ihn für einen hervorragenden Rechtsmediziner und arbeitete gern mit ihm zusammen. Berschke redete nicht um den heißen Brei herum, sondern sagte, was zu sagen war, und das ohne Rücksicht auf Verluste. Brokat mochte diese direkte Art. Trotzdem war ihr Kontakt nie über das Dienstliche hinausgegangen. Schade eigentlich, dachte Brokat. Wir hätten mal abends zusammen ein Bier trinken oder ins Kino gehen können. Immer diese verdammte Arbeit und der Druck, noch etwas erledigen zu müssen. Eigentlich habe ich immer nur in der Zukunft gelebt und mir vorgestellt, was ich machen werde, wenn ich mal mehr Zeit habe. Aber die habe ich nie gehabt.

Er wollte gerade Berschke fragen, ob er nach Dienstschluss etwas vorhabe, als der Rechtsmediziner zu sprechen begann. »Ich kann dir noch keinen vollständigen Bericht geben. Dazu war die Zeit zu kurz. Wir wissen aber mit Sicherheit, dass die beiden Kopfschüsse aus ein und derselben Waffe abgegeben wurden, und zwar von hinten. Die Kugeln haben die Schädelknochen und das Gehirn glatt durchschlagen und sind vorn an der Stirn wieder ausgetreten. Einer der beiden Toten hat aber noch eine zweite Kugel abbekommen, und zwar in die Brust. Der Schuss kam allerdings von vorn. Die Kugel hat außerdem ein ganz anderes Kaliber. Folglich müssen wir von zwei Tätern ausgehen. Genaueres werden uns die Ballistiker sagen. Ach ja, Todeszeit war, soweit ich es zu diesem Zeitpunkt sagen kann, so gegen ein Uhr.«

Er sah Brokat an. »Dir ist sicher nicht die merkwürdige Haltung der beiden jungen Männer entgangen. Aller Wahrscheinlichkeit nach sind sie nach den Schüssen erst einmal nach vorn gefallen, lagen also auf dem Bauch. Die Mörder haben sich die Zeit genommen, sie umzudrehen und in diese merkwürdige Position zu drapieren.« Berschke zeigte auf die Fotos der beiden Toten, die die Spurensicherung am Tatort gemacht hatte. »Wer sich solche Mühe macht, verfolgt eine ganz bestimmte Absicht.«

»Bloß welche?«, entgegnete Brokat, während er aufstand und zur Tür ging. Die Frage blieb unbeantwortet.

2

Als er gegen zehn das Polizeipräsidium auf dem Pauli-Ring in Kalk betrat, musste er feststellen, dass sich sein nächtlicher Kampf mit dem Unbekannten schon herumgesprochen hatte. Anja Korschmann, seine Sekretärin, erkundigte sich ungewohnt besorgt nach seinem Wohlergehen, und zwei Kollegen von der Sitte, die ihm auf der Treppe entgegenkamen, tuschelten miteinander, als sie ihn sahen. Also hatten entweder Kunert oder die Mitarbeiter der Spurensicherung ihren Mund nicht halten können.

Ärgerlich betrat Brokat als Erstes Kunerts Büro und wies seinen verdutzten Assistenten schroff an, die Kette mit dem Anhänger zu fotografieren, das Bild an die entsprechende Fachabteilung der Kripo in Düsseldorf zu mailen und ansonsten lieber zu arbeiten, als über andere Leute zu tratschen.

Als Kunert wenig später mit zwei Tassen frisch gekochtem Kaffee sein Büro betrat, hatte sich Brokat schon wieder beruhigt. Kurz berichtete er seinem Assistenten von dem Gespräch mit Berschke.

»Bei deiner Auseinandersetzung heute Nacht«, fragte Kunert vorsichtig, »konntest du deinen Gegner denn erkennen?«

»Warum sagst du nicht gleich, dass ich die Chance vermasselt habe, den mutmaßlichen Täter festzunehmen?«, wurde Brokat wieder ärgerlich.

»Des hab isch doch gar ned gemähnd!« Wie immer verfiel Kunert, wenn er aufgeregt war, in seinen pfälzischen Heimatdialekt. Er kam aus Neustadt an der Weinstraße und war erst vor anderthalb Jahren zu Brokats Team gestoßen. Obwohl in vielen Dingen noch unerfahren, hatte er von Anfang an durch eine rasche Auffassungsgabe und – fast noch wichtiger – einen sicheren Instinkt geglänzt. Darüber hinaus besaß er ein umfassendes Wissen über die stetig wachsende Internetkriminalität und kannte sich bestens mit Computern aus – eine Fähigkeit, die Brokat völlig abging. Rein formal gesehen war Kunert zwar immer noch Brokats Assistent, de facto aber in vielen Dingen bereits sein zweiter Mann, was den einen oder anderen Kollegen, der schon viel länger mit dem Hauptkommissar zusammenarbeitete, mit Neid erfüllte.

Mit der kölnischen Lebensart tat sich Kunert manchmal noch schwer. Er empfand die Kölner im Gegensatz zu den Pfälzern oft als kompliziert und in ihrer Selbstverliebtheit manchmal auch als arrogant. Mit anderen Eigenschaften der Kölner, wie ihrer Lebensfreude und Geselligkeit, konnte er sich dagegen bestens anfreunden, was sich zum Beispiel darin ausdrückte, dass er bereits im zweiten Jahr und mit wachsender Begeisterung den Karneval, die »fünfte Jahreszeit« der Domstadt, mitfeierte.

»Mir sin, wie mer sin«, zitierte Brokat, als könnte er Gedanken lesen, nach Kunerts dialektischem Ausfall den bekannten Titel der Bläck Fööss in rheinischer Mundart. Dann wurde er wieder ernst. »Im Prinzip hast du recht. Da stolpere ich am Tatort vermutlich über einen der beiden Mörder und lasse mich dermaßen überrumpeln. Aber er hatte das Überraschungsmoment auf seiner Seite, und er hat wie ein Profi gekämpft.«

Brokat hielt inne, dachte kurz nach. »Wie du weißt, war es gestern Nacht völlig dunkel. Er war auf alle Fälle groß, etwa so wie ich. Ich konnte sein Gesicht nicht erkennen, alles war völlig schwarz. Vielleicht trug er ja auch eine Maske. Aber seine Kleider habe ich gefühlt, und ich bin mir ziemlich sicher, dass er einen Mantel trug.« Er grinste. »Immerhin konnte ich ihm die Halskette mit dem Anhänger wegnehmen. Vielleicht hilft uns das ja weiter. Was haben wir denn sonst noch?«

»Ich habe vorhin noch einmal mit dem Spaziergänger gesprochen, der die Leichen gefunden hat. Wenn Berschke mit seiner Schätzung der Todeszeit recht hat, können sie noch nicht lange dort gelegen haben. Und jetzt pass auf. Als unser nächtlicher Zeuge auf die beiden Toten gestoßen ist, lagen sie noch auf dem Bauch. Der Zeuge hat dabei einen Riesenschreck bekommen und ist schnell nach Hause gelaufen, um uns anzurufen.«

»Das heißt, die Mörder waren noch am Tatort?«

»Genau – der Zeuge muss sie wohl gestört haben. Als sie

wieder allein waren, haben sie in aller Ruhe die Leichen auf den Rücken gelegt und für uns arrangiert.«

»Für uns? Ich glaube eher, dass das ein Hinweis oder eine Warnung für andere war. Aber warum sind sie nicht abgehauen?«

»Vielleicht mussten sie neben dem Arrangement der Ermordeten auch noch andere Dinge erledigen ... zum Beispiel Spuren beseitigen.«

»Wie meinst du das?«, fragte Brokat.

»Ich habe mir eben den vorläufigen Bericht der KTU durchgelesen. Die Toten hatten in ihren Jacken weder Ausweispapiere noch Geld oder Handys. Das ist doch sonderbar, oder?«

»Damit wollten die Täter sicher die Identifizierung der beiden Männer erschweren. Das ist ihnen ja wohl auch gelungen.«

»Nein, nicht ganz. Wir haben in den Reisetaschen, die im Auto lagen, einige persönliche Dinge gefunden. Offensichtlich hat den Mördern die Zeit doch nicht ganz gereicht.«

»Mensch, spann mich doch nicht auf die Folter. Was habt ihr gefunden?«

»In einer Tasche steckte in einem Fach an der Seite ein italienischer Pass. Er ist auf den Namen Andrea Ferru ausgestellt. Nach dem Foto zu urteilen, ist das der, der die beiden Kugeln abbekommen hat.«

Zwei Männer, der eine um die dreißig, der andere etwa doppelt so alt, betraten den Raum.

»Wie geht es dir?«, wandte sich der ältere, Christian Schmid, besorgt an den Kommissar.

»Geht schon wieder, danke«, wiegelte Brokat ab. In Wahrheit hatte er wegen seiner anhaltenden Kopfschmerzen zunehmend Probleme, sich zu konzentrieren.

»Wir waren mit der Spurensicherung noch mal bei Tageslicht am Tatort«, erläuterte Mato Maric, der jüngere der beiden. »An der Stelle, wo du deine ...«, er zögerte kurz, »nächtliche Begegnung hattest, haben wir keine brauchbaren Fußspuren gefunden. Aber direkt neben dem Parkplatz haben die Kollegen auf dem feuchten Erdboden einen gut sichtbaren Reifenabdruck entdeckt, den wir sichergestellt haben. Möglicherweise stammt die Spur ja vom Auto der Täter.«

»Außerdem wissen wir jetzt schon einiges über Andrea Ferru.« Schmid blätterte in einem Fax. »Die Antwort auf unsere Eilanfrage bei den italienischen Behörden ist gerade gekommen. Ferru war zweiundzwanzig Jahre alt und stammte aus Sardinien. Er hat dort in einem kleinen Dorf im Landesinneren gelebt. Seine Eltern sind vor einigen Jahren gestorben. Seine nächste Angehörige ist seine sieben Jahre ältere Schwester Maria, die ebenfalls auf Sardinien lebt. Ferru wurde bisher nicht als vermisst gemeldet. Das Auto, der kleine Fiat, ist übrigens auf ihn zugelassen.«

»Und der zweite Tote?«

»Über den wissen wir noch nichts«, antwortete Schmid. »Wir haben Fotos der beiden an die zuständige Polizeibehörde in Nuoro gemailt, aber noch keine Antwort erhalten.« Schmid sah auf. »Ferru hat übrigens einen Onkel, der in Frankfurt lebt. Wir haben ihn verständigt, und er ist bereits auf dem Weg nach Köln, um seinen Neffen zu identifizieren.« Der Blick des Ermittlers fiel auf das Foto der Halskette mit dem Anhänger, das Brokat auf seinem Schreibtisch liegen hatte. »Aha, die ominöse Kette. Kann ich mal sehen?«

»Natürlich. Aber wahrscheinlich wird sie euch genauso wenig sagen wie mir. Wir haben das Foto gerade an die Bilderaffen nach Düsseldorf gemailt. Vermutlich wird es ewig dauern, bis wir von denen eine Antwort bekommen.«

Mit »Bilderaffen« titulierte Brokat etwas despektierlich die Wissenschaftler aus der Fachabteilung für Heraldik und Symbolik in Düsseldorf, die im Ruf standen, nicht nur arrogant, sondern in ihrer Arbeit auch ziemlich langsam zu sein.

Schmid sah sich das Foto an, schüttelte den Kopf und gab es an seinen jungen Kollegen Maric weiter. Brokat wollte bereits aufstehen, um die Sitzung zu schließen, als dieser die Hand hob. »Den Aufwand mit Düsseldorf hättet ihr euch sparen können«, sagte er.

»Wie meinst du das?«, fragte Brokat.

»Mir ist völlig klar, dass ihr als Deutsche nur den Bundesadler und vielleicht noch euer Landeswappen kennt. Aber natürlich haben auch andere Länder Wappen. Was hier abgebildet ist, ist ein Doppeladler mit einem Kreuz in der Mitte und einer Krone drüber. Das ist kein Abzeichen irgendeines Geheimbundes, sondern das offizielle Wappen der Republik Serbien.«

***

Wenn er sich auf sein Bett in dem kleinen schäbigen Wohnheimzimmer legte und die Augen schloss, konnte er für ein paar kurze Augenblicke die Bilder der Heimat heraufbeschwören. Aber das reichte nicht, um daraus die Kraft zu schöpfen, die er jetzt so dringend gebraucht hätte. Er dachte an seine Frau, die er vor dreieinhalb Jahren verloren hatte, nach einem langen und leidvollen Kampf gegen einen unbarmherzigen Gegner, der sich Krebs nannte.

Und er dachte an seinen Bruder, der vor zwei Jahren gestorben war, eines nicht minder schlimmen, weil gewaltsamen Todes. Ich bin allein und verbittert, dachte er. Vielleicht hat mich der Rat deswegen ausgesucht. Sie wussten, dass sie von mir nicht viel Widerstand zu erwarten hatten. Blut gegen Blut – das war das uralte Gesetz, das ihm so vertraut war wie das Hüten der Schafe auf den ausgedörrten Weiden seiner Heimat. Es war ein Naturgesetz, und wie hätte er sich dem widersetzen können?

Jetzt waren sie bereits drei Tage weg von zu Hause, und alles war schiefgegangen. Sie waren immer noch in Köln und wurden möglicherweise schon von der Polizei gesucht. Wieder und wieder musste er an die Ereignisse der letzten Nacht denken. Sie liefen wie ein Film vor seinem geistigen Auge ab, ob er wollte oder nicht.

Sie waren in der Nacht mit hohem Tempo vom Parkplatz gefahren – nur weg, so schnell wie möglich raus aus der Stadt, das war sein einziger Gedanke gewesen. Schon nach kurzer Zeit hatten sie die Orientierung verloren. Er meinte gerade, ein Hinweisschild zur Autobahn gesehen zu haben, als vor ihnen plötzlich eine dunkle Gestalt auf die Straße lief. Trotz der hohen Geschwindigkeit, mit der sie unterwegs waren, war er geistesgegenwärtig ausgewichen, sonst hätten sie den Fußgänger mit Sicherheit überfahren. Nicht verhindern konnte er allerdings, dass sie gegen einen Laternenpfahl fuhren. Unmittelbar vor dem Zusammenprall schloss er instinktiv die Augen.

Es gab einen furchtbaren Krach, Splitter und Funken überall, danach Stille. Benommen öffnete er die Augen, versuchte sich zu bewegen. Er tastete über seinen Oberkörper und die Beine, strich mit den Händen über sein Gesicht. Anscheinend war er weitgehend unverletzt.

Als er nach Roberto sah, bekam er einen Schreck. Sein Neffe stöhnte vor Schmerzen. Offensichtlich war er unangeschnallt mit voller Wucht nach vorn gegen die Scheibe geschleudert worden. Diese war durch den Aufprall in tausend winzige Scherben zersplittert, und Roberto hatte überall Schnittwunden im Gesicht, aus denen er blutete. Von dem Fußgänger war keine Spur mehr zu sehen.

Vorsichtig schob er Roberto wieder auf den Beifahrersitz und fuhr los. Keinesfalls konnten sie das Risiko eingehen, dass jemand den Unfall gehört hatte und nachschauen wollte, was passiert war. Zum Glück fuhr der Leihwagen noch, obwohl er durch die Scheibe kaum etwas sehen konnte und irgendetwas unten am Wagen unüberhörbar schleifte.

Ein, zwei Kilometer weiter hielten sie in einer Seitenstraße an. Jetzt hatte er Zeit, sich die Verletzungen seines Neffen genauer anzusehen. Im Gesicht hatte er verschiedene klaffende Wunden, und aus einer Platzwunde an der rechten Augenbraue blutete er stark. So gut es ging wischte er ihm das Blut ab und legte einen Kompressionsverband aus dem Verbandskasten an. Roberto wirkte benommen und klagte über Schmerzen in der Seite. Vermutlich waren eine oder mehrere Rippen gebrochen. Dazu kam möglicherweise noch eine Gehirnerschütterung.

Lebensgefährlich waren die Verletzungen wohl nicht, aber sein Neffe hatte schlimme Schmerzen und brauchte dringend einen Arzt. Eine längere Fahrt würde er so mit Sicherheit nicht durchstehen. Er überlegte. Was sollten sie jetzt bloß tun?

In diesem Moment überkam ihn furchtbare Verzweiflung. Voller Bitterkeit dachte er an seinen Vetter, wie klug dieser dahergeredet hatte, als er ihnen ihren Auftrag erklärt hatte. »Wenn die Sache erledigt ist, bringt ihr den Leihwagen nach Freiburg zurück und fahrt dann mit dem Zug weiter. Am nächsten Mittag seid ihr wieder zu Hause.«

So hatte Antonio gesprochen, der im Auftrag des Clans die ganze Aktion in die Wege geleitet hatte. Schöner Plan! Jetzt würden sie improvisieren müssen, was noch nie seine Stärke gewesen war. Schweren Herzens griff er nach seinem Handy und wählte die Nummer seiner Heimat.

3

Vom Polizeipräsidium bis in die Altstadt brauchte man über die Deutzer Brücke normalerweise etwa zwölf Minuten, je nach Verkehrs- und Baustellenlage auch länger. Brokat schaffte die Strecke heute in acht und stellte sein Auto im Parkhaus Groß St. Martin ab. Von dort aus waren es bis zum »Brauhaus Sion«, wo er sich mit Kunert zum Essen verabredet hatte, noch etwa einhundertfünfzig Meter. Der Pfälzer hatte eine besondere Vorliebe für Kölner Brauhäuser entwickelt, die Brokat teilte. Er mochte die einfache Einrichtung mit Holztischen und das typisch kölsche Essen.

Draußen war es deutlich kälter geworden, kaum noch über null Grad. Als Brokat am »Sion« ankam, saß Kunert, der in der Zwischenzeit mit Maric und Schmid eine weitere Reihe von Wohnungen in der Nähe des Forstbotanischen Gartens nach nächtlichen Tatzeugen abgesucht hatte, schon am Tisch. Die Wände des Gastraums zierten goldgerahmte Porträts früherer Kölner Oberbürgermeister. Kunert würdigte die Bilder jedoch keines Blickes, sondern starrte gedankenverloren auf das Foto der Halskette vor sich.

»Habt ihr noch etwas herausgefunden?«, fragte Brokat zur Begrüßung.

»Nein, es ist wie verhext. Bis auf den Fußgänger mit dem Hund hat in der Nacht offensichtlich niemand etwas gesehen oder gehört.«

»Was beweist, dass der ausgewählte Platz für einen Hinterhalt bestens geeignet war.« Brokat zeigte auf das Foto. »Aber wir haben ja immerhin den Anhänger.«

»Der die nicht unwesentliche Frage aufwirft, was zwei Tote, die offensichtlich Italiener waren, mit einem serbischen Wappen zu tun haben.«

»Keine Ahnung. Ich denke, im gegenwärtigen Stadium der Ermittlungen können wir da nur spekulieren.«

»Was ist mit Fingerabdrücken auf dem Anhänger?«, fragte Kunert.

»Gibt es. Es wurden mehrere Abdrücke gefunden, die wir jetzt auswerten lassen.«

»Möglicherweise hat dein nächtlicher Angreifer ja gar nichts mit dem Mord zu tun«, gab Kunert zu bedenken. »Vielleicht war er nur zufällig in der Nähe des Tatorts. Oder er war Zeuge und hat sich aus Angst versteckt.«

»Ein unbeteiligter Dritter, der so kämpft? Das kann ich mir nicht vorstellen. Der Mann war in jedem Fall ein Profi.«

»Sollten wir das Foto mit dem Anhänger nicht an die Presse geben?«

»Nein, auf gar keinen Fall. Dann meldet sich womöglich jeder, der irgendeine serbische Münze besitzt. Und vielleicht denkt der Angreifer ja momentan, er hätte den Anhänger nur verloren. Wenn er gemerkt hätte, dass ich die Kette abgerissen habe, hätte er sie mir wahrscheinlich sofort wieder abgenommen …«

Brokat verstummte plötzlich und sah staunend auf seinen Assistenten, dem der Köbes gerade eine Spezialität des Hauses brachte: eine einen Viertelmeter lange Bratwurst, serviert in einer Holzschatulle.

»Ich wollte nur mal sehen, ob die Wurst hier wirklich so groß ist«, erklärte Kunert grinsend und begann zu essen.

»Wir sollten uns erst einmal an die Toten halten«, meinte Brokat nachdenklich. »Ich denke, da kommen wir eher weiter. Bevor ich hierhergefahren bin, habe ich mir die Sachen der Toten aus dem Auto angesehen. Dabei sind mir ein Notizbuch und ein Familienalbum aufgefallen.«

»Ein Familienalbum?«

»Ja, du weißt schon, ein Fotoalbum mit Familienbildern drin. So, wie man es früher hatte, als man seine Fotos noch nicht auf einem winzigen Datenträger in der Jackentasche transportieren konnte.«

»Aber wer schleppt heute noch so etwas mit sich herum? Und warum?«

»Ich denke, jemand, der sehr an dieser Erinnerung hängt. Jemand, der vorhat, länger von zu Hause wegzubleiben. Das Album hat Andrea Ferru gehört. Die ersten Abzüge sind Kinderfotos von ihm und noch in Schwarz-Weiß. Das Album enthält vor allem Familienporträts, Bilder von Urlauben, von Freunden, Gruppenaufnahmen – im Grunde sein ganzes bisheriges Leben. Vielleicht auch einen Hinweis auf seine Mörder.«

Brokat hatte sich auch das Notizbuch genauer angesehen. Es war vor allem als Adressbuch benutzt worden und enthielt zahlreiche handschriftliche Einträge mit Adressen und Telefonnummern. Da auch die Anschrift von Andrea Ferru dabei war und die Initialen »M. S.« auf dem Einband standen, musste es dem anderen Toten gehört haben. Der Kalenderteil enthielt nur wenige Einträge. In der Woche vor dem Tod der beiden war überhaupt nichts vermerkt, unter dem heutigen Datum stand ein dickes »M.« ohne Zeitangabe, das doppelt unterstrichen war.

»Vielleicht hat der Buchstabe ›M‹, der am Todestag in den Kalender eingetragen wurde, ja gar nichts zu bedeuten«, vermutete Kunert. »Möglicherweise ist es aber auch ein wichtiger Hinweis darauf, dass sie sich in dieser Nacht mit jemandem treffen wollten – vielleicht mit ihren Mördern.«

»Apropos Mörder. Ich habe mir eben noch den Ballistikbericht angesehen. Wie Berschke gesagt hat, wurden die beiden Kopfschüsse von hinten abgegeben. Die Projektile haben wir am Tatort gefunden. Beide Kugeln sind präzise an der gleichen Stelle in den Hinterköpfen ein- und durch die Wucht des Geschosses vorn an der Stirn wieder ausgetreten. Und das in der Dunkelheit und bei einer Schussentfernung von etwa drei Metern.«

»Das hört sich definitiv nach Profis an – aber das haben wir ja auch schon vermutet.«

»Ja«, stimmte Brokat zu, »aber mit dem Schuss, der von vorn abgegeben wurde, verhält es sich anders. Obwohl die Entfernung wesentlich kürzer war, hat der Schütze sein Ziel, das Herz von Andrea Ferru, verfehlt. Die Kugel ist dem Opfer in die Brust gegangen und dort stecken geblieben. Wahrscheinlich wäre dieser Schuss allein nicht tödlich gewesen, wenn man Ferru sofort in ein Krankenhaus hätte bringen können. Und schau dir mal die verwendete Munition an.«

»Was ist damit?«

»Für die Kopfschüsse hat der Täter ein 22er Kaliber verwendet. Es handelt sich dabei um eine Spezialmunition von Remington mit einem Vollmantelgeschoss, das sich durch eine besonders hohe Auftreffgeschwindigkeit auszeichnet. Das andere ist ein Zehn-Millimeter-Kaliber, das nicht unbedingt von Profis verwendet wird.«

»Und was vermutest du?«, fragte Kunert.

»Ich weiß es nicht genau. Aber ich habe das Gefühl, dass nur einer der beiden Männer Profi war – vielleicht derselbe, dem ich später auf dem Weg begegnet bin. Das finde ich bei einem ansonsten so perfekt geplanten Hinterhalt merkwürdig.«

»Vielleicht war ja noch eine dritte Partei am Tatort.«

»Jetzt geht die Phantasie aber mit dir durch«, entgegnete Brokat mit einem Lächeln im Gesicht. »Für diese unqualifizierte Bemerkung darfst du gleich das Essen bezahlen.«

***

Als Brokat wieder sein Büro betrat, wartete dort Andrea Ferrus Onkel auf ihn. Carlo Ferru war ein stattlicher Mann in den Fünfzigern, schlank und dennoch kräftig, der die Ausstrahlung eines Menschen hatte, der es gewohnt war, Befehle zu erteilen. Sein Gesicht wirkte streng, fast asketisch, der Mund schien nicht lächeln zu können. Das Auffälligste an ihm waren die dunklen Augen, die den Kommissar unter buschigen Augenbrauen abschätzend anfunkelten.

Brokat begrüßte ihn und bedankte sich für sein schnelles Kommen.

»Keine Ursache, ich weiß doch, was meine Bürgerpflicht ist«, entgegnete der Sarde in fast akzentfreiem Deutsch. Seine Stimme war angenehm wohlklingend. Dennoch klang dieser Satz in Brokats Ohren merkwürdig.

»Ich habe Sie nicht angerufen, damit Sie irgendwelchen Pflichten gerecht werden«, entgegnete er eine Spur zu scharf, »sondern weil ich dachte, dass Sie das Schicksal Ihres Neffen interessiert.«

»Commissario, nach dem Foto, das mir Ihr Kollege gezeigt hat, bin ich noch nicht einmal sicher, ob es mein Neffe ist«, entgegnete Ferru. »Und wenn, so fürchte ich, dass ich ihn zu wenig gekannt habe, um Ihnen weiterhelfen zu können.«

Auf der Fahrt in die Rechtsmedizin auf dem Melatengürtel schwiegen beide. Ferru identifizierte seinen Neffen, ohne auch nur einen Moment zu zögern. Brokat beobachtete ihn aufmerksam, als das Tuch, das den Toten bedeckte, zurückgeschlagen wurde. Für einen Augenblick zuckte der Onkel zurück, in seinem Gesicht arbeitete es. Dann hatte er sich wieder unter Kontrolle. Er sah sich auch den zweiten Toten an, meinte jedoch auf die Frage des Kommissars, dass er diesen nie zuvor gesehen habe. Ferru wollte wissen, wie sein Neffe gestorben war. Als Brokat es ihm sagte, zeigte er keine erkennbare Regung.

Nachdem sie die Gerichtsmedizin mit ihrer bedrückenden Atmosphäre wieder verlassen hatten, erklärte Carlo Ferru, dass er noch am Nachmittag mit dem Zug nach Frankfurt zurückmüsse. Brokat schlug vor, ihn zum Bahnhof zu bringen und dort einen Kaffee mit ihm zu trinken. Ferru jedoch wollte lieber noch etwas spazieren gehen und erklärte: »Als ich nach Deutschland gekommen bin, habe ich zuerst in Köln gewohnt. Leider bin ich jetzt nur noch selten hier. Begleiten Sie mich, Commissario?«

Brokat parkte im Parkhaus unter dem Dom. Sie schoben sich durch die Touristenströme auf der Domplatte, die auch im Winter nicht abzureißen schienen, und Ferru machte den Vorschlag, in den Dom zu gehen. Etwas überrascht stimmte Brokat zu. Wie immer überkam ihn, als er vor dem Westportal stand und nach oben auf die steil aufragenden Türme sah, ein Gefühl der Winzigkeit. Drinnen ging Ferru zielstrebig in Richtung des Altars. Unterhalb der Hauptorgel setzte er sich in die erste Stuhlreihe und begann zu beten. Bestimmt fünf Minuten saß er mit gefalteten Händen und gesenktem Kopf da. Brokat konnte seinen Gesichtsausdruck nicht erkennen.

Danach schlug Ferru den Weg durch die Straße Unter Goldschmied in Richtung Alter Markt ein. Brokat, dem kalt war, knöpfte seinen Mantel zu.

Unvermittelt begann Ferru zu sprechen. »Glauben Sie mir, ich habe keine Ahnung, wie Andrea nach Köln gekommen ist. Leider habe ich den Kontakt zu ihm verloren. Seit ich vor zehn Jahren nach Deutschland gegangen bin, haben wir uns nicht mehr gesehen. Aber früher, als er noch ein Kind war, standen wir uns nahe.« Ferru dachte einen Moment nach. »Vielleicht wäre das alles nicht passiert, wenn ich in Italien geblieben wäre. Aber ich wollte unbedingt weg. Mein Bruder, Andreas Vater, hat das nie verstanden. Ja, Filippo hat es mir sogar übel genommen. Monatelang haben wir uns gestritten, er hat kaum noch mit mir gesprochen. Es war eine schwere Zeit für mich. Als ich in Deutschland war, habe ich anfangs oft zu Hause angerufen und bin häufiger dort gewesen. Er hat aber immer nur mit Ablehnung reagiert. Irgendwann habe ich aufgegeben.«

Brokat fragte Ferru, warum er nach Deutschland gegangen sei.

Wieder schwieg er einen Moment. Er schien abzuwägen, wie offen er auf die Frage eingehen sollte. Schließlich sagte er: »Wissen Sie, ich bin gelernter Koch und habe in meiner Heimat in einigen guten Restaurants gearbeitet. Aber ich komme aus einer Gegend, wo die Leute arm sind und man nichts verdienen kann. Irgendwann kam ich dann auf die Idee, ins Ausland zu gehen. Und da mein Onkel eine Deutsche geheiratet hat, die schon mit uns Kindern in ihrer Muttersprache gesprochen hat, bin ich eben hierhergekommen. Heute betreibe ich in Frankfurt eine kleine Trattoria. Ich lebe gern hier. In Deutschland kann man für gute Arbeit gutes Geld verdienen. Auf Sardinien hätte ich mich beruflich nur verschlechtern können. Die Enge in meinem Dorf hat mich am Ende beinahe erstickt. Mein Bruder hat das nie verstanden.«

Am Alter Markt, wo in weniger als vier Wochen an Weiberfastnacht der Kölner Straßenkarneval beginnen sollte, begann es zu schneien. Ferru schien es nicht zu stören. »Schön, wieder hier zu sein«, sagte er und zeigte auf das Historische Rathaus. »Hier habe ich vor neun Jahren geheiratet.«

»Wer könnte Ihren Neffen ermordet haben?«, fragte Brokat unvermittelt.

»Ich fürchte, ich habe Andrea zu wenig gekannt, um Ihnen in irgendeiner Beziehung weiterhelfen zu können.«

Die Antwort drückte echtes Bedauern aus. Dennoch spürte Brokat ein leichtes Zögern. Der Kommissar tastete sich in eine andere Richtung vor. »Was können Sie mir über seine Familie sagen?«

»Das ist eine sehr traurige Geschichte. Filippo und seine Frau sind vor drei Jahren bei einem Verkehrsunfall ums Leben gekommen. Wirklich tragisch das Ganze. Ein betrunkener Lkw-Fahrer hat sie gegen einen Baum gedrängt. Vor allem der Tod seiner Mutter war schlimm für Andrea. Er hat sie sehr geliebt. Zu seinem Vater dagegen war das Verhältnis angespannt.«

»Wissen Sie, warum?«, fragte Brokat.

Ferru ließ sich mit der Antwort Zeit. »Mein Bruder war sehr streng. Er hat Andrea und seine Schwester Maria, meine Nichte, mit harter Hand erzogen, wie man so schön sagt. Und er war ein sehr traditioneller Mensch. Die Geschichte und Tradition Sardiniens bedeuteten ihm alles. In den siebziger Jahren war er ein fanatischer Anhänger der sardischen Unabhängigkeitsbewegung. Erst als sich die gewalttätigen Entführungen von reichen Italienern vom Festland häuften, wandte er sich von der Bewegung ab. Andrea wollte immer weg, irgendwo anders eine Ausbildung beginnen, aber Filippo ließ ihn nicht. Schließlich landete er in derselben Schlosserei, in der auch sein Vater arbeitete. Er hat immer sehr unter dieser Enge gelitten. Ich habe häufiger versucht, mit meinem Bruder darüber zu sprechen. Aber für ihn war ich ein Vaterlandsverräter, und so hat er nicht auf mich gehört.«

»Ihr Neffe war also Schlosser?«

»Ja. Filippo fand, das sei ein solider Beruf. Meiner Ansicht nach war das ein Fehler. Andrea hat die Arbeit keinen Spaß gemacht – er war kein Handwerker. Mein Neffe las gern, er war klug und hätte studieren können.«

»Und wie war die Beziehung zur Schwester?«

»Ich würde sagen, es war ein sehr inniges Verhältnis. Maria

und Andrea standen sich sehr nahe, und nach dem Tod der Eltern hat sie mehr oder weniger die Mutterrolle übernommen. Soweit ich weiß, lebt sie noch auf Sardinien. Wie sie heute zueinander stehen, weiß ich nicht.«

4

Nach dem Gespräch mit Carlo Ferru wollte Brokat eigentlich über die Deutzer Brücke zurück zum Präsidium fahren. Aus einem Impuls heraus bog er jedoch vorher auf die Rheinuferstraße in Richtung Süden ab. Während er sich durch den Feierabendverkehr nach Rodenkirchen quälte, dachte er über das Gespräch mit Ferru nach. Er konnte nicht genau sagen, warum, aber der Sarde hatte ihn beeindruckt. Ein schlauer Kopf, dachte er. Und einer, der sich gut ausdrücken kann. Er hat sich vorher zurechtgelegt, was er sagen wollte. Und er hat nur das gesagt, was ich wissen sollte.

Es begann bereits zu dämmern, als Brokat den Parkplatz des Forstbotanischen Gartens erreichte. Um diese Zeit im Winter war hier nicht viel los. Zwei Jogger unterhielten sich am Rande des Weges. Eine Familie mit zwei kleinen Kindern war gerade dabei, einen Kinderwagen und mehrere dicke Winterjacken im Auto zu verstauen. Brokat stellte sich auf den Parkplatz, schloss die Augen und versuchte, sich die Ereignisse, die in der letzten Nacht hier stattgefunden hatten, vorzustellen.

Das Auto der beiden jungen Italiener stand am Rande des Parkplatzes. Andrea Ferru und sein Freund waren ausgestiegen. Ein zweites Fahrzeug war auf den Parkplatz gefahren. Das legten die gefundenen Reifenspuren nahe. Vorausgesetzt, dass sie nicht früher an diese Stelle gekommen waren. Da es in der Mordnacht bis gegen zweiundzwanzig Uhr geregnet hatte, war das aber eher unwahrscheinlich. Die Auswertung der Abdrücke hatte ergeben, dass die Reifen fast neu waren und es sich um einen weitverbreiteten Typ von Michelin handelte.

Vielleicht hatten Opfer und Täter noch miteinander gesprochen, vielleicht auch nicht. Dann waren die Schüsse gefallen. Während einer der beiden Täter von vorn und aus einer Entfernung von ungefähr eineinhalb Metern schoss, gab ein anderer von hinten zwei Schüsse ab. Einen auf Andrea Ferru, einen auf den bislang Unbekannten. Die Toten waren unbewaffnet, zumindest hatte man keine Pistolen oder Munition bei ihnen gefunden. Eine Fußspur, die die Spurensicherung sichergestellt hatte, belegte, dass sich der zweite Täter hinter den Büschen versteckt gehalten hatte, sodass ihn seine Opfer nicht hatten sehen können. Leider stammten die Abdrücke von Allerweltsturnschuhen, die den Beamten nicht weiterhalfen.

So weit, so gut. Aber was war danach passiert? Wenn Berschke mit seiner Schätzung der Todeszeit recht hatte, konnten die Leichen kaum länger als eine halbe Stunde auf dem Platz gelegen haben, bis der Fußgänger mit dem Hund vorbeigekommen war. Er hatte nur kurz gezögert, um dann gleich nach Hause zu laufen und den Mord zu melden.

Brokat stutzte. Von einem zweiten Auto auf dem Parkplatz hatte der Zeuge definitiv nichts gesagt. Also musste vorher jemand damit weggefahren sein. Aber warum, wenn die Täter offensichtlich vorgehabt hatten, die Leichen zu durchsuchen – und sie danach sogar noch umgedreht und in diese seltsame Position gebracht hatten? Zumindest einer der Täter war am Tatort zurückgeblieben. Das stand für Brokat fest. Aber war es derselbe, auf den er später im Gebüsch getroffen war?

Brokat musste sich eingestehen, dass er die Geschehnisse in dieser Nacht nicht verstand. Das Klingeln des Handys riss ihn aus seinen Gedanken.

»Chef, kannst du ins Präsidium kommen? Der zweite Tote ist identifiziert. Und Vonderschmitt will dringend mit dir sprechen.«

***

Brokat stellte seinen Volvo im Parkhaus neben den zwei Gebäuden des Präsidiums ab. Auf dem Weg zu seinem Büro blickte er wie jedes Mal auf die riesigen Plakate, die das Parkhaus an der Außenseite zierten und für die Arbeit der Polizei werben sollten. »Polizei als Beruf: Alles außer Alltag!«, stand auf einem der Plakate, auf dem eine junge hübsche Polizistin zu sehen war.

Im Besprechungszimmer saßen mit Kunert, Maric und Schmid nicht nur die drei wichtigsten Mitglieder seines Ermittlungsteams, sondern auch sein unmittelbarer Vorgesetzter, Polizeidirektor Jan Vonderschmitt. Seiner Miene nach zu urteilen, hatten ihn die Kollegen bereits über den Stand der Ermittlungen informiert. Vonderschmitt war acht Jahre jünger als Brokat, ehrgeizig und nach Brokats Ansicht in erster Linie an seiner Karriere interessiert. Und er hasste Alleingänge seiner Mitarbeiter, was er Brokat einmal mehr unmissverständlich klarmachte. »Wie kann es sein, dass Sie hier an einem Mafiamord arbeiten und ich davon nichts weiß? In unserer schönen Stadt sind zwei Mafiosi buchstäblich hingerichtet worden – wahrscheinlich von rivalisierenden Killerbanden! Die Medien werden sich darauf stürzen wie die Aasgeier. Und auch der Polizeipräsident sitzt mir im Nacken. Wir müssen Ergebnisse liefern, und dies so schnell wie möglich. Ich hoffe, das sehen Sie genauso.«

»Wieso Mafiosi?«, fragte Brokat ehrlich überrascht. »Es ist bisher überhaupt nicht bewiesen, dass es sich um ein Verbrechen der organisierten Kriminalität handelt.«

»Offensichtlich sind Sie nicht gut informiert«, entgegnete der Chef kalt und sah Brokat an. »Hören Sie, das ist kein Job für einen Einzelkämpfer, wie Sie es sind. Sie brauchen mehr Leute, und zwar richtige Spezialisten für so etwas. Ich werde eine Sonderkommission einsetzen. Um die Zusammensetzung kümmere ich mich selbst. Morgen früh wird Ihr Team einsatzbereit sein.«

Nachdem Vonderschmitt den Raum verlassen hatte, sahen ihn seine Mitarbeiter betreten an.

»Tut mir leid, Chef«, meinte Kunert. »Er hat uns überrumpelt. Wir konnten dich vorher nicht mehr informieren.«

»Worüber denn?«, fragte Brokat eingeschnappt.

»Der zweite Tote stammt auch aus Sardinien«, übernahm Mato Maric. »Michele Sareddu ist sein Name. Er war fünfundzwanzig Jahre alt und hat als Automechaniker gearbeitet. Die italienischen Kollegen haben uns aktuelle Fotos von beiden geschickt. Es handelt sich unzweifelhaft um unsere beiden Toten.«

»Und in welcher Beziehung steht – wie heißt er doch

gleich? – dieser Sareddu zu Andrea Ferru?«, wollte Brokat wissen.

»Das können wir noch nicht sagen. Er kommt aus demselben Dorf in einer Gegend, die Barbagia heißt.«

»Barbagia. Das hört sich aber barbarisch an«, meinte Brokat.

»Ja, in der Region gibt es heute noch Dörfer, in denen die Bewohner wie im letzten Jahrhundert leben. Sehr zurückhaltend und eigen die Leute dort«, meinte Schmid.

»Woher willst du das wissen?«, fragte Brokat misstrauisch.

Schmid wurde rot. »Hab ich im Reiseführer gelesen, als ich mal auf Sardinien in Urlaub war.«

Brokat fand, dass sein Kollege müde und abgeschlagen aussah. Christian Schmid war im Dezember sechzig Jahre alt geworden, wirkte normalerweise aber deutlich jünger. Er war sehr sportlich und fuhr an den Wochenenden nach wie vor lange Strecken mit dem Fahrrad durch das Bergische Land. Er hatte nicht die Intelligenz und die schnelle Auffassungsgabe von Kunert, glich das aber durch seine Zuverlässigkeit aus. Brokat gab ihm gern Aufgaben, bei denen Durchhaltevermögen gefragt war. Und in der Regel wurde er nicht enttäuscht. Schmid biss sich an seinem Auftrag fest und ließ sich auch durch unerwartete Schwierigkeiten nicht entmutigen. Häufig half ihm dabei seine jahrzehntelange Erfahrung mit schwierigen Kriminalfällen. An diesem Nachmittag aber hatte Schmid tiefe Ringe unter den Augen. Brokat wusste, dass seine Frau an Krebs erkrankt war und dass sein Kollege sehr darunter litt.

Maric ergriff das Wort. »Nicht die Herkunft ist das Interessanteste an Michele Sareddu.«

»Sondern?«

»Seine Kontakte. Sareddu ist kein unbeschriebenes Blatt. Die italienischen Behörden beobachten ihn schon länger. Möglicherweise war er auf Sardinien an Entführungen von reichen Italienern beteiligt. Und das Beste: Er hatte mit ziemlicher Sicherheit Kontakte zur Mafia. Das haben die italienischen Behörden in ihrem Bericht ausdrücklich erwähnt.«

Brokat pfiff durch die Zähne. Daher wehte also der Wind. Jetzt war klar, warum Vonderschmitt von einem Mafiamord gesprochen hatte. Man musste ihm nur ein solches Zauberwort hinwerfen, und sofort lief das ganze Programm ab: Einsatz einer Sonderkommission mit Mafiaspezialisten, langwierige Sitzungen mit Experten aus anderen Städten und vom LKA, Kooperation auf Führungsebene mit italienischen Behörden, BND, Interpol, Kriegsverbrechertribunal in Den Haag und so weiter und so fort.

Nach einigen spektakulären Fällen in deutschen Großstädten in der Vergangenheit konnte Brokat seinen Chef sogar bis zu einem gewissen Grad verstehen. Vor allem ein aufsehenerregender Mord in Duisburg vor einigen Jahren hatte das Treiben der »ehrenwerten Gesellschaft« ins Bewusstsein der deutschen Öffentlichkeit gerückt. Sechs Mitglieder der kalabresischen 'Ndrangheta waren dort nachts vor einer Pizzeria von Angehörigen einer verfeindeten Gruppe erschossen worden. Damals wurde – das ergaben die Ermittlungen – die blutige Fehde einzelner Clans aus dem Dorf San Luca in Kalabrien auf deutschem Boden ausgetragen, zweitausendeinhundertsechsundvierzig Kilometer und zweiundzwanzig Stunden Autofahrt von der Heimat entfernt. Die Untersuchungen in diesem Fall dauerten lange. Erst anderthalb Jahre später hatte der Hauptverdächtige in Amsterdam festgenommen werden können. Brokat wusste auch, dass dieser Mord nicht aus heiterem Himmel passiert war. Seit Jahren bauten die 'Ndrangheta, die Camorra und auch sizilianische Familien ihren Einfluss in Deutschland aus.

Dennoch war Brokat nicht geneigt, die Information über Michele Sareddu so pauschal aufzunehmen wie sein Chef. »Wissen wir denn schon etwas Genaueres über die angeblichen Kontakte Sareddus zur Mafia?«, fragte er Maric.

»Nein, gar nichts. Mehr als den Hinweis auf eine mögliche Beteiligung an Entführungen haben wir nicht.«

Mato Marics Eltern waren Kroaten und in den sechziger Jahren als Gastarbeiter aus dem ehemaligen Jugoslawien nach Deutschland gekommen. Maric selbst war in Köln geboren und Polizist aus Überzeugung. Neben vielen anderen Fähigkeiten, die ihn nicht nur nach Brokats Meinung zu einem guten Polizisten machten, besaß er ein ausgesprochenes Talent für Sprachen.

In Köln mit seinem hohen Ausländeranteil und vielen sogenannten »sozialen Brennpunkten mit hohem Gewaltpotenzial« war diese Fähigkeit ausgesprochen nützlich.

»Das ist dünn, mehr als dünn«, meinte Brokat. »Wissen wir inzwischen mehr über Andrea Ferru?«

»Fehlanzeige. Wir haben noch keinen direkten Kontakt zur Polizei in Nuoro.«

»Ich habe mit Ferrus Onkel geredet. Auch wenn er in den letzten Jahren seinen Neffen nicht mehr gesehen hat, passt das Bild, das er von Andrea Ferru gezeichnet hat, nicht so recht zu einem Mafia-Lebenslauf.«

Wieder kamen Brokat die beiden Getöteten in den Sinn. Keine Männer, eher Jugendliche mit dem unschuldigen Gesichtsausdruck von Kindern. Aber das konnte täuschen, das hatte er schon am eigenen Leib feststellen müssen.

***

Als Brokat sein Büro betrat, klingelte das Telefon. In Gedanken noch bei dem Gespräch mit Vonderschmitt, hob er ab.

»Spreche ich mit Kommissar Brokat?«, fragte eine Frauenstimme auf Deutsch, aber mit hörbarem südländischen Akzent.

»Ja, der bin ich. Und mit wem spreche ich?«

»Hier ist Maria Ferru.«

Es dauerte einen Moment, bis Brokat begriff. »Sie sind die Schwester von Andrea Ferru?«

»Ja, das stimmt. Andrea war mein Bruder.«

Die Stimme hörte sich trotz des Akzents warm und sympathisch an.

»Es tut mir leid, was Ihrem Bruder widerfahren ist.« Brokat war verlegen und fühlte sich unwohl. Wie spricht man mit jemandem, der gerade seinen engsten Familienangehörigen verloren hat?, dachte er. Noch dazu der Einzige, der nach dem Tod der Eltern Ferru übrig geblieben war. Auch nach all den Jahren im Dienst und nach unzähligen übermittelten Todesbotschaften fühlte Brokat sich unwohl in der Rolle des Boten, der die schlechten Nachrichten brachte.

»Ja, mir auch.« Eine Pause trat ein, bevor sie fortfuhr. »Die Polizei in Nuoro hat mich angerufen und mir gesagt, was passiert ist. Aber was ich nicht begreifen und akzeptieren kann, ist die Art und Weise, *wie* Andrea gestorben sein soll.« Marias Stimme wurde plötzlich hart. »Und deswegen bin ich auf dem Weg.«

»Sie sind auf dem Weg wohin?«

»Nach Köln. Ich möchte meinen Bruder sehen.«

»Sie haben mit Ihrem Onkel gesprochen?«

»Ja, und ich möchte Andrea nach Hause holen.«

»Sie wollen *was*?«

»Ich möchte, dass mein Bruder zu Hause auf Sardinien begraben wird.«

Brokat hatte plötzlich das Gefühl, dass Marias Anwesenheit in Köln die Ermittlungen noch komplizierter gestalten könnte. »Das ... das wird nicht gehen. Wir können die Leiche in diesem Stadium der Ermittlungen nicht freigeben. Und da ist ja noch der andere Tote, Michele Sareddu. Kannten Sie ihn?«

Maria ging auf seine Frage nicht ein. »Commissario, wann kann ich Andrea sehen?«

Brokat stöhnte innerlich. Er verspürte wenig Lust, sich mit der offensichtlich sehr resoluten Schwester Andrea Ferrus auseinanderzusetzen. Andererseits bot sich ihm so die Gelegenheit, mehr über den Toten zu erfahren. »Also gut, wann kommen Sie in Köln an?«

»Ich bin bereits in Olbia am Flughafen. Mein Flug geht in einer Stunde.«

»Ist es Ihnen recht, wenn wir uns morgen Vormittag treffen?«

»Je eher, desto besser.«

»Also gut, wissen Sie denn schon, wo Sie in Köln wohnen werden?«

»Warten Sie, mein Onkel hat ein Hotel für mich gebucht.« Maria Ferru war plötzlich schwer zu verstehen. Wahrscheinlich suchte sie gerade die Adresse heraus. »Im Art'otel am Hafen.«

»Ich weiß, wo das ist.«

»Also dann, bis morgen. Ich bin Ihnen sehr dankbar, Commissario.«

5

Es war schon nach acht Uhr, als Brokat das Büro verließ. Als er aus dem Parkhaus herausfuhr, hatte er das Gefühl, von der Dunkelheit verschluckt zu werden. Draußen schneite es leicht. Brokat fuhr über die Deutzer Brücke und dann rechts auf die Nord-Süd-Fahrt, die auf dieser Höhe Tunisstraße hieß. Er stellte den Wagen im Parkhaus Opernpassagen ab. Als er aus dem alten Volvo stieg, hielt er seinen Mantel vor der Brust zusammen. Es war noch einmal kälter geworden. Bestimmt würde es heute Nacht frieren. Nach einem Fußweg von etwa zwei Minuten erreichte er das auf der Nord-Süd-Fahrt kurz vor den WDR-Arkaden gelegene Restaurant »Palermo«, in dem er mindestens einmal pro Woche aß. Mit dem Besitzer war er befreundet.

Francesco Leone war sechsundvierzig Jahre alt, groß, schlank, hatte dunkle Haare und einen sorgfältig gestutzten Bart. Er war Sizilianer, was sein temperamentvolles Naturell erklärte. Als Brokat hereinkam, stand er mit einem Glas Grappa an der Bar und prostete ihm zu. »Ich muss sagen, du siehst etwas mitgenommen aus«, begrüßte er seinen Freund. »Probier mal diesen sensationellen Grappa di Barolo, dann sieht die Welt gleich ganz anders aus.«

Brokat lehnte ab und zog eine Schachtel Zigarillos aus der Tasche.

Francesco grinste. »Du weißt, dass du hier nicht rauchen darfst. Komm, wir gehen ins Hinterzimmer.«

»Danke, mir gefällt es an der Bar besser. Dann nehme ich doch einen Grappa. Wenigstens alkoholische Getränke dürft ihr dort noch ausschenken.«

Kennengelernt hatten sich Francesco und Brokat bei einer Amateur-Schachmeisterschaft, die der »Klub Kölner Schachfreunde« regelmäßig für Mitglieder und Interessierte ausrichtete. Ihre erste Begegnung endete remis, und weil sie sich sympathisch waren, kamen sie miteinander ins Gespräch. Seitdem kam Brokat regelmäßig ins Palermo, und irgendwann war daraus eine Freundschaft entstanden. Die Vorliebe fürs Schachspielen teilten sie bis heute.

Etwas später am Abend, Brokat war inzwischen zu autofahrkompatiblem Mineralwasser übergegangen, fragte der Polizist seinen Freund: »Was weißt du über die Mafia auf Sardinien?«

Francesco sah ihn misstrauisch an. »Aha, ein neuer Fall. Willst du mal wieder meine Quellen anzapfen?«

Als Vorsitzender der »Vereinigung italienischer Geschäftsleute in Köln« kannte Francesco Leone Hinz und Kunz in der Domstadt, wichtige Kommunalpolitiker ebenso wie Unternehmer oder Mitglieder der Wirtschaftsverbände und zahlreicher Kölner Vereine. Für Brokat war der Gastronom die perfekte Verkörperung dessen, was man auch den »Kölner Klüngel« nannte. Er empfand das nicht unbedingt als negativ, kannte er Francesco doch als durch und durch integre Persönlichkeit, die sich vehement für die Interessen ihrer Landsleute einsetzte. Das eine oder andere Mal hatte er auch Brokat mit Informationen und Kontakten geholfen – rein informell versteht sich, und Brokat war ihm entsprechend dankbar dafür.

Kopfschüttelnd steckte Brokat das Zigarillo, das er eben gedankenverloren hatte anzünden wollen, wieder weg und erzählte Francesco von dem Doppelmord im Forstbotanischen Garten und der angeblichen Verbindung Michele Sareddus zur Mafia.

»Ich beschäftige mich tatsächlich seit Längerem mit der Mafia«, meinte Francesco, »sozusagen als Hobby. Aber natürlich bin ich kein Experte, wenn es um die Cosa Nostra geht«, fügte er bescheiden hinzu.

»Trotzdem kannst du mir vielleicht weiterhelfen. Vieles deutet auf Profikiller hin, und durch die Verbindung Sareddus zur Mafia liegt die Verbindung nahe, dass wir es mit einem Bandenmord zu tun haben. Zumindest ist mein Chef davon überzeugt.«

»Soso. Dann bist du es also nicht«, grinste Francesco. »Gab es denn irgendwelche Auffälligkeiten?«

»Ja, zum Beispiel die Art, wie die Opfer post mortem hingelegt wurden.«

»Beschreib mir doch mal genau die Haltung der Toten«, bat Francesco und hörte Brokat nachdenklich zu, während er berichtete. Danach schwieg er eine Weile, bevor er sich einen weiteren Grappa einschenkte. »Solche symbolischen Hinweise, wie du sie beschreibst, hat es tatsächlich immer wieder gegeben. Sie sind so eine Art Markenzeichen, sollen Macht demonstrieren und vor allem einschüchtern. Aber zum Vorgehen deiner Täter fällt mir nichts Vergleichbares ein. Wenn es ein Symbol sein soll, dann weiß ich nicht, was für eines.«

Francesco wirkte nachdenklich. »Unabhängig von den Ereignissen in Duisburg hat es in Deutschland und auch in Köln schon früher Auseinandersetzungen innerhalb rivalisierender Gruppen gegeben, die ich dem internationalen Verbrechen zuordnen würde. Nicht nur die 'Ndrangheta aus Kalabrien, die Camorra und die sizilianische Mafia sind in Deutschland aktiv, sondern vor allem auch die Russen, die Türken und die Araber. Nun kommen deine beiden Toten aus Sardinien. Soweit ich weiß, hat die Mafia dort bisher nicht Fuß gefasst. Aber vielleicht ist es ja auch Zufall, dass die Opfer Sarden sind, und die Vorgeschichte hat ganz woanders begonnen.«

»Mag sein«, entgegnete Brokat. »Aber ich glaube es nicht. Meines Wissens hat zumindest Andrea Ferru immer auf Sardinien gelebt.«

»Weiß man denn, ob er mit der Mafia zu tun hatte?«

»Nein«, meinte Brokat. »Noch wissen wir zu wenig über die beiden, ihr Umfeld und ihre Verbindung zueinander. Was wollten sie hier? Möglicherweise wollten sie sich in dieser Nacht ja mit jemandem treffen. Aber mit wem? Und dann: Einer der beiden Täter schießt direkt vor den Opfern stehend aus nächster Entfernung und trifft das Herz von Andrea Ferru nicht. Während der zweite von hinten aus größerer Entfernung mit absoluter Präzision zweimal exakt die gleiche Stelle am Hinterkopf trifft.«

Francesco sah ihn bedauernd an. »Tut mir leid, mein Freund, aber hier kann ich dir kaum weiterhelfen. Hast du nicht noch etwas anderes?«

Aus einem Impuls heraus holte Brokat das Foto mit dem

Anhänger heraus. Interessiert sah Francesco es sich an. »Ich erkenne das serbische Wappen auf der einen Seite. Der Schriftzug auf der Rückseite sagt mir aber nichts«, meinte er schließlich.

»Woher kennst du das Wappen?«, fragte Brokat erstaunt.

»Na ja, Italien und Serbien pflegen traditionell freundschaftliche Beziehungen zueinander. Und die beiden Länder liegen nicht weit voneinander entfernt. Woher hast du diese Kette?«

»In der Nähe des Tatorts gefunden«, erklärte Brokat, ohne auf seine nächtliche Begegnung einzugehen. »Wir sind uns nicht sicher, ob der Anhänger etwas mit dem Fall zu tun hat.«

»Mit der Mafia nicht. Mafiosi, egal welcher Couleur, mögen inzwischen global handeln, von ihrem Denken her sind sie aber eher Nationalisten. In erster Linie gehören sie einem Clan an. Letztlich bestimmen einzelne Familien die Strukturen der Mafia. Aber das hier ist kein Familienwappen.«

***

In dieser Nacht hatte Brokat einen schlimmen Traum. Er ging nachts allein auf einer dunklen Straße durch eine Waldlandschaft. Ein fahler rötlich glänzender Mond warf nur wenig Licht auf die Straße. Kein Geräusch war zu hören.

Plötzlich hörte Brokat Schritte. Aus der Ferne kam ihm eine dunkle Gestalt entgegen. Sie trug einen langen Mantel und eine Kapuze, sodass man das Gesicht nicht sehen konnte. Als die Gestalt Brokat erreicht hatte, blieb sie stehen. Nichts war zu hören, außer dem zischenden Atem des anderen. Da schlug die Gestalt ihre Kapuze zurück, und Brokat sah, dass es Andrea Ferru war.

»Du bist doch tot«, sagte Brokat. »Ich habe deine Leiche gesehen.«

»Das ist verdammt richtig«, grinste ihn Andrea Ferru an. Sein Gesicht verzog sich zu einer hässlichen Grimasse. »Ich kann dir sagen, es tut richtig weh, so zu sterben.« Sein Gesichtsausdruck bekam etwas Lauerndes. »Wie war es eigentlich bei dir? Hattest du auch solche Schmerzen?«

Brokat bekam einen Schreck. Angst ergriff ihn. Sah der andere denn nicht, dass er lebendig war?

»Ich bin Polizist und will dir helfen. Du bist Opfer eines schlimmen Verbrechens geworden.«

»Mir kann keiner helfen«, entgegnete ihm Ferru immer noch grinsend. »Genauso wenig wie dir. Schau dich doch einmal an!«

Brokat sah an sich herunter und erschrak. Sein Körper wirkte seltsam verschwommen und unwirklich. Als er mit den Armen an sich entlangtastete, glitten sie durch seinen Körper hindurch.

»Glaubst du mir jetzt?«, fragte Andrea Ferru triumphierend. »Du bist mausetot und kannst nicht einmal dir selbst beistehen.«

Brokat merkte, dass ihn neben der Angst ein fürchterlicher Zorn überkam. Wütend sprang er Ferru an. Seine Hände suchten dessen Hals. Aber er griff hindurch. Im gleichen Moment löste sich die Gestalt neben ihm in höhnischem Gelächter auf und verschwand.

***

Am nächsten Morgen hatte Brokat Mühe, rechtzeitig zu seiner Verabredung mit Maria Ferru zu kommen. Der Traum hing ihm immer noch nach.

Als er am Hotel ankam, erwartete ihn die Italienerin bereits am Eingang. Das erst vor Kurzem eröffnete Art'otel war ein moderner Bau mit bunten, teilweise aufgesetzten Fenstern und lag im neu gestalteten Rheinauhafen, direkt gegenüber dem Schokoladenmuseum. Brokat hatte sich kurz nach der Eröffnung die in der hauseigenen Galerie ausgestellten farbenfrohen Landschafts- und Menschenbilder aus der Heimat der koreanischen Künstlerin SEO angesehen.

Brokat bemerkte die Ähnlichkeit Marias mit Andrea Ferru auf den ersten Blick. Außerdem fiel ihm auf, wie attraktiv sie war. Maria Ferru war sicherlich keine klassische Schönheit, aber ihn sprach ihr ernstes Gesicht mit den schwarzen halblangen Haaren und den dunklen warmen Augen an. Ein Gesicht, das man nicht vergisst, dachte Brokat. Außerdem bemerkte er, dass sie eine gute Figur hatte und sich sehr gerade hielt. Wie eine Balletttänzerin.

Offenbar hatte er sie einen Moment zu lange angesehen,

denn sie runzelte die Stirn und bemerkte spöttisch: »Ich hoffe, auch in Köln gibt es Frauen, die man anschauen kann.«

Brokat wurde verlegen und machte ihr ein Kompliment wegen ihres guten Deutschs.

Maria lächelte. »Na ja, dank Carlos Tante hatte ich schon sehr früh einen Bezug zur deutschen Sprache. Später habe ich an der Universität Deutsch studiert. Leider habe ich zurzeit wenig Möglichkeiten, meine Kenntnisse praktisch einzusetzen.«

Auf der Fahrt in die Leichenhalle schwieg Maria. Brokat merkte, dass ihre Gesichtsmuskeln zuckten. Beim Anblick ihres toten Bruders rang sie sichtlich um Fassung. Ebenso schweigend, wie sie gekommen waren, verließen sie den Ort wieder.

Kurz vor dem Hotel brach Brokat die beklemmende Stille. »Darf ich Sie zu einem Espresso einladen? Hier an der Hafenpromenade gibt es ein nettes kleines Café.«

Maria schaute ihn an, und Brokat bemerkte, dass sie Tränen in den Augen hatte. »Danke, ich würde tatsächlich gern noch einen Kaffee trinken.«

Als sie am Rhein entlanggingen, kam für einen kurzen Moment die Sonne hinter den Wolken hervor. Staunend sah Maria auf die drei großen Kranhäuser, die direkt vor ihnen in den Himmel aufragten und mit ihrer Größe und Präsenz den neu gestalteten Rheinauhafen dominierten. Brokat bemerkte ihren Blick und erklärte: »Bis vor einigen Jahren standen hier noch die alten, halb zerfallenen Hafengebäude. Die drei Häuser sollen mit ihrer Form an die ursprüngliche Nutzung erinnern, deswegen der Name ›Kranhäuser‹.«

»Das ist wirklich beeindruckend. Aber irgendwie wirkt es auch etwas leblos.« Sie zeigte auf die Uferpromenade, auf der außer ihnen kaum ein Mensch zu sehen war.

Brokat musste ihr recht geben. Soweit er wusste, wurde der Rheinauhaufen hauptsächlich von Selbstständigen oder Angestellten genutzt, die morgens in ihre neuen teuren Büros hasteten und abends wieder nach Hause gingen. Es fehlten die Einwohner, die hier lebten und das Viertel prägten, genau wie die Bäume, die dem Ganzen etwas Farbe gegeben hätten. Doch statt für etwas Grün zu sorgen, hatte die Stadt den Rheinauhafen komplett unterkellert, und zwar mit der größten Tiefgarage Europas.

Das Ambiente des Cafés »Im Zollhafen« im südlichsten der drei Kranhäuser, die freundliche Begrüßung der Kellnerin und vielleicht auch der Blick auf den Rhein schienen Maria aufzumuntern, denn plötzlich und ohne Aufforderung begann sie zu erzählen. »Ich habe meinen Bruder sehr geliebt. Nach dem Tod meiner Eltern ist das jetzt schon der dritte schwere Verlust, mit dem ich leben muss. Mein Bruder war kein sehr selbstständiger Mensch. Als unsere Eltern starben, brach für ihn eine Welt zusammen. Auf einmal hatte er das Gefühl, ganz allein dazustehen. Damit ist er nicht fertiggeworden. Ich glaube, wenn ich mich nicht um ihn gekümmert hätte, hätte er sich etwas angetan. Er war sehr weich, zu weich für diese Welt, und vor allem war er nicht stark genug für unsere sardische Gesellschaft.«

Brokat bat sie, ihm das näher zu erklären.

»Wissen Sie, Commissario, unsere Erziehung ist immer noch sehr traditionell. Wenn bei uns auf dem Land eine junge Frau einen Jungen an die Hand nimmt, ist sie schon fast eine Hure. Mein Vater war kein schlechter Mensch, aber er trug die Gene der sardischen Hirten in sich. Da, wo ich herkomme, zählen Staat und Polizeigewalt nicht viel. Wir haben unsere eigenen Regeln, die sehr archaisch sind, weil sie aus den Notwendigkeiten des Hirtenlebens entstanden. Zum Teil haben sie noch heute ihre Gültigkeit. In diesem Leben zählen die Familie und die Dorfgemeinschaft alles, der Rest wenig.«

Sie rührte nachdenklich in ihrer leeren Espressotasse herum, dann fuhr sie fort. »Meine Eltern, vor allem mein Vater, waren sehr konservative Menschen. Papà war außerdem politisch aktiv. Er hatte das sicherlich nicht unberechtigte Gefühl, dass der italienische Staat unser schönes Sardinien nur ausbeutet, aber nichts dafür gibt. Deshalb war er voller Hass auf Italien und alles Italienische. Er ertrug es nicht, dass manche vom Festland die Sarden immer noch als stinkende Hirten mit einem starken Hang zur Gewalttätigkeit betrachten. Ich konnte es ihm nicht verdenken.«

»Wie hat Ihr Bruder auf all das reagiert?«, fragte Brokat.

»So wie viele Jungs bei uns, die weggezogen sind, häufig aufs Festland. Andrea wäre am liebsten geflohen, aber er hat sich nicht getraut. Unser Vater hätte ihn umgebracht, wenn er ihn erwischt hätte.« Sie lächelte. »Das ist jetzt eine Übertreibung, aber glauben Sie mir, nur eine kleine.«

»Wie kommt es dann, dass Sie von zu Hause weggehen und sogar studieren konnten?«, fragte Brokat.

»Das war schwer, vor allem, weil ich eine Frau bin. Frauen haben bei uns auf dem Land immer noch wenig zu sagen. Aber ich bin stärker als Andrea, und ich bin hartnäckig. Irgendwann hat mich mein Vater dann nach Cagliari gehen lassen, weil das immer noch Sardinien ist und er dachte, dass ich danach reumütig zurückkommen würde. Dort habe ich am Dolmetscherinstitut studiert und danach bei einem großen Reiseunternehmen in Nuoro gearbeitet. Mein Onkel Carlo ist ins Ausland gegangen und hat Sardinien ›verraten‹. Damit war er für meinen Vater praktisch gestorben. Und Andrea ist schließlich dort gelandet, wo auch unser Vater zuletzt gearbeitet hat. Das hat seiner Entwicklung nicht gutgetan.«

Maria schwieg. Brokat rührte in seiner Espressotasse. Schließlich fragte er: »Frau Ferru …?«

»Nennen Sie mich Maria«, bat sie.

»Maria, haben Sie eine Ahnung, was Ihr Bruder in Köln wollte?«

»Nein, nicht die geringste. In Deutschland kannte er meines Wissens niemanden außer Carlo. Und der wohnt in Frankfurt.«

»Kannten Sie Michele Sareddu?«, stellte Brokat ihr noch einmal die Frage, die sie am Telefon nicht beantwortet hatte.

»Ja, ich kannte ihn«, antwortete sie knapp und blickte Brokat an, als sei ihr das Thema unangenehm. Als dieser nichts sagte, seufzte sie. »Andrea und Michele waren schon seit ihrer Kindheit befreundet. Wie Sie sicherlich bemerkt haben, sahen sie sich äußerlich ähnlich, aber vom Charakter her waren sie völlig unterschiedlich. Michele war der Ältere, und er hatte all das, was Andrea fehlte. Er war stark und selbstbewusst und ließ sich von niemandem etwas sagen. Er hat es auf keiner Schule ausgehalten, und seine Eltern gaben es schon früh auf, ihn erziehen zu wollen.«

»Sie mochten ihn nicht?«, fragte Brokat.

Maria antwortete nur indirekt. »Andrea hat ihn bewundert. Er war sein großes Vorbild, und er wollte sein wie er. Michele wollte schon immer weg und woanders das schnelle Geld machen. Er sprach oft sehr abfällig über seine Familie und das Dorf. Ihn interessierten nur schnelle Autos und Mädchen. Er war oberflächlich und trieb sich mit den falschen Leuten herum.«

»Was waren das für Leute?« Brokat war hellhörig geworden.

»Keine aus unserer Gegend. Fremde, ich kannte sie nicht. Michele war viel unterwegs, und anfangs hat er ja auch noch in Nuoro gearbeitet.«

»Später nicht mehr?«

»Soweit ich weiß, hat er in der Autowerkstatt, bei der er als Mechaniker beschäftigt war, gekündigt.«

»Wissen Sie, warum?«

»Nicht genau. Ich habe das von Andrea. Michele hat ihm erzählt, dass er dort nur einen Hungerlohn bekommen würde.«

»Und später?«

Maria zuckte mit den Schultern. »Keine Ahnung, Andrea hat nie wieder etwas erzählt. Aber mein Eindruck war, dass Michele plötzlich immer Geld hatte.«

»Hatte Ihr Bruder Feinde?«, wollte Brokat wissen.

Maria dachte einen Moment nach. »Nein, nein, das kann ich mir nicht vorstellen. Er war so herzlich und hilfsbereit.«

Ihr standen die Tränen in den Augen. Brokat verspürte den Impuls, sie in den Arm zu nehmen. Aber er wagte es nicht.

Maria blickte ihn mit tränenverhangenem Blick an. »Commissario, wer hat meinem Bruder das angetan?«

»Wir wissen es nicht. Aber wir werden es herausfinden. Das verspreche ich Ihnen.«

Sie dachte einen Moment nach. »Wenn ich Andrea nicht nach Hause mitnehmen kann, möchte ich möglichst bald wieder zurückfahren.«

Brokat seufzte. »Das verstehe ich. Aber ich wäre Ihnen sehr dankbar, wenn Sie uns noch ein, zwei Tage für eventuelle Fragen zur Verfügung stehen könnten. Sobald wir die Leiche freigeben können, sage ich Ihnen Bescheid. Natürlich helfen wir Ihnen dann auch bei den notwendigen Formalitäten.«

»Das ist sehr freundlich«, entgegnete Maria etwas förmlich. Sie stand auf und bedankte sich für den Espresso. »Also dann, Commissario, leben Sie wohl.«

Brokat sah ihr nach, als sie davonging, trotz ihrer Trauer ein heller Lichtstrahl im grauen winterlichen Köln. Erst als er Maria nicht mehr sehen konnte, fiel ihm ein, dass er sie gar nicht nach ihrem und Andreas Verhältnis zu Carlo Ferru gefragt hatte.

6

Als er gegen elf Uhr im Präsidium eintraf, hatte die von Vonderschmitt angesetzte Pressekonferenz gerade begonnen. Noch vor seinem Gespräch mit Maria Ferru hatte ihn sein Chef telefonisch darüber unterrichtet, dass er mit dem Polizeipräsidenten übereingekommen war, so schnell wie möglich an die Öffentlichkeit zu gehen.

»Aber womit?«, hatte Brokat gefragt. »Außer den beiden Toten haben wir nichts Handfestes.«

»Sie vergessen den Mafiahintergrund. Den können wir nicht einfach unter den Tisch fallen lassen.«

»Aber das ist doch bisher nicht mehr als ein vager Hinweis!«

»Einen vagen Hinweis nennen Sie das? Ich denke, Anzeichen für einen Bandenmord haben wir genug. Jetzt müssen wir Entschlossenheit demonstrieren und der Öffentlichkeit zeigen, dass wir alle Mittel einsetzen, um den Fall schnellstmöglich zu lösen.«

»Sie meinen, mit der Einberufung einer Sonderkommission wird sich der Fall schon von selbst lösen?«

»Verdrehen Sie mir die Worte nicht im Mund! Wir brauchen bei diesem Fall eine Expertise von außen. Das habe ich Ihnen doch schon gestern erklärt. Und bitte kommen Sie pünktlich zur Pressekonferenz.«

Die Erklärung, die Vonderschmitt gemeinsam mit dem Pressesprecher der Polizei vorbereitet hatte, war mager und hielt sich eng an die wenigen Fakten. Dennoch kamen sie nicht an der Tatsache vorbei, dass zwei italienische Staatsbürger in Köln auf spektakuläre Weise ermordet worden waren.

»Bisher haben wir keine weiteren Zeugen gefunden«, erklärte der Pressesprecher den anwesenden Journalisten, »deshalb rufen wir alle Bürger auf, sich unter der Sondernummer zu melden, wenn sie in der Nacht von Dienstag auf Mittwoch zwischen halb eins und zwei Uhr nachts etwas Ungewöhnliches gesehen oder gehört haben. Und wir bitten Sie als Vertreter der Kölner Presse, die Fotos, die Sie gleich von uns bekommen werden, zu veröffentlichen. Vielleicht sind die beiden Männer oder das Auto früher am Abend jemandem aufgefallen.«

Natürlich hackten die anwesenden Pressevertreter, insbesondere die Journalisten der Boulevardpresse, auf den Umständen des Mordes herum. »Wie ist es möglich, dass mitten in unserer schönen Stadt ein solch bizarrer Ritualmord passiert und die Polizei völlig im Dunkeln tappt?«, wollte Quik, Reporter und Fotograf des Kölner Express, wissen. Und sein Kollege von der Bild-Zeitung ergänzte: »Wieder ein Beleg dafür, dass sich die Mafia in Köln breitmacht. Warum tut ihr nicht endlich etwas dagegen?«

In diesem Stil ging es die ganze Zeit über weiter, und am Ende wischte sich Brokat erschöpft den Schweiß von der Stirn. In Gedanken sah er schon die morgigen Schlagzeilen vor sich: »Rauschgifthändler in blutigem Drogenkrieg der Mafia hingerichtet« oder Schlimmeres.

Als Brokat nach der Pressekonferenz den großen Konferenzraum verließ, stieß er auf dem Flur mit einem ungefähr vierzigjährigen Mann zusammen, der in Richtung Aufzug hastete. Der Fremde war sehr schlank und wirkte sportlich. Der Kopf war kahl geschoren, Mund- und Kinnpartie versteckten sich unter einem Dreitagebart. Der Eindruck des Asketischen, der sich bei Brokat einstellte, wurde durch die schwarze Hose und den ebenso schwarzen Rollkragenpullover noch verstärkt.

»Entschuldigen Sie«, stellte sich der Mann vor. »Sie müssen Hauptkommissar Brokat sein. Ich bin Frank Wolf von der Sonderkommission zum Mafiafall.«

»Ah, ein neuer Kollege«, äußerte sich Brokat verhalten, dem es immer noch vor der Vonderschmitt'schen Unterstützungsinitiative für sein Team graute. »Das ging aber schnell. Und wieso denken Sie, dass es die Mafia ist?«

»Nun, Direktor Vonderschmitt hat mich vorhin mit den Fakten vertraut gemacht. Glauben Sie mir, als Polizeikommissar in Baden-Württemberg habe ich schon Erfahrungen mit allen nur denkbaren Gruppierungen des organisierten Verbrechens gemacht – und Ihr Fall stinkt regelrecht danach.« Er beugte sich vertraulich zu Brokat herüber. »Ich bin übrigens von der Kripo in Mannheim nach Köln abgeordnet, erst einmal für ein halbes Jahr. Ich hoffe natürlich, dass ich hier Fuß fassen kann und übernommen werde. Ich habe jedenfalls schon viel von Ihnen gehört.«

»Tatsächlich?«, fragte Brokat, dem das Gespräch immer unangenehmer wurde.

»Ja, aufgrund einiger Ermittlungserfolge in der Vergangenheit, die recht spektakulär waren, eilt Ihnen ein gewisser Ruf voraus.«

»Danke, aber diese Dinge werden immer übertrieben«, antwortete Brokat trocken. Er setzte sich in Richtung der Treppe in Bewegung, in der Hoffnung, dass Wolf weiter zum Aufzug gehen würde. Was dieser jedoch erst nach einer abschließenden Bemerkung tat. »Ja, da haben Sie sicher recht. Ich habe jedenfalls auch gehört, dass Sie Ihre beste Zeit schon hinter sich haben.«

***

Zurück in seinem Büro, ließ sich Brokat von einem Kollegen die Telefonnummer des Kommissariats in Nuoro geben. Commissario Paolo Garzone war ihm von Kunert als Ansprechpartner genannt worden. Nachdem er zweimal weiterverbunden worden war (die dortigen Beamten schienen Probleme mit der englischen Sprache zu haben, oder vielleicht war *sein* Englisch etwas eingerostet?), hatte er seinen italienischen Kollegen in der Leitung. Gott sei Dank sprach dieser ein passables Englisch. Nachdem sie einige Sätze über das Wetter gewechselt hatten, kam Garzone zur Sache.

»Was die besondere Inszenierung der toten Körper betrifft, kann ich Ihnen leider nicht weiterhelfen«, begann er. »Etwas Vergleichbares ist mir noch nicht untergekommen. Aber die Namen aus dem Notizbuch, das Sie uns gefaxt haben, fanden wir sehr interessant.«

»Haben Sie etwas herausgefunden?«, fragte Brokat gespannt.

»Die meisten Nummern sind aus der Gegend, aus der er stammt. Soweit wir wissen, handelt es sich dabei vor allem um Freunde, Bekannte, Arbeitskollegen, Freundinnen. Nichts, was uns weiterhelfen würde. Zwei Namen überprüfen wir noch.«

»Ist das alles?«, fragte Brokat enttäuscht.

»Commissario, nur Geduld«, beschwichtigte Garzone. »Das Buch enthält auch einige Einträge außerhalb Sardiniens. Und die sind wesentlich spannender.«

»Inwiefern?«

»Um das zu erläutern, muss ich Sie zuerst über Michele Sareddu ins Bild setzen. Wie viel wissen Sie bereits über ihn?«

»Nur das, was uns Ihre Kollegen bisher mitgeteilt haben«, antwortete Brokat. Seine Begegnung mit Maria und ihre Bemerkungen zu Michele behielt er für sich.

»Dann ist ja das Wort ›Mafia‹ bereits gefallen. Ich will Ihnen erklären, wieso wir Michele damit in Verbindung bringen. Er ist in Zusammenhang mit einer Entführung an der Costa Smeralda als Verdächtiger festgenommen und in Untersuchungshaft gebracht worden. Wir konnten ihm damals allerdings nichts nachweisen. Sie müssen wissen, dass Entführungen auf Sardinien eine lange und besonders unrühmliche Tradition haben. In den letzten Jahren waren so gut wie immer reiche Festlanditaliener oder ihre Angehörigen die Opfer. Und immer wurden immens hohe Lösegelder gefordert. Dabei gehen die Entführer mit hoher krimineller Energie und Brutalität zu Werke.«

»Wie meinen Sie das?«

»Ich will damit sagen, dass in dem einen oder anderen Fall dem Opfer, und manchmal sind das Kinder, auch schon mal ein Ohr oder ein Finger abgeschnitten wurden, um den Forderungen Nachdruck zu verleihen. Meistens zahlten die Familien dann sehr schnell. Die Entführer wurden in den seltensten Fällen geschnappt. Und fast immer waren die, die wir schließlich festgenommen haben, kleine Fische, meist junge Leute vom Land, die auf die schiefe Bahn geraten sind und schnell das große Geld machen wollten.«

»Wie Michele Sareddu?«

»Ja, wie Sareddu. Seine Situation ist typisch für die vieler

Jugendlicher hier. Sie haben keinen Bezug mehr zum ländlichen Leben ihrer Eltern. Häufig sind sie arbeitslos, fühlen sich eingeengt und wollen weg. Dazu kommen oft noch Alkohol und Drogen. Wenn ihnen dann jemand für einen angeblich leichten Job das schnelle Geld verspricht, sind sie oft genug bereit, auch bei illegalen Geschäften mitzumachen. So ist uns bei einer Razzia auch Michele Sareddu ins Netz gegangen. Sein Name ist in bestimmten Kreisen häufiger gefallen, und wir vermuten, dass er bei mindestens vier Entführungen in den letzten Jahren beteiligt war. Aber wir können ihm leider nichts nachweisen.«

»Aber wieso sind Sie sicher, dass die Entführungen von außen gesteuert werden?«, hakte Brokat nach.

»Zum einen spricht dafür die absolut professionelle Logistik, die hinter den Kidnappings steckt. Die Art und Weise, wie die Opfer ausgekundschaftet werden, wie und wo der Zugriff erfolgt, die Lage der Verstecke und anderes mehr. Dazu wären Leute wie Michele Sareddu gar nicht in der Lage gewesen. Und zum anderen haben uns Verbindungsleute, die wir in die Szene eingeschleust haben, noch andere Namen genannt. Namen von professionellen Auftragskillern, die der sizilianischen Mafia angehören. Das sind Leute, die ungemein gefährlich sind. Nun haben wir – und damit schließt sich der Kreis – in Ihrem Notizbüchlein zwei dieser Namen wiedergefunden.«

Brokat horchte auf. »Aber was sucht die Mafia auf Sardinien?«

»Diese Frage ist berechtigt, zumal die ›ehrenwerte Gesellschaft‹ bei den Sarden lange Zeit nicht sonderlich beliebt war. Umgekehrt gab es früher auf einer so armen Insel wie Sardinien kaum etwas für sie zu holen. Wir vermuten, dass sich das mit dem Beginn der Entführungen geändert hat. Diese waren anfangs politisch motiviert und sind einer Art nationaler Unabhängigkeitsbewegung entsprungen. Später lagen ihnen aber eindeutig immer häufiger kriminelle Motive zugrunde. Die Mafia hat wahrscheinlich erkannt, dass hier gutes Geld zu verdienen ist, und angefangen, von Sizilien aus eine profitable Entführungsindustrie aufzubauen. Dabei macht sie sich nicht selbst die Hände schmutzig. Das tun andere für sie, Leute wie Michele Sareddu.«

»Was wissen Sie über diese beiden Namen? Kämen sie als Mörder von Michele Sareddu und Andrea Ferru in Betracht?«

»Grundsätzlich ja – und über das Notizbuch gibt es ja auch eine eindeutige Verbindung. Wahrscheinlich haben Franco Marcantoni und Raffaele Guasco, so ihre Namen, schon mehr Menschen umgebracht, als wir uns vorstellen können. Falls Sareddu wirklich an den Entführungen beteiligt war, wäre es beispielsweise möglich, dass er aussteigen oder noch schlimmer: seine Auftraggeber übers Ohr hauen wollte. Beides hätte nach den Gesetzen der Mafia sofortige Vergeltung zur Folge gehabt.«

»Inwieweit steckt Andrea Ferru in dieser Sache mit drin?«

»Das wissen wir nicht. Er ist bisher nicht aktenkundig. Allerdings kommen sie aus demselben Dorf und waren befreundet. Die Tatsache, dass sie gemeinsam umgebracht wurden, spricht unserer Ansicht nach dafür, dass Ferru auch an den Entführungen beteiligt war.«

»Können Sie mir sagen, warum die beiden nicht als vermisst gemeldet worden sind?«

»Ferru hatte bei seiner Firma Urlaub genommen. Seiner Tante, in deren Haus er wohnt und die ihm ab und zu die Wäsche gewaschen und die Wohnung sauber gemacht hat, sagte er, dass er für einige Tage zu einem Freund fährt. Deshalb hat ihn niemand vermisst. Sareddu hat offensichtlich vor einiger Zeit seinen Job gekündigt. Wir versuchen gerade herauszubekommen, wovon er gelebt hat. Er hat seiner Freundin erzählt, dass er für einige Tage wegfährt.«

»Wann war das denn? Und weiß man, wann die beiden Sardinien verlassen haben?«

»Sareddus Freundin weiß das angeblich erst seit letzten Mittwoch oder Donnerstag. Ebenso Ferrus Tante. Am Freitag ist er noch arbeiten gegangen. Urlaub hatte er für diese Woche genommen und dabei angekündigt, dass er eventuell noch einige Tage dranhängt.«

»Also sind sie vermutlich erst am Montag aufgebrochen.«

»Ja, das denken wir auch. Wir überprüfen gerade die Fähren. Dann wissen wir genau, wann sie gefahren sind.«

»Gut. Was werden Sie jetzt weiter tun?«, fragte Brokat.

»Bei der Durchsuchung der Wohnungen von Sareddu und Ferru haben wir nichts gefunden, was auf den Grund ihrer Reise schließen lassen würde. Wir werden uns deshalb intensiv das Umfeld der beiden anschauen. Mit Hilfe der Kollegen in Palermo werden wir Marcantoni und Guasco auf den Zahn fühlen. Wir prüfen gerade, ob sie zum Zeitpunkt des Mordes außer Landes waren. Wenn ja, haben wir vielleicht schon eine heiße Spur.«

7

»Wir haben noch einen Zeugen.« Kaum hatte Brokat den Hörer aufgelegt, kam Kunert in sein Büro gestürmt. »Er war nachts in unmittelbarer Nähe des Tatorts und will etwas Auffälliges beobachtet haben.«

»Ja und? Wo ist er?«

»Er arbeitet in Ehrenfeld im Barthonia-Forum. Er bittet uns, zu ihm zu kommen, da er seinen Arbeitsplatz eigentlich nicht verlassen kann. Es sei wichtig.«

Eine knappe Stunde später bogen die beiden Polizisten im Dienstwagen von der Inneren Kanalstraße hinter dem Neubau der türkisch-islamischen Zentralmoschee mit ihren zwei Minaretten, der in Köln bereits für heftige politische Diskussionen gesorgt hatte, in die Venloer Straße ein. Als sie das große verklinkerte Gebäude mit der Hausnummer 241 erreichten, zeigte Kunert auf das altmodische Firmenschild, das hoch oben an der Fassade prangte. »War hier wirklich 4711 drin?«

»Ja«, meinte Brokat. »Das war tatsächlich die Produktionsstätte unseres berühmten kölschen Parfüms. Damals standen hier Arbeiterinnen in einheitlicher Firmenkleidung an langen Bändern und haben das Duftwasser in hübsche Fläschchen abgefüllt und verpackt. Heute sitzen hier Werbeagenturen, Sportklubs und Filmfirmen.«

Nachdem sie ihr Auto in der Tiefgarage abgestellt hatten, betraten sie den Eingang zur Venloer Straße.

Hinter einer Theke im Foyer saß ein älterer Mann, der mit seinem schlecht geschnittenen Anzug und dem schütteren Haar nicht so recht zu dem modern gestalteten Eingangsbereich passen wollte.

»Herr Leimgruber?«, fragte Kunert.

Der Mann nickte und griff zum Telefon. Kurze Zeit später stieg eine etwas hochnäsig wirkende junge Frau aus dem Aufzug und übernahm den Empfang. »Tut mir leid«, entschuldigte sich

Leimgruber. »Es wird nicht gern gesehen, wenn ich meinen Arbeitsplatz länger verlasse.«

»Sie sitzen den ganzen Tag hier?«, fragte Brokat.

»Früher war ich in dem Gebäude so eine Art Hausmeister«, sagte Leimgruber. »Aber heute machen das alles externe Firmen.«

»Wo können wir reden?«

»Lassen Sie uns ein paar Schritte gehen.«

Sie überquerten die Venloer Straße und gingen auf der anderen Seite entlang der typischen kölnischen Vorstadtstraße, die mit ihren verwohnt aussehenden graugelben Häuserfronten, Dönerbuden, Wettlokalen und Telefonläden schon bessere Zeiten erlebt hatte.

»Bitte erzählen Sie uns, was Sie beobachtet haben«, bat Brokat, nachdem sie schweigend ein Stück gelaufen waren.

»Also gut. Ich kann nachts häufiger nicht schlafen«, antwortete Leimgruber. »Dann gehe ich eben länger spazieren. Das macht mich müde.«

»Wo wohnen Sie denn?«

»In der Römerstraße in Rodenkirchen, ein paar Gehminuten vom Park entfernt.«

»Und dann marschieren Sie ausgerechnet in eine so menschenleere Gegend?«

»Normalerweise nicht, zumindest nicht nachts. Aber in dieser Nacht war ich so aufgedreht, dass ich auf der Schillingsrotter Straße in Richtung Forstbotanischer Garten gelaufen bin.«

»Um wie viel Uhr soll das denn gewesen sein?« Brokat konnte nicht verhindern, dass er skeptisch klang. Zu oft schon hatte er in seiner Karriere falsche Zeugen befragt, die aus einer Mücke einen Elefanten oder aus rein gar nichts einen Supertipp machen wollten, und zwar nicht nur wegen der »Aufwandsentschädigung«.

»Kurz nach eins, denke ich.«

»Okay, lassen wir das mal so stehen. Und was haben Sie gesehen?«

»Ein Auto, das aus der Straße zum Forstbotanischen Garten auf die Hauptstraße abgebogen ist.«

»In welche Richtung denn?«

»Nach Süden, in Richtung Sürth. Der Fahrer schoss nur so um die Kurve und gab dann Vollgas. Ich habe einen Riesenschreck bekommen.«

»Konnten Sie denn sehen, was das für ein Fahrzeug war?«

»Was Sie alles von mir erwarten. Ich war froh, dass der Wagen mich nicht überfahren hat.«

Brokats Eindruck, dass der Zeuge seine Rolle voll auskosten wollte, verstärkte sich, was seine schlechte Laune nicht unbedingt begünstigte. Er sah rasch zu Kunert rüber und setzte dann seinen »Bad Cop«-Blick auf. »Da Sie offensichtlich Erinnerungsprobleme haben, müssen wir Sie mit aufs Präsidium nehmen. Vielleicht fällt Ihnen ja dann noch etwas ein.«

Er nahm Leimgruber am Arm und führte ihn zurück in Richtung des 4711-Gebäudes.

»Was soll das? Meinen Sie, dass ich Ihnen etwas vormache?«

»Nicht vormachen, nein. Wir denken, dass Sie uns etwas verschweigen.«

Leimgruber wurde spürbar unsicher. In seinem Gesicht arbeitete es, bevor er sagte: »Es war ein silberner Opel Vectra mit Hamburger Kennzeichen. Die Nummer konnte ich nicht erkennen.«

Brokat blickte erstaunt. »Bei der Dunkelheit und dem Tempo, mit dem der Wagen Ihrer Schilderung zufolge fuhr, wollen Sie sich da sicher sein?«

»Ich habe früher bei einem privaten Sicherheitsdienst gearbeitet. Ich achte auf solche Dinge. Und ich bin mir ganz sicher, dass es verdammt noch mal so war, wie ich es sage.«

Brokat schüttelte mürrisch den Kopf. »Also gut. Wir nehmen noch Ihre Personalien auf, dann können Sie gehen.«

»Und was ist mit meiner Belohnung?«, fragte Leimgruber.

»Welche Belohnung?«, meinte Brokat ungläubig.

»Wichtige Zeugen bekommen doch immer einen kleinen Obolus für sachdienliche Hinweise, die zur Ermittlung der Täter führen.«

Brokat wurde schlagartig rot im Gesicht, aber noch bevor er einen Ton sagen konnte, ging Leimgruber schnell weiter. Als der

Mann die Eingangstür zum 4711-Gebäude öffnete, drehte er sich noch einmal zu den Polizisten um. »Ich denke, Sie wollen alles wissen?«

»Was ist denn noch?«, fragte Brokat unwirsch.

Statt zu antworten, wurde Leimgruber plötzlich blass. Er sah auf die andere Straßenseite.

Brokat folgte seinem Blick und sah gerade noch eine schwarze Mercedes-Limousine davonfahren. Er blickte Leimgruber an, der etwas verwirrt wirkte.

»Kurz nach dem Vectra kam noch ein Wagen, der in die gleiche Richtung abgebogen ist, ein schwarzer S-Klasse-Mercedes, so wie dieser eben. Es sah so aus, als würde er den Opel verfolgen. Die Nummer konnte ich nur zum Teil lesen. Es war ein Kölner Kennzeichen mit der Buchstabenkombination HA und zwei Neunen am Ende.«

Als sie nur wenige Minuten später aus dem Parkhaus des Barthonia-Forums fuhren und den Weg in Richtung Präsidium einschlugen, war Kunert ziemlich sauer. »Das Gespräch hätten wir uns sparen können«, meinte er. »Dieser Widerling wollte doch nur eine Belohnung kassieren. Wahrscheinlich ist alles erfunden.«

Brokat wirkte nachdenklich. »Das glaube ich nicht. Die Zeitangabe passt genau zu der von Berschke geschätzten Todeszeit. Und auch die Details zu den Autos haben sich für mich ziemlich glaubwürdig angehört. Ich glaube nicht, dass er sich das ausgedacht hat.«

»Und was sollte das mit dem schwarzen Mercedes?«

»Ich weiß es nicht. Vielleicht waren das Komplizen. Oder er hat den ersten Wagen wirklich verfolgt, wobei sich die Frage stellt, warum. Check doch mal das Kennzeichen.«

***

Nach einem späten Mittagessen, das Brokat unterwegs eingenommen hatte, betrat er gegen vier sein Büro und traf dort seinen Chef Jan Vonderschmitt, der es sich in seinem Sessel bequem gemacht hatte. Er hatte die Beine auf den Schreibtisch gelegt und schaute sich das Fotoalbum von Andrea Ferru an. Ohne dass er es wollte, wurde Brokat wütend. »Legen Sie das Album zurück! Das ist ein Beweisstück.«

Der Polizeidirektor sah ihn kalt an. »Wenn Sie so weitermachen, brauche *ich* bald keinen Beweis mehr. Weil ich Sie dann nämlich von dem Fall abziehen werde.«

Brokat fiel einmal mehr auf, wie unsympathisch ihm sein Vorgesetzter war. Er ist machtbesessen, dachte Brokat. Das trübt seinen Blick. Er denkt immer nur daran, wie er weiterkommen kann. Die schnöde Realität interessiert ihn eigentlich gar nicht.

Zweifelsohne war Vonderschmitt intelligent und in seinem Job erfolgreich. Er machte kein Hehl daraus, dass er auf der Karriereleiter nach oben wollte, und tat alles dafür, seinen beruflichen Aufstieg zu beschleunigen. Für Brokat war er ein Hardliner, der es sich zur persönlichen Aufgabe gemacht hatte, das Verbrechen mit all seinen Schattierungen zu bekämpfen, sich dabei aber nicht für die Ursachen der Kriminalität interessierte. Brokat vermutete, dass er in seinem Innersten die Menschen von Natur aus für schlecht hielt und deshalb davon ausging, dass die meisten etwas zu verbergen hatten. Man musste sie nur genau beobachten, warten, bis sie gegen das Gesetz verstießen, und ihnen den Gesetzesbruch dann nachweisen.

»Was kann ich für Sie tun?«, bemühte sich Brokat dennoch, höflich zu bleiben.

»Was Sie für mich tun können?«, brauste nun Vonderschmitt auf. »Wenn ich Ihnen unter größten Mühen tüchtige Spezialisten besorge und Ihrem Fall höchste Priorität einräume, dann kann ich doch wohl erwarten, dass Sie diese Leute auch einsetzen, oder?«

»Sie meinen diesen Frank Wolf?«

»Ihn ebenso wie die anderen Männer, die ich für uns rekrutiert habe. Aber insbesondere Wolf ist meiner Meinung nach ein ausgezeichneter Experte – insbesondere für organisierte Kriminalität.«

»Ich habe genügend fähige Mitarbeiter, danke«, entgegnete Brokat trocken.

»Das denken Sie!« Sein Chef war aufgestanden und ging im Zimmer auf und ab. »Ich habe Ihnen schon einmal gesagt, dass dieser Fall eine politische Dimension hat. Die Boulevardpresse sieht bereits hinter jeder Pizzeria hier einen Stützpunkt der Mafia und fordert uns auf, etwas gegen die italienische Bandenkriminalität in Köln zu tun.«

»Das mag ja sein – aber was hat das mit meinem Fall zu tun?«, entgegnete Brokat.

»Sind Sie so naiv oder tun Sie nur so? Geht es nicht in Ihren Schädel rein, dass wir beweisen müssen, dass wir alles nur Menschenmögliche tun, um diesen Fall zu lösen? Machen Sie sich an die Arbeit und setzen Sie die Sonderkommission richtig ein. Spätestens übermorgen will ich Ergebnisse sehen!«

Vonderschmitt war zur Tür gegangen, ohne eine Antwort des Kommissars abzuwarten. Aber auch wenn sich eine Gelegenheit ergeben hätte, hätte Brokat den Mund gehalten. Was hätte er auch sagen sollen?

***

An diesem Abend verließ Brokat das Büro früher als sonst. Da er keine Lust hatte, schon nach Hause zu gehen, beschloss er, noch ein Bier zu trinken.

Die »Severinschänke« lag am Anfang des Kartäuserwalls, fast direkt am Chlodwigplatz, ungefähr zwei Minuten von Brokats Wohnung entfernt. Man hätte nicht sagen können, dass er Dauergast war, aber er war immerhin so häufig hier, dass er das Stammpersonal kannte.

Als er sich an die Theke setzte, schob ihm Manni, der Wirt, ein Kölsch hin. »Wie is et, Hans?«, fragte er, bevor er sich wieder umdrehte, um Gläser zu spülen.

Brokat nahm das Du nicht persönlich, wusste er doch, dass Manni das mit allen Gästen so machte. Dennoch war die Anrede bemerkenswert, denn Manni war einer der wenigen Menschen, die Brokat beim Vornamen nennen durften. Während er an seinem Kölsch nippte, sah er sich um. Seit er die »Severinschänke« kannte, hatte sich die Einrichtung in dunkelbraunem rustikalen

Holz mit großen Wagenrädern an der Theke nicht geändert. Manni war Amerika-Fan und fuhr in seiner Freizeit eine Harley Davidson. Auch wenn er, soweit Brokat wusste, noch nie in den USA gewesen war, schien das seine Vorstellung von einer gemütlichen Kneipe im Stil des Mittleren Westens zu sein. Dazu passten auch die Holzfällersteaks, die er immer dann servierte, wenn sein Koch es mal wieder schaffte, rechtzeitig zur Arbeit zu kommen.

Weniger passend erschien Brokat der Hundekorb in der Mitte des Gastraums, in dem ein kleiner schwarzer Pudel lag, der auf den Namen »Hennes« hörte. Der 1. FC Köln war die zweite große Leidenschaft von Manni, was Brokat, der selbst unter den regelmäßigen Auf- und Abstiegen des Kölner Traditionsklubs litt, gut nachvollziehen konnte. Dennoch fand er es ziemlich unpassend, einem Pudel den Namen des FC-Maskottchens, des legendären Geißbocks Hennes, zu geben.

Manni stellte ihm ein zweites Kölsch hin. Unkonzentriert blickte Brokat auf den Fernseher an der Wand, in dem auf Eurosport ein Golfturnier lief. Dabei dachte er an Frauen. An seine bisherigen im Allgemeinen und an Maria Ferru im Besonderen. Seine erste große Liebe, Christina, eine Schulfreundin aus Klettenberg, wo er aufgewachsen war, hatte er geheiratet, nachdem sie nach einem Jahr schwanger geworden war. Viel zu früh, wusste er heute. Nach acht Jahren Ehe hatten sie sich scheiden lassen. Sie waren einfach zu unterschiedlich. Sein Sohn, Alexander, war bereits erwachsen und studierte in Kiel. Brokats Verhältnis zu ihm war nicht besonders gut, was nach seiner Meinung wesentlich an Christina lag.

Sie trug ihm vieles nach, vor allem, dass er ihrer Meinung nach zu viel gearbeitet und sich zu wenig um die Familie gekümmert hatte. Heute wusste Brokat, dass sie zwar recht gehabt, aber seine Beweggründe nie verstanden hatte und auch gar nicht hatte verstehen wollen. Sie hatte ihn eingeengt, ihm Vorschriften gemacht, versucht, sein Leben zu bestimmen, sodass er schließlich regelmäßig länger im Büro geblieben war als eigentlich nötig. Dass Alexander der Leidtragende gewesen war, tat ihm im Nachhinein furchtbar leid. Sein Sohn hatte nie besonders viel von seinem Vater gehabt. Alexander hatte schon sehr früh damit begonnen, sein eigenes Leben zu leben.

Nach der Scheidung und dem Auszug aus der gemeinsamen Wohnung in Sülz hatte Brokat sich geschworen, nie wieder eine so enge Bindung einzugehen. Und so war es dann auch gekommen: insgesamt vier Beziehungen seitdem, von denen nicht eine länger als sechs Monate gehalten hatte. Keine tolle Bilanz, dachte er, der sich mehr oder minder damit abgefunden hatte, unfähig zu sein, eine längere Bindung einzugehen. Und nun hatte er Maria kennengelernt, die Schwester eines der beiden Opfer in diesem Mordfall.

Keine guten Voraussetzungen, dachte Brokat. Aber wofür? Seit ihrer ersten Begegnung musste er immer wieder an die Sardin denken. Hatte er etwa ein Auge auf Maria geworfen? Tatsache war, dass sie etwas in ihm ausgelöst hatte, was er schon lange nicht mehr gespürt hatte. Sei kein Narr, schalt er sich. Wieso sollte sie sich für ihn interessieren, der – so dachte er von sich – wie ein einsamer Wolf wirkte und obendrein noch so viele Jahre älter war? Und stand es ihm etwa zu, die beruflich bedingte Distanz, die ihn zu einem unvoreingenommenen Beobachter machte, aufzugeben? Wo er doch gerade jetzt seine ganze Kraft brauchte, um diesen kniffligen Fall zu lösen.

Später, als er zu Hause war, setzte sich Brokat im Wohnzimmer mit einem Glas Wein und einem Zigarillo an sein Schachbrett. Die Partie, die er an diesem Abend nachspielte – der Sieg, den Bobby Fischer Boris Spasski 1972 in der dritten Partie des legendären WM-Finales von Reykjavik abgerungen hatte –, machte ihn allmählich ruhiger. Der Wein tat sein Übriges. An diesem Abend ging Brokat früh ins Bett. Bevor er einschlief, dachte er an Andrea Ferru und wieder an Maria und daran, dass er sie auf alle Fälle vor ihrer Abreise noch einmal sehen wollte. Schließlich muss ich ihr das Album von Andrea Ferru zeigen, sagte er sich.

8

Gott sei Dank war sein Vetter Antonio, nachdem er ihn nach dem Unfall angerufen hatte, gleich ans Telefon gegangen. Offensichtlich hatte er es neben dem Bett liegen. Erst hatte dieser nicht verstanden, als er ihm erklärt hatte, was passiert war. Zweimal hatte er seine Schilderung wiederholen müssen. Schließlich hatte Antonio erklärt, dass er nachdenken müsse und sich in einer halben Stunde wieder melden würde. Distanziert und ablehnend hatte er sich angehört, so als würde die Schuld nicht bei ihm liegen, der sich den Plan ausgedacht hatte, sondern bei ihnen, die ihn nicht richtig ausgeführt hatten.

Es war schon fast halb drei in der Nacht von Dienstag auf Mittwoch gewesen, als sein Vetter endlich zurückgerufen hatte. Sie standen mit ihrem Leihwagen, dessen Frontpartie stark deformiert und dessen Vorderscheibe rechts fast völlig zersplittert war, versteckt auf einem Parkplatz in einer kleinen Seitenstraße. Wo genau sie waren, wusste er nicht. Die eiskalte Winterluft kam durch die kaputte Scheibe fast ungehindert ins Auto, und sie froren fürchterlich. Außerdem hatte er die ganze Zeit Angst, dass jemand vorbeikommen würde, dem der Wagen auffiel.

Am meisten hatte ihn allerdings der schlechte Zustand seines Neffen beunruhigt. Die schlimmsten Schnittwunden waren notdürftig verbunden, aber Roberto hatte viel Blut verloren und wirkte stark benommen. Hin und wieder stöhnte er vor Schmerzen.

Immerhin hatte Antonio eine Adresse, die ihnen zumindest fürs Erste einen Unterschlupf bieten würde. Umständlich hatte er ihm erklärt, dass er einen weitläufigen Verwandten mit Namen Stefano hatte (der ja dann auch mit ihm selbst verwandt sein musste), der vor Jahren mal in Köln bei Ford gearbeitet hatte. In dieser Zeit hatte er in einem Wohnheim in Godorf südlich von Köln gelebt, in dem viele Ausländer wohnten, die sich meist als Leiharbeiter in den benachbarten großen Chemiefabriken oder Raffinerien verdingten. Der Vermieter war Italiener, und mit diesem hatte sich sein Verwandter gut gestellt.

»Stefano weiß Bescheid. Man wird euch keine weiteren Fragen stellen. Sicherlich kann er euch auch einen Arzt besorgen.«

Die Idee war gut, keine Frage. Der Haken war nur das Auto. Erst einmal mussten sie mit dem kaputten Wagen bis zum Wohnheim kommen, ohne dass die Karre den Geist aufgab oder sie jemand anhielt. Das Ding konnte unmöglich auf der Straße bleiben. So demoliert, wie das Auto war, würde es sofort jemandem auffallen. Aber auch dazu hatte Antonio einen Vorschlag, den er allerdings erst mit Stefano besprechen wollte.

Und so mussten sie eine weitere halbe Stunde warten, bis sein Vetter erneut anrief. Es treffe sich gut, so meinte er, dass das Wohnheim auch Garagen habe, in denen man den Wagen verstecken könne.

»Warum sollte uns ein wildfremder Mensch einen solchen Gefallen tun? Er geht damit doch selbst ein Risiko ein«, wandte er ein.

»Sagen wir so«, meinte sein Vetter. »Er schuldet Stefano noch etwas.«

***

Seit zweieinhalb Stunden tagte die Sonderkommission »Soko Mafiamord« an diesem Freitagmorgen nun schon, und Brokats Geduld war erschöpft. Nicht genug damit, dass Jan Vonderschmitt die Gelegenheit genutzt hatte, nach einer ausführlichen Vorstellung aller beteiligten Mitarbeiter der Soko fast eine halbe Stunde lang über die politische Dimension des Falls zu sprechen und dabei immer wieder auf die Notwendigkeit hinzuweisen, dem Aufbau mafiöser Strukturen in Köln mit allen nur erdenklichen Mitteln Einhalt zu gebieten. Der Verweis auf die »noch nicht ausgeschöpften Möglichkeiten der Rasterfahndung« und »neue Abhörmethoden« hörte sich für den Kommissar so an, als wolle ein Politiker die Versäumnisse der gegnerischen Partei anprangern – nur dass eben keine Politiker im Raum waren.

In dem anschließenden Briefing der neuen Kollegen rückte

der Mafiaaspekt noch stärker in den Vordergrund. Auch dabei war Vonderschmitt nicht unerheblich beteiligt, in dem er nach den Erläuterungen Brokats zu den Einträgen in Michele Sareddus Notizbuch und dem Hinweis der italienischen Polizei auf eine mögliche Verbindung Sareddus mit der Mafia von einer »eindeutigen Motivlage« sprach.

Als der Chef schließlich mit dem Hinweis auf einen dringenden Termin den Raum verließ, ergriff Brokat endlich selbst das Wort und berichtete von dem Telefonat mit seinem sardischen Kollegen Paolo Garzone.

»Nach den bisherigen Ermittlungen verdichtet sich die Annahme, dass zumindest Michele Sareddu für die Mafia gearbeitet hat. Ob das auch auf Andrea Ferru zutrifft, wissen wir bisher nicht. Außerdem haben wir keinerlei Hinweise gefunden, dass die beiden Toten vorher jemals in Köln waren. Also, wenn sie wirklich zu einer mafiösen Vereinigung gehört haben, dann jedenfalls nicht hier bei uns.«

»Aber Hauptkommissar Brokat, ich bitte Sie!«, meldete sich Frank Wolf zu Wort. Als einziges Mitglied der Sonderkommission saß er nicht direkt am Besprechungstisch, sondern hatte seinen Stuhl ein Stück beiseitegerückt. »Meiner Meinung nach ist die Sache sonnenklar. Die beiden sind vor der Rache der Mafia geflohen, hier gestellt und dann umgebracht worden. Sehen Sie sich die Haltung der Toten an, in die sie nach ihrer Ermordung gebracht wurden. Eine deutlichere Warnung an alle, die eventuell abtrünnig werden wollen, kann ich mir nicht vorstellen. Und die beiden Täter sind inzwischen über alle Berge.«

»Das sind doch nichts als Spekulationen«, antwortete Brokat schärfer, als er es eigentlich beabsichtigt hatte.

»Aber nein, keineswegs.« Wolf stand auf und sah in die Runde. »Es gibt nachweisbare Beziehungen der Opfer zur sizilianischen Mafia. Und wir haben die Namen zweier Kontaktleute von Michele Sareddu. Da müssen wir ansetzen. Und wie Sie selbst gesagt haben, heißt einer der beiden Killer Marcantoni.« Er blickte triumphierend um sich. »Ich könnte wetten, dass wir damit auch schon den mysteriösen ›M.‹ aus Sareddus Notizbuch gefunden haben.«

Als sich Wolf wieder setzte, merkte Brokat, dass er vor Wut rot anlief. Mühsam beherrscht erwiderte er: »Nichts als Vermutungen! Wir wissen überhaupt nicht, ob die beiden angeblichen Mafiosi zur Tatzeit in Köln waren. Und warum sollten sie die beiden Sarden ausgerechnet hier umbringen? In Italien wären sie doch viel leichter greifbar gewesen. Tatsächlich wissen wir über den Hintergrund der Tat nichts, was beweisbar wäre. Und wie passen Ihrer Meinung nach mein nächtlicher Kampf am Tatort und die Halskette mit dem serbischen Wappen zur Mafiatheorie?«

Wolf lächelte süffisant. »Die Bedeutung Ihres nächtlichen Scharmützels würde ich nicht zu hoch bewerten. Möglicherweise hat jemand den Anhänger verloren. Und vielleicht haben Sie nur einen verängstigten Penner im Gebüsch aufgescheucht?«

Als Brokat nach einer weiteren halben Stunde aufstand und die Besprechung beendete, hatte er das Gefühl, eine Niederlage erlitten zu haben. Von Wolf einmal ganz abgesehen, der sich offensichtlich schon auf einen Mafiamord festgelegt hatte, hatte Brokat noch nicht einmal seine eigenen Leute überzeugen können.

Später im Flur nahm ihn Kunert beiseite. »Ich wollte eben nichts sagen, aber eigentlich spricht doch alles dafür, dass Wolf recht hat. Warum zweifelst du immer noch an der Mafiatheorie?«

»Weil sie mir zu glatt und zu offensichtlich ist, und weil wir keinerlei Beweise haben.« Und weil ich nicht will, dass Andrea Ferru mit Verbrechern in Verbindung gebracht wird, dachte Brokat, ohne zu wissen, warum.

»Aber muss das Offensichtliche immer falsch sein?«

»Nein, aber solange wir kein klares Motiv für die Tat haben, spricht auch nicht mehr dafür als für jede beliebige andere Annahme.«

»Könnte das Motiv nicht einfach darin bestanden haben, dass die beiden Ermordeten aussteigen wollten? Oder noch schlimmer, dass sie in die eigene Tasche arbeiteten?«

»Könnte schon sein«, bestätigte Brokat zweifelnd. »Kümmere du dich weiter um die beiden Autos. Habt ihr die Angaben von Leimgruber überprüft?«

»Natürlich, aber die Hinweise zu dem Vectra sind zu allgemein. Und einen in Köln zugelassenen schwarzen S-Klasse-Mercedes mit den angegebenen Buchstaben und Ziffern gibt es nicht. Dafür haben wir was Neues zu der Silberkette mit dem Anhänger. Die KTU hat zwar keine brauchbaren Fingerabdrücke gefunden, aber die Symbolexperten aus Düsseldorf haben ihr Gutachten geschickt.«

»Und was steht drin?«

»Außer dem Hinweis auf das serbische Wappen haben sie noch festgestellt, dass es sich wohl um einen teuren Anhänger handelt. Das Teil ist aus Sterlingsilber. Außerdem ist die Prägung sehr aufwendig. Der Schriftzug deutet auf eine persönliche Widmung hin.«

»Schön, und was heißt das jetzt?«

»Mit wem du auch immer gekämpft hast, er hat etwas verloren, was ihm sehr viel bedeutet haben muss.«

***

»Sehen Sie, jetzt muss ich doch weinen.« Die Sardin hob ihr hübsches Gesicht, und er sah, dass in ihren Augen die Tränen standen. Wieder saßen sie im Café »Im Zollhafen« im südlichsten der drei Kranhäuser. Es war kalt draußen. Für den nächsten Tag war Schnee angesagt. Draußen auf dem Rhein fuhren die Schiffe vorbei. Durch die überdimensionalen silbernen Lüftungsrohre der Tiefgarage hindurch sah Brokat das alte Aurora-Gebäude auf der anderen Rheinseite.

Er hatte sich noch einmal mit Maria verabredet, um mehr über ihren Bruder zu erfahren. Nachdem er ihr von seinem Telefonat mit Garzone erzählt hatte, sagte sie nachdenklich: »Das passt zu meinem Eindruck von Michele. Ich meine, dass er mit dem Leben im Dorf seiner Eltern abgeschlossen hatte. Aber dass er an so brutalen Entführungen beteiligt gewesen sein soll, kann ich kaum glauben.«

»Könnte es sein, dass Ihr Bruder auch bei so etwas mitgemacht hat?«, fragte Brokat vorsichtig.

»Auf gar keinen Fall«, erwiderte Maria entschieden. »Andrea war ein grundehrlicher Mensch. Er würde sich niemals an solchen schlimmen Verbrechen beteiligen.«

»Sie haben mir erzählt, dass er Sareddu bewundert hat. Vielleicht hat er zu sehr versucht, ihm nachzueifern.«

»Nein, nein und nochmals nein. Mein Bruder mag nicht sehr willensstark gewesen sein, aber er hätte sich niemals auf so etwas eingelassen.«

»Ich habe hier etwas, das ich Ihnen zeigen wollte.« Brokat griff in seine Tasche und legte das Fotoalbum vor Maria auf den Tisch. Sie schwieg. Brokat blickte sie an und wartete. Endlich schaute sie ihn an.

»Das Album haben Sie bei ihm gefunden, nicht wahr?« Sie stockte kurz. »Ich habe Andrea geliebt, von ganzem Herzen. Vielleicht noch mehr als andere ihre Geschwister lieben, weil ich ihm schon früh die Mutter ersetzen musste. Andrea war ein guter Mensch, aber er war immer zu empfindsam. Er hat unter so vielem gelitten. Und dann dieses Ende. Das ist so ungerecht.«

Jetzt weinte sie. Ohne nachzudenken, legte Brokat einen Arm um ihre Schultern und strich ihr behutsam über die Haare. Allmählich wurde sie ruhiger. Langsam löste sie sich von ihm und schlug das Album auf.

»Commissario, dieses Bild mag ich besonders. Hier ist Andrea einmal wirklich glücklich.« Sie zeigte auf ein Foto, das Brokat auch schon aufgefallen war. Es zeigte Andrea und Carlo Ferru, die ausgelassen am Meer Ball spielten. Das Foto konnte noch nicht so alt sein – drei bis vier Jahre, schätzte er. Er fragte Maria danach. Sie bejahte.

»Das Foto hab ich gemacht. Es ist kurz vor dem Tod unserer Eltern entstanden. Zu dieser Zeit habe ich schon als Dolmetscherin gearbeitet. Wir haben uns bei mir zu Hause getroffen. Die Eltern durften nichts davon wissen. Sie hätten uns verboten, Carlo zu sehen.«

»Also ist Carlo häufiger auf Sardinien gewesen?«

»Jedes Jahr mindestens einmal. Er wollte vor allem Andrea

sehen. Für meinen Bruder war das ebenso wichtig. Nach mir war Carlo für ihn die wichtigste Bezugsperson.«

»Sind Sie sicher?«

»Wie meinen Sie das?«

»Ich meine, dass er wirklich jedes Jahr auf Sardinien war.«

»Natürlich. Sehen Sie sich doch nur das Album an.« Sie blätterte weiter. »Schauen Sie, auf wie vielen anderen Bildern er noch zu sehen ist. Commissario, brauchen Sie das Album noch? Ich würde es gern mitnehmen.«

Brokat zögerte. Nach dem Stand der Dinge waren die Bilder alte Familienfotos und damit für den Mordfall nicht relevant. Dennoch hatte er das Gefühl, dass das Album ein Band zwischen ihm und Andrea Ferru schuf.

»Leider jetzt noch nicht. Das Album wurde bei einem Mordopfer gefunden und ist deshalb ein Beweisstück in diesem Fall. Aber ich verspreche Ihnen, dass Sie es so bald wie möglich zurückbekommen. Eine Frage habe ich noch. Finden Sie es nicht ungewöhnlich, dass Andrea das Fotoalbum mit auf eine Fahrt nach Deutschland genommen hat?«

Die junge Sardin zögerte. »Doch, wenn ich darüber nachdenke, schon. Ihm hat dieses Album sehr viel bedeutet. Normalerweise würde er etwas, das einen solch persönlichen Wert bedeutet, nicht mit auf eine Auslandsreise nehmen.«

Brokat blickte nachdenklich. »Es sei denn, er ging davon aus, dass er lange von zu Hause fortbleiben würde.«

»Sie meinen, dass er länger wegfahren wollte?«

»Ich denke, dass er vor etwas geflohen ist.« Und das kann nur die Mafia gewesen sein, dachte Brokat. Er fragte sie nach ihrem Verhältnis zu Carlo.

»Wissen Sie, für uns war er fast wie ein Vater. Er war so verständnisvoll und tolerant, wie wir uns unseren richtigen Vater immer gewünscht haben. Jetzt sehen wir uns nicht mehr so häufig, aber wenn wir uns treffen, ist es sehr herzlich – so wie früher.«

Brokat sah auf die Uhr, dann stand er auf.

»Müssen Sie schon gehen?«, fragte Maria.

»Ja, leider. Die Pflicht ruft.«

»Schade, ich hätte Sie gern noch zu einem Spaziergang entführt.«

»Nächstes Mal.«

»Falls es ein nächstes Mal gibt. Ich werde nicht mehr lange in Deutschland bleiben.«

***

Als Brokat nach dem Mittagessen (er hatte sich die Zeit genommen, bei Francesco zu essen) über die Deutzer Brücke in Richtung Kalk zum Präsidium zurückfuhr, stellte er fest, wie sehr er sich wünschte, dass Maria länger in Köln bleiben würde. Sei kein Narr, schalt er sich. Warum sollte sich eine junge, lebenslustige Italienerin gerade für ihn interessieren? Er verband sein Telefon über Bluetooth mit der Freisprechanlage seines Wagens und vereinbarte mit Carlo Ferru ein Treffen für den nächsten Tag. Da der Italiener aus zeitlichen Gründen nicht nach Köln kommen wollte, erklärte sich Brokat bereit, nach Frankfurt zu fahren, und gab ihm seine Handynummer, falls etwas dazwischenkommen sollte.

Im großen Besprechungszimmer, das während der Arbeit der Sonderkommission als Kommandozentrale diente, war nur wenig los. Zwei Beamte saßen an ihren Schreibtischen und telefonierten, genau wie Kunert, der die Koordination der Ermittlungsgruppen übernommen hatte und während des Gesprächs heftig gestikulierte. Brokat holte sich einen Kaffee und setzte sich auf einen freien Stuhl.

Zu Brokats Leidwesen konnte sein Assistent wenig Neues berichten. Die Befragungen der Anwohner hatten nichts erbracht. Inzwischen waren nach dem Aufruf über die Medien und dank der im weiteren Umkreis verteilten Flugblätter die ersten Hinweise aus der Bevölkerung eingegangen. Etwas Brauchbares war aber bisher nicht dabei gewesen. Außer Leimgruber hatte niemand etwas gesehen oder gehört. Auch über den mysteriösen »M.«, der im Notizbuch Sareddus erwähnt worden war, wussten sie nichts. Brokat hatte das Gefühl, dass sie auf der Stelle traten.

Der einzige Lichtblick war der detaillierte Bericht, den Garzone inzwischen gemailt hatte. Die italienischen Behörden hatten herausgefunden, dass Andrea Ferru und Michele Sareddu am vergangenen Montag mit der Nachtfähre von Olbia aus losgefahren waren. Diese hatte fahrplanmäßig am Dienstag gegen sieben Uhr morgens in Genua angelegt. Bei einer geschätzten Entfernung von knapp eintausend Kilometern ab Genua bedeutete dies, dass die beiden Sarden – berücksichtigte man das alte Auto und notwendige Pausen – erst wenige Stunden vor dem Mord in Köln angekommen sein konnten. Die weiteren Ermittlungen zum Tathergang waren eindeutig Sache der Kölner Polizei. Da das Motiv beziehungsweise die Vorgeschichte zu dem Mord möglicherweise auf Sardinien zu suchen waren, konzentrierten sich Garzone und seine Leute, wie mit Brokat vereinbart, darauf, im näheren Umfeld der beiden Toten zu ermitteln.

So hatten sie zuerst die Wohnungen der beiden untersucht. Hinweise, die mit der Reise nach Deutschland in Zusammenhang standen, fanden sie dort nicht. Außerdem gab es nach wie vor keine Anhaltspunkte dafür, dass Andrea Ferru etwas mit den Verwicklungen von Michele Sareddu in die Entführungen an der Costa Smeralda zu tun hatte. Ebenso unklar war, wovon Sareddu gelebt hatte, nachdem er bei der Autowerkstatt in Nuoro aufgehört hatte. Hier waren die Behörden noch dabei, Konten und Geldgeschäfte von ihm und auch von Ferru zu recherchieren, was – so drückte sich Garzone vorsichtig aus – in Italien nicht immer leicht war. Die beiden mutmaßlichen Mafiakiller, Franco Marcantoni und Raffaele Guasco, deren Telefonnummern sich in Sareddus Notizbuch befanden, hatten nach den bisherigen Ermittlungen für die Zeit des Mordes kein gesichertes Alibi vorzuweisen. Ob sie sich möglicherweise im Ausland aufgehalten hatten, war noch unklar.

Brokat seufzte. »Wir können uns nicht darauf verlassen, dass die Italiener für uns die Kastanien aus dem Feuer holen – vor allem, wenn es hier bei uns eine klare Lüge aufzudecken gibt.«

»Was meinst du damit, Chef?«

»Ich meine Carlo Ferru, der mir weismachen wollte, dass er

keinen Kontakt mehr zu Andrea hatte, was nachweislich nicht stimmt. Aber warum hat er gelogen?«

»Vielleicht waren ihm die Treffen auf Sardinien entfallen?«

»Maria Ferru sagt, dass sie sich seit Carlos Weggang nach Deutschland mindestens einmal im Jahr gesehen haben. So etwas vergisst man nicht. Ich bin davon überzeugt, dass Andreas Onkel mehr weiß, als er gesagt hat.«

9

»Wo waren Sie gegen ein Uhr in der Nacht von Dienstag auf Mittwoch?«

Carlo Ferru und Brokat saßen an einem Tisch im Gastraum des »Lo Scoglio«, eines kleinen vornehmen italienischen Restaurants im Frankfurter Westend. Es war Samstagmittag, und das Lokal war fast voll.

»Wollen Sie etwa andeuten, dass ich etwas mit dem Tod meines Neffen zu tun habe?«

»Ich will gar nichts andeuten. Beantworten Sie einfach meine Frage.«

Ferru überlegte kurz. »Zu Hause. Da ich mich etwas krank fühlte, bin ich heimgefahren und schon gegen halb zehn ins Bett gegangen. Aber Zeugen dafür habe ich keine.«

»Was ist mit Ihrer Frau?«

»Wir leben schon seit drei Jahren getrennt.«

»Das tut mir leid.«

Der Italiener schwieg. Brokat wischte sich den Mund mit der Serviette ab und sah sein Gegenüber an. »Vielen Dank für das wirklich hervorragende Essen. Ich sehe, Ihr Koch versteht sein Handwerk. Dennoch hätte ich gern eine Erklärung dafür, warum Sie mir gegenüber behauptet haben, dass Sie Andrea seit zehn Jahren nicht mehr gesehen haben.«

Carlo Ferru seufzte, machte aber nicht den Eindruck, als wäre er sehr überrascht, dass Brokat seine Lüge aufgedeckt hatte. »Es tut mir leid, dass ich nicht ganz ehrlich zu Ihnen war, Commissario. Aber ich habe das Gefühl, dass Andrea in eine schlimme Sache reingezogen wurde, mit der ich nicht in Zusammenhang gebracht werden will.«

»Was meinen Sie damit?« Brokat war nicht bereit, sich mit nebulösen Äußerungen zufriedenzugeben. »Hören Sie, es geht hier um zwei Morde. Eines der Opfer ist Ihr Neffe. Sind Sie sich im Klaren darüber, dass Sie mit einer Falschaussage die Ermittlungen behindern?«

Zum ersten Mal, seit Brokat ihn kennengelernt hatte, schien Carlo Ferru die Selbstsicherheit zu verlassen. Es dauerte eine Weile, bevor er wieder zu sprechen begann. »Auch wenn ich Andrea nicht mehr so oft wie früher sehen konnte, so blieb doch unser Vertrauensverhältnis bestehen. Er redete mit mir über alles, was ihn beschäftigte, darunter wahrscheinlich auch über Dinge, die er Maria nie gesagt hat.« Wieder schwieg Ferru einen Moment, bevor er fortfuhr. »Vor ungefähr einem Jahr war es, als mir Andrea auf einer Fahrt ans Meer erzählte, wie sehr ihn die Arbeit in der Schlosserei und das Leben im Dorf anödeten. Er hatte den Tod seiner Eltern immer noch nicht verwunden und sprach davon, dass er seine Heimat bald verlassen würde. Er erzählte mir in dem Zusammenhang, dass Michele zu Geld gekommen wäre und er mit ihm zusammen weggehen würde. Vorher müsste er sich allerdings auch noch Geld beschaffen. Wie, das wollte er mir nicht sagen. Aber viele im Dorf vermuteten, dass Michele an dubiosen Geschäften beteiligt war. Ich nehme an, Sie wissen das bereits?«

Brokat nickte. »Dann haben Sie den zweiten Toten also doch gekannt.«

Ferru ging nicht darauf ein. »Commissario, ich habe Ihnen neulich erzählt, dass mein Bruder Filippo der sardischen Unabhängigkeitsbewegung nahestand. Was ich Ihnen jedoch nicht gesagt habe, ist, dass auch Andrea politisch aktiv war und für die sardische Sache auch Gewalt angewendet hätte.«

»Woher wollen Sie das wissen?«

»Er hat es mir selbst gesagt. Wir haben häufig über dieses Thema diskutiert. Ich habe versucht, ihn davon zu überzeugen, dass Gewalt alles nur noch schlimmer macht. Aber er hat nicht auf mich gehört. Seit dem Tod seiner Mutter war er ein anderer Mensch, hart und unbelehrbar, ganz anders als früher.«

»Was denken Sie, was passiert ist?«

»Natürlich habe ich keine Beweise, aber in meinen Augen spricht alles dafür, dass Michele Andrea dazu gebracht hat, für die Mafia reiche Italiener zu entführen. Genau wie er. Vermutlich hat Michele dabei auch noch politisch argumentiert, weil er genau wusste, dass er Andrea damit ködern konnte.«

»Woher wissen Sie das mit den Entführungen?«

»Einige wussten davon«, antwortete Ferru ausweichend. »Michele war ein Angeber. Er redete zu viel.«

»Und Sie glauben, dass die Morde damit zusammenhängen?«

»Da bin ich mir sicher. Sie wollten sich an Andrea und Michele rächen. Vielleicht wollte Michele auf eigene Faust weitermachen, er war so ein Typ. Aber es kann nur die Mafia gewesen sein!«

»Ich frage Sie noch einmal: Wussten Sie, dass Andrea und Michele nach Köln kommen würden?«

»Nein, das müssen Sie mir glauben. Wenn sie mich eingeweiht hätten, dann hätte ich sie sicherlich zu mir nach Frankfurt geholt.«

***

Als Brokat gegen vier Uhr auf der A 3 in Richtung Köln fuhr, fing es an, heftig zu schneien. Es war draußen so dunkel, dass es ihm vorkam, als wäre es schon später Abend. Brokat konnte kaum noch etwas sehen und musste die Geschwindigkeit drosseln. Kurz vor Limburg wurde das Schneetreiben so dicht, dass der Verkehr fast zum Erliegen kam.

»Seit dem Tod seiner Mutter war Andrea ein anderer Mensch.« Immer wieder gingen ihm die Worte von Carlo Ferru durch den Kopf. Obwohl ihm vieles von dem, was der Italiener erzählt hatte, plausibel vorkam, blieben doch Fragen offen. Hatte seine Schwester Maria wirklich nichts von den Veränderungen bei Andrea gemerkt? Warum hatte sie ihm nicht erzählt, dass Andrea die politischen Ansichten seines Vaters teilte? Irgendwie wollten die Bilder, die Carlo und Maria von Andrea zeichneten, nicht zueinanderpassen. Brokat wurde klar, dass er vor ihrer Abreise noch einmal mit der Sardin sprechen musste. Das kam ihm gerade recht, denn immer noch geisterte sie durch seinen Kopf. Obwohl sich sein Verstand dagegen wehrte, wusste er, dass es nur wenig auf der Welt gab, was er lieber tun wollte, als mit ihr zusammen zu sein und sie über den Verlust ihres Bruders hinwegzutrösten.

Brokat wählte über die Freisprechanlage Marias Nummer. Sie meldete sich sofort. Er suchte nach den richtigen Worten, lud sie für den Abend zum Essen zu Francesco ein. Sie schien seine Befangenheit nicht zu bemerken. Offensichtlich freute sie sich über die Einladung. Brokat versprach, sie gegen halb acht vom Hotel abzuholen.

Sogar in Köln war der Schnee liegen geblieben. Als Brokat über die Severinsbrücke in Richtung Rheinauhafen fuhr, begrüßte ihn der hell erleuchtete Dom. Die Stadt war in ein winterliches Kleid gehüllt und wirkte seltsam heimelig. Brokat gefiel die Stimmung, obwohl er wusste, dass das Weiß nicht lange bleiben würde.

Als Brokat mit einiger Verspätung das Art'otel betrat, kam ihm Maria bereits im Foyer entgegen. Sie trug einen schwarzen Rock mit roter Bluse und darüber einen dunklen Mantel. Ihr halblanges Haar fiel ihr locker über die Schulter. Brokat fand sie attraktiver denn je. Auf der Fahrt ins Zentrum schwiegen sie beide. Brokat fiel nichts ein, außer Fragen zu Andrea und Carlo Ferru, die er jetzt aber nicht stellen wollte.

Am liebsten hätte er ihr gesagt, dass sie noch nicht zurück nach Sardinien fahren, sondern etwas länger hier, bei ihm, bleiben solle. Aber natürlich fehlte ihm dazu der Mut. Schließlich erzählte er ihr von Francesco und seinem Restaurant, dem »Palermo«. Dabei riss er bei jeder Kreuzung die Gänge rein, dass sein alter Volvo nur so stöhnte.

Sie hörte ihm aufmerksam zu und sagte dann: »Vieles von dem, was Sie mir über Francesco erzählt haben, erinnert mich an Carlo. Habe ich Ihnen schon gesagt, dass ich mich mit ihm treffen werde, bevor ich morgen zurückfliege?«

Sie strahlte ihn an, doch er konnte ihr nicht ins Gesicht sehen, so traurig machte ihn die Nachricht, dass sie am nächsten Tag weg sein würde.

Sie parkten im Dumont-Carré und gingen über die Breite Straße bis zur Nord-Süd-Fahrt. Das »Palermo« erstrahlte in festlichem Glanz. Francesco hatte für sie seinen besten Tisch reserviert. Höflich begrüßte er Maria auf Deutsch. »Ich freue mich, dass Sie mir die Ehre erweisen, mein Gast zu sein. Die Freunde meines Freundes Brokat sind mir besonders willkommen.«

Brokat wusste, dass Francesco das »Palermo« Mitte der neunziger Jahre übernommen hatte. Es hieß damals allerdings anders und war ziemlich heruntergekommen. Innerhalb von kurzer Zeit hatte es der Italiener zu einer kulinarischen Perle unter den italienischen Ristorantes in Köln gemacht. Als Brokat Francesco kennenlernte, besaß dieser außerdem noch das »Spiga d'oro«, eine in der Nähe des Zülpicher Platzes gelegene Pizzeria. Bei seinen Gästen war der Gastronom besonders wegen seiner freundlichen und aufmerksamen Art beliebt. An den Abenden, an denen Francesco selbst anwesend war (und das waren die meisten), begrüßte er seine Besucher stets persönlich, erkundigte sich nach ihren Wünschen und, wenn am Ende das Finanzielle zu erledigen war, nach ihrer Zufriedenheit. Ihm waren seine Gäste wirklich wichtig, und er unterhielt sich gern mit ihnen, ohne dabei aufdringlich zu wirken. Auch wenn es manchmal hektisch zuging, hatte er immer ein offenes Ohr für besondere Wünsche und manchmal ausgefallene Bestellungen. Bei alledem strahlte er eine angenehme, selbstverständliche Autorität aus, die den Besuchern stets das Gefühl gab, mit dem »Palermo« die richtige Wahl getroffen zu haben.

Francesco nahm die Bestellung selbst auf. Schon während des Essens kam er immer wieder an ihren Tisch, erkundigte sich, wie es ihnen schmeckte, und fragte Maria nach ihrer Arbeit und ihrem Leben auf Sardinien.

»Kommt man sich auf einer Insel nicht irgendwann eingeschlossen vor? Mir ist das in Sizilien so gegangen.«

Sie lächelte. »Nein, gar nicht. Sie müssen wissen, dass ich beruflich sehr viel unterwegs bin. Ich führe und begleite Gruppen nicht nur auf der Insel, sondern überall in Italien, manchmal auch in Frankreich oder Deutschland. Mir würde es allerdings auch genügen, nur auf Sardinien zu leben, weil ich wüsste, dass ich jederzeit woanders hinkann. Leider ist das bei vielen unserer Jugendlichen anders.«

Francesco wurde ernst. »Sie sprechen von Ihrem Bruder? Brokat hat mir von ihm erzählt. Es tut mir leid, das muss schlimm für Sie sein.«

Brokat wollte das Thema wechseln, aber sie kam ihm zuvor. »Nein, lassen Sie. Manchmal tut es gut, über seinen Kummer zu sprechen. Das Schlimmste ist einfach, dass mir sein Tod so sinnlos vorkommt.«

Die beiden Männer schwiegen, weil es darauf nichts zu sagen gab. Schließlich setzte sich Francesco zu ihnen und begann, Geschichten über sein Restaurant und seine Gäste zu erzählen, darüber, wie er nach Deutschland gekommen und wie die erste schwierige Zeit des Neubeginns in einem fremden Land gewesen war. Einmal mehr fiel Brokat auf, wie gut Francesco reden konnte. Er hatte die Gabe, mit seiner Mimik und Gestik die volle Aufmerksamkeit seines Gegenübers auf sich zu ziehen. Sicher war er auch deswegen so erfolgreich, als Geschäftsmann und auch als Vertreter der Interessen seiner Landsleute.

Maria entspannte sich sichtlich, lachte hier und da und wurde mit zunehmendem Genuss von Francescos Hauswein immer fröhlicher. Schließlich verfiel sie zwischendurch, ohne es zu merken, in ihre Muttersprache, und Francesco antwortete ihr ebenfalls auf Italienisch.

Brokat fühlte sich von der Unterhaltung ausgeschlossen und spürte Eifersucht in sich aufsteigen, auf Francesco, der sich so souverän darzustellen vermochte und vermutlich nichts von Brokats Gefühlen ahnte. Es hätte ihr Abend werden sollen – seiner und Marias – und nicht der von Francesco Leone, der obendrein seit mehr als zwanzig Jahren glücklich verheiratet war, wie er nicht müde wurde, bei jeder Gelegenheit zu erklären. Aber seine Frau Carla war längst nach Hause gefahren, während ihr treu sorgender Ehemann unbekümmert mit einer jungen hübschen Italienerin flirtete, die er, Brokat, eigentlich an diesem Abend für sich hatte gewinnen wollen.

Nach dem Espresso ging Brokat auf die Toilette – die beiden schienen es kaum zu bemerken. Einige Minuten stand er im Waschraum und schaute sich im Spiegel an. Das helle Neonlicht betonte jede seiner Falten überdeutlich, und er sah, dass sein Gesicht grau und seine Augen rot unterlaufen waren. Ein Gefühl von Bitterkeit stellte sich ein, langsam, dann immer stärker, und drohte ihn schließlich zu übermannen. Was habe ich nur aus meinem Leben gemacht? Schau mich nur an, schien ihm das Gesicht im Spiegel sagen zu wollen.

Plötzlich hatte er das Gefühl, sich selbst von außen zu betrachten, einen alternden Polizisten, den mit seinen fast fünfzig Jahren nur der Wille weiterzumachen über Wasser hielt. Aber wozu? Um wenigstens einige der schlimmen Verbrechen aufzuklären, die in dieser Stadt begangen wurden? Um den Opfern Gerechtigkeit widerfahren zu lassen? Um den schlechten Ruf der Polizei bei der Verbrechensbekämpfung aufzupolieren und seiner Tätigkeit damit eine Legitimation zu geben? Brokat wusste es nicht mehr – vielleicht hatte er es nie gewusst. Schlagartig wurde ihm klar, dass er mehr vom Leben wollte. Maria, aber nicht nur sie, sondern ein anderes Leben als bisher, eines, in dem er an das, was er tat, wieder glauben konnte.

Als er an den Tisch zurückkam, musste er plötzlich über sich selbst und seine schuljungenhafte Eifersucht lächeln. Maria bemerkte es und sah ihn an. »Commissario, das ist mein letzter Abend hier, und jetzt habe ich kaum mit Ihnen geredet. Bitte verzeihen Sie mir. Dabei sind Sie mir in den letzten Tagen eine große Stütze gewesen.«

Francesco stand auf. »Dann lasse ich Sie beide jetzt allein. Wahrscheinlich denken meine anderen Gäste schon, dass ich mich gar nicht mehr um sie kümmere.« Er verabschiedete sich von Maria mit einem vollendeten Handkuss und zwinkerte Brokat im Weggehen zu.

Maria bestellte noch einen Wein, bevor sie Brokat fragte: »Haben Sie denn noch etwas über den Tod meines Bruders herausgefunden?«

Brokat hätte beinahe geantwortet, dass es ja auch noch einen zweiten Toten gegeben hatte, aber die Antwort erschien ihm unpassend. »Leider kann ich Ihnen nicht viel mehr sagen, außer dass wir jeder Spur nachgehen.« Er erzählte ihr von dem Bericht, den Garzone geschickt hatte. »Sicher wissen wir immer noch nicht, wer ›M.‹ ist und wie es zu dem Mord in Köln gekommen ist. Aber vieles deutet darauf hin, dass Michele an Entführungen an der Costa Smeralda beteiligt war und dass die Hintermänner für die Tat in den Kreisen der Mafia zu suchen sind.«

Maria blickte skeptisch. »Und wenn es einfach nur ein Raubmord war? Vielleicht waren Andrea und Michele nur zufällig zur falschen Zeit am falschen Ort?«

»Das glaube ich nicht«, entgegnete Brokat. »Wer würde sich schon zwei junge Männer in einem alten schäbigen Auto als Opfer aussuchen? Und dann auch noch in einer derart verlassenen Gegend? Nein, das waren professionelle Mörder, die mit absoluter Kaltblütigkeit zu Werke gegangen sind. Sie wussten genau, dass die beiden in das Parkgelände kommen würden. Und sie haben nicht aus Geldgier gehandelt, vermutlich war Rache das Motiv. Wir haben aufschlussreiche Telefonnummern in Micheles Notizbuch gefunden. Sie sind eindeutig zwei Mafiakillern zuzuordnen. Vielleicht waren sie sogar selbst an dem Mord beteiligt.«

Maria blickte Brokat gereizt an. »Wie stolz Sie auf Ihre Theorie mit der Mafia sind! Wenn etwas Schlimmes passiert, war es immer die Mafia. Das ist bei uns in Italien so, und jetzt soll es bei euch in Deutschland auch so sein. Machen Sie es sich nicht ein bisschen einfach? Ich sage Ihnen, auf Sardinien gibt es keine Mafia!«

Brokat fühlte sich merkwürdigerweise persönlich angegriffen, ohne zu wissen, warum. »Maria, die Fakten liegen klar auf der Hand. Michele Sareddu hat für die Mafia gearbeitet, auch wenn sie vielleicht nicht direkt auf Sardinien agiert. Alle Indizien weisen in diese Richtung. Und wir haben Anhaltspunkte, dass sich Sareddu mit seinen Bossen überworfen hat. Wir wissen nur noch nicht, wie tief Ihr Bruder in der Sache steckt.«

Die Sardin funkelte ihn an. Ihre Augen sprühten Blitze. »Es muss schön sein, ein so einfaches Weltbild zu haben. Wenn Michele Mafioso war, dann muss Andrea das auch gewesen sein. Das denken Sie doch, oder?«

»Warum sollte er sonst getötet worden sein?«, wandte Brokat ein.

»Haben Sie schon einmal daran gedacht, dass Andrea nur umgebracht wurde, weil er mit Michele zusammen war? Um keinen Zeugen der Tat zu haben?«

»Sicher«, entgegnete Brokat. »Das wäre möglich. Ich will um Gottes willen Ihrem Bruder nichts anhängen. Aber Ihre These würde trotzdem unsere Annahme stützen, dass die Mafia hinter den Morden steckt.«

»Sie haben keine Ahnung!«, entgegnete Maria zornig. »Sie denken, Sie wissen etwas über Italien und die Mafia, aber das sind nur Luftblasen, Vorurteile, Annahmen ohne Grundlage. Italien ist nicht die Mafia, und Sardinien ist nicht Italien. Ist Ihnen schon jemals der Gedanke gekommen, dass hinter den Morden auch etwas ganz anderes stecken könnte?«

Ohne es zu wollen, war Brokat ebenfalls zornig geworden. »Es tut mir leid, dass Sie die Tatsachen einfach nicht wahrhaben wollen. Ich verstehe ja, dass Ihr Bruder für Sie ein Heiliger war. Aber die Beteiligung der Mafia ist unzweifelhaft gegeben – und sie gibt den Morden ein Motiv und einen Sinn. Außerdem weiß ich, dass Andrea den politischen Idealen seines Vaters, dem jedes Mittel recht war, der italienischen Ordnungsmacht eins auszuwischen, durchaus Sympathie entgegenbrachte.«

»Das haben Sie von Carlo, nicht wahr? Und diesen Quatsch glauben Sie tatsächlich? Ich kann Ihnen sagen, dass Andrea die politische Überzeugung unseres Vaters völlig abgelehnt hat.« Maria war aufgestanden und zog sich den Mantel an. »In einem haben Sie recht, Commissario. Hier geht es um Rache und um Vergeltung. Aber um eine andere, als Sie denken. Hier geht es um Blutrache, um *Disamistade*, wie wir Sarden sagen. Mit der Mafia hat das nichts zu tun!«

An der Tür drehte sie sich noch einmal um. »Nichts für ungut. Ich dachte, wir wären Verbündete.« Sie ging und nahm das Licht, das den Gastraum eben noch hell wie die Sonne hatte erstrahlen lassen, mit sich.

10

Brokat erwachte mit schlimmen Kopfschmerzen. Es war Sonntag. Erst langsam stellte sich die Erinnerung an den letzten Abend ein. Er fühlte sich leer. Als er in der Nacht nach Hause gekommen war, war er völlig aufgewühlt gewesen. Wie hatte der Abend nur so enden können? Brokat wusste es nicht. Immer wieder hatte er das Gespräch mit Maria Revue passieren lassen. Enttäuschung über ihr Unverständnis wechselte mit heftiger Eifersucht auf Francesco und Beschämung über sein eigenes Unvermögen. Am Ende war er sich sicher, dass Maria ihn fürchterlich missverstanden hatte. Wie kam sie nur darauf, dass er Andrea etwas anhängen wollte?

Mehrmals hatte er zum Telefon gegriffen und es wieder weggelegt, bis er schließlich den Mut fand, ihre Handynummer, die er mittlerweile auswendig kannte, zu wählen. Doch nach dem zweiten Tuten ging die Mailbox ran. Selbst auf der Bandansage klang ihre Stimme warm und sympathisch.

Danach hatte er eine Flasche Rotwein geöffnet und diese bis zum letzten Schluck geleert. Und dazu hatte er weiß Gott wie viele Zigarillos geraucht. Irgendwann war er dann auf der Couch im Wohnzimmer eingeschlafen – in Kleidern und neben dem vollen Aschenbecher.

Nachdem er am Morgen seinen Brummschädel erfolgreich mit Aspirin bekämpft hatte, versuchte er noch einmal, Maria zu erreichen. Wieder meldete sich nur die Mailbox. Schließlich rief er im Art'otel an. Frau Ferru, so sagte man ihm, habe Köln heute Morgen verlassen.

***

Etwa zur gleichen Zeit, gegen zehn Uhr fünfzehn, betrat der obdachlose Martin Hausner die Polizeiwache in Rodenkirchen. Dem diensthabenden Beamten teilte er mit, dass er in der Nacht von vergangenem Dienstag auf Mittwoch gegen ein Uhr nachts einen Unfall beobachtet habe und als Zeuge aussagen wolle. Seine Aussagen waren allerdings widersprüchlich, und er roch so stark nach Alkohol, dass ihn Polizeiobermeister Thomas schließlich der Wache verwies. Da kurz darauf seine Frau anrief und zum wiederholten Male drohte, sich von ihm scheiden zu lassen, wenn er weiter so viele Überstunden machen würde, vergaß Thomas den Vorfall erst einmal.

***

»Weißt du überhaupt, was dieser Doppelmord für die italienischen Geschäftsleute in Köln bedeutet?«

Brokat saß mit Francesco im »Palermo« bei einem wunderbar zubereiteten *Agnello al forno*. Erst hatte er etwas gezögert, dessen Einladung anzunehmen. Wenn er an den Vorabend dachte, verspürte er immer noch Eifersucht auf seinen Freund, der es – ganz im Gegensatz zu ihm – offenbar verstanden hatte, das Herz Marias im Sturm zu erobern. Francesco gab sich völlig unbefangen, erzählte beim Essen Anekdoten von bekannten und weniger bekannten lokalen Größen aus Wirtschaft und Politik, sodass sich Brokats Laune im Verlauf des Abends besserte – bis Francesco von sich aus auf den Mordfall zu sprechen kam.

»Ist dir nicht klar, was in Köln gerade passiert? Liest du denn keine Zeitung?«, fragte er.

»Doch schon … Na ja, die letzten Tage bin ich kaum dazu gekommen.«

»Solltest du aber. Denn dann wüsstest du, dass die Presse die Polizei im Allgemeinen und dich im Besonderen zerreißt.«

»Das ist nichts Neues. Bei so einem Fall ist es fast unmöglich, die Medien zufriedenzustellen. Es sei denn, du servierst ihnen den Täter auf einem silbernen Tablett. Und dann muss die Geschichte dazu den Stoff hergeben, den die Leute gern lesen.«

»Wie zum Beispiel ein Rachemord unter zwei rivalisierenden Mafiaclans?«

»Wir können doch noch gar nicht mit Sicherheit sagen, dass die Mafia dahintersteckt.«

Francesco wurde lauter. »Aber die Presse schreibt nichts

anderes. Und stellt die Frage, welchen Einfluss die Mafia mittlerweile in Köln hat. Weißt du, was das für uns heißt? Wir, die italienischen Geschäftsleute in Köln, stecken hinter allem! Das wollen uns die Medien sagen. Wir sind schuld, weil wir angeblich die Mafia gewähren lassen oder noch schlimmer, mit ihr unter einer Decke stecken. Da wird ein Ristorante wie meines ganz schnell zur florierenden Geldwaschanlage der ehrenwerten Gesellschaft.«

»Ist es wirklich so schlimm?«

»Ja, das ist es. Gestern rief mich ein Freund aus Junkersdorf an, der dort eine Pizzeria betreibt. Ihm haben sie in der Nacht davor mehrere Scheiben eingeworfen und ›Mafia raus aus Köln!‹ auf die Wände gesprüht. Ein anderer Bekannter wurde am Neumarkt in der Straßenbahn als dreckiger Itaker und Killer beschimpft. Mehrere Vorstandsmitglieder unserer Vereinigung haben mich aufgefordert, etwas dagegen zu unternehmen.«

»Was willst du tun?«, fragte Brokat.

»Ich werde die Kölner Zeitungen morgen zu einem Pressegespräch einladen. Auch wenn wir selbstverständlich nichts mit den Morden zu tun haben, bin ich gezwungen, mich noch einmal öffentlich zu distanzieren und zu erklären, dass wir die Mafia verdammen. *Dio mio!* Es ist furchtbar, wie hier Stimmung gegen uns gemacht wird. Außerdem werde ich erklären, dass wir eng mit der Polizei zusammenarbeiten und darauf vertrauen, dass sie die Mörder bald findet.«

»Und hast du dieses Vertrauen zu mir und meinen Leuten?«

Francesco sah ihn mit unergründlichem Blick an. »Doch, ich vertraue dir. Aber es wäre leichter für mich, dir den Rücken freizuhalten, wenn du die Karten auf den Tisch legst und mir ehrlich sagst, wie weit ihr seid.«

»Du weißt, dass ich dir, solange wir in einer laufenden Ermittlung stecken, nichts sagen kann.«

»Sei doch nicht so schrecklich förmlich! Neulich hast du mich doch auch nach meiner Meinung gefragt und mir alle Fakten serviert.«

»Also gut, ich sage dir, was wir wissen. Und ich bitte dich, deine Vereinigung dazu zu bringen, noch für ein paar Tage stillzuhalten, auch wenn das sicher nicht einfach ist. Aber ich kann jetzt keine Querschüsse von anderer Seite brauchen.«

Francesco hörte aufmerksam zu, als Brokat den Stand der Ermittlungen zusammenfasste. Er berichtete von den Hinweisen Garzones zu den beiden mutmaßlichen Mafiakillern und den Verstrickungen Sareddus in die Entführungsfälle auf Sardinien. Auch als er von der Zeugenaussage Leimgrubers und dem Hinweis auf die beiden Autos erzählte, hörte der Freund aufmerksam zu. Nur was eine mögliche Verstrickung Ferrus in Sareddus Machenschaften betraf, gab sich Brokat wortkarg. Im Großen und Ganzen gab er jedoch preis, was sie wussten, und er hatte das Gefühl, dass sich Francesco den Rest zusammenreimen konnte.

Danach schwieg sein Freund eine Weile. Die Musik hatte gewechselt, und die Anlage spielte eine alte CD von Lucio Dalla. Der Holzofen, in dessen Nähe sie saßen, prasselte gemütlich.

Schließlich meinte Francesco nachdenklich: »Deine Theorie mit der Mafia hört sich für mich nur zum Teil plausibel an. Wenn deine Informationen über Sareddu stimmen und er sich wirklich mit irgendwelchen Bossen überworfen hatte, verstehe ich nicht, warum sie ihn nicht schon längst beseitigt haben – und zwar auf Sardinien, wo sie viel leichter zugreifen konnten. Warum gerade in Köln? Dass die Mafia hier in aller Öffentlichkeit einen Doppelmord begeht, halte ich für eher unwahrscheinlich. Das wäre genau die Art von Publicity, die die Drahtzieher nicht gebrauchen können. Denn sie verdirbt ihnen die Geschäfte. Aber auch dein mysteriöser ›M.‹ kommt mir komisch vor. Wenn er ein Deutscher ist oder wenigstens in Deutschland lebt, wie ist der Kontakt zustande gekommen? Wenn deine beiden Sarden wirklich aus Italien hierhergeflohen sind, wäre es doch näherliegend gewesen, wenn sie sich an Carlo Ferru gewandt hätten, oder? Schließlich war er ein enger Verwandter von Andrea und genoss sein Vertrauen.«

***

Nach dem guten, aber schweren Essen bei Francesco schlief Brokat unruhig. Er wachte immer wieder auf, musste an Maria und die beiden toten Italiener denken. Es war schon nach zwei Uhr morgens, als er ins Reich der Träume eintauchte.

Plötzlich befand sich Brokat in einem nur schwach erleuchteten Raum. Die Einrichtung war einfach. In der Mitte stand ein großer Holztisch, die Wände waren aus Stein. Es war offensichtlich Nacht. Eine von der Decke herunterhängende nackte Glühbirne erhellte den Raum nur notdürftig. Durch das offene Fenster konnte man den Sternenhimmel sehen. Am Tisch saß eine Gruppe von Männern. Ihre Gesichter lagen teilweise im Halbdunkel. Brokat konnte trotzdem Carlo Ferru erkennen. Der Mann neben ihm sah ihm sehr ähnlich. Brokat wusste, dass es Filippo, Andreas Vater, war.

Der Polizist stand abseits, verborgen im Schatten. Instinktiv drückte er sich noch weiter gegen die Wand, sodass er fast mit ihr verschmolz. Die Männer schwiegen, tranken Wein oder Wasser. Offensichtlich warteten sie auf etwas. Plötzlich ging die Tür auf, und ein Mann in einem dunklen weiten Umhang brachte zwei Gefesselte herein. Brokat erkannte sofort, dass es sich um Andrea Ferru und Michele Sareddu handelte. Filippo stand auf und begann zu sprechen. Er wandte sich an die am Tisch Sitzenden, ohne die beiden jungen Männer anzusehen.

Dennoch wusste Brokat, dass er über Ferru und Sareddu sprach. Diese wurden zusehends bleicher. Plötzlich hielt Carlo ein großes blitzendes Messer in der Hand, das er auf die Gefesselten richtete. Brokat bekam einen Schreck und bewegte sich instinktiv. Dadurch verursachte er ein Geräusch, vielleicht durch einen kleinen Stein auf dem Boden. Sofort richteten sich alle Augen im Raum auf ihn. Carlo nahm das Messer und ging um den Tisch herum auf ihn zu. Brokat wollte weglaufen, konnte aber nicht. Wie angewurzelt blieb er stehen. Carlo kam näher, langsam und unausweichlich. Dann hob er das Messer. Die Klinge blitzte im Licht. Brokat wachte schweißgebadet auf.

***

Als Brokat am Montagmorgen gegen halb acht im »Merzenich« am Chlodwigplatz seinen Kaffee trank, beschäftigte ihn der Traum noch immer. Er hatte die meisten der Männer, die offensichtlich gerade den Tod der beiden jungen Sarden beschlossen, nur schemenhaft wahrgenommen. Aber Carlo und seinen Bruder Filippo, den er von Fotos aus Andreas Album kannte, hatte er deutlich gesehen. Sie spielten offensichtlich eine wichtige Rolle bei dem Urteil. Carlo, immer wieder Carlo! Konnte es sein, dass er am Tod seines Neffen mitschuldig war? Er nahm sich vor, den Onkel so bald wie möglich noch einmal gründlich zu durchleuchten.

Nachdem er noch ein Croissant gegessen hatte, machte er sich auf den Weg zu seinem Auto, das er gestern Abend wegen des chronischen Parkplatzmangels in der Südstadt auf dem Kartäuserwall kurz vor der Nord-Süd-Fahrt abgestellt hatte.

Als Brokat kurz darauf sein Büro betrat, hatte es sich schon Jan Vonderschmitt in seinem Sessel bequem gemacht. Er wirkte gereizt und okkupierte Brokats Büro mit der Präsenz desjenigen, der es gewohnt ist, dass man seinen Anweisungen Folge leistet.

Ohne Umschweife eröffnete er das Gespräch. »Haben Sie in den letzten Tagen Zeitung gelesen?«

Brokat dachte daran, was ihm Francesco gesagt hatte. »Nein, ich bin nicht dazu gekommen.«

»Das hätten Sie aber tun sollen. Dann wüssten Sie vielleicht, was seit den Morden hier los ist! Und würden unter Umständen nicht mehr so locker und entspannt herumlaufen.«

Brokat, übermüdet und von dem Traum der letzten Nacht aufgewühlt, wurde wütend. »Wie kommen Sie darauf, dass mich die Morde kaltlassen? Ich tue, was ich kann, um den Fall zu lösen.«

Die Tatsache, dass ihm Brokat widersprach, brachte seinen Vorgesetzten richtig auf Touren. »Und warum habe ich dann noch keine Ergebnisse gesehen? Es ist schon beinahe eine Woche seit den Morden vergangen, und alles, was wir haben, sind vage Anhaltspunkte, so wie dieser ›M.‹, den es wahrscheinlich gar nicht gibt, die zwei mysteriösen Autos oder die Halskette mit dem Anhänger, die mit dem Fall bestimmt überhaupt nichts zu tun hat. Die Presse fordert Ihren Kopf, und ich hätte gute Lust,

Sie denen zum Fraß vorzuwerfen. Und das nicht nur wegen der fehlenden Erfolge, sondern auch wegen der Art und Weise, wie Sie arbeiten.«

»Was gefällt Ihnen daran nicht? Bisher war sie meistens erfolgreich, zumindest erfolgreicher als andere Methoden.«

»Wenn Sie in der Vergangenheit ein guter Ermittler waren, was ich gar nicht bestreiten will, heißt das noch lange nicht, dass Sie das heute auch noch sind. Sie arbeiten mir zu selbstherrlich, zu sehr auf sich bezogen. Sie können einfach nicht in einem Team agieren.«

»Sie meinen die Sonderkommission, die ich nicht haben wollte?«

»Die ich jedoch zu unser aller Bestem eingesetzt habe! Wie können Sie denken, dass Sie allein besser sind als eine ganze Gruppe von Spezialisten?«

»Mir reichen meine Leute aus.«

Vonderschmitt war aufgestanden. »Das sehe ich anders, und Sie haben gefälligst meine Anweisungen zu befolgen. Es hat nach unserem letzten Gespräch Beschwerden aus der Sonderkommission gegeben. Offensichtlich lassen Sie die Leute am ausgestreckten Arm verhungern. Das kann ich nicht tolerieren. Ich hätte große Lust, Sie von dem Fall abzuziehen.«

»Dann tun Sie es doch.«

»Das würde ich auch. Leider sind Sie wegen Urlauben und der akuten Grippewelle im Haus momentan der Einzige, der diese Ermittlung leiten kann. Aber ich warne Sie. Lange sehe ich mir das nicht mehr an!« Im Hinausgehen drehte er sich noch einmal um. »Zwei Tage, mehr nicht.«

Eigentlich hatte sich Brokat mit seinem Team zu einer Einsatzbesprechung treffen wollen. Nachdem Vonderschmitt gegangen war, blieb er jedoch an seinem Schreibtisch sitzen. Das ausladende Hinterteil seines Chefs hatte einen tiefen Abdruck in seinem Sessel hinterlassen. Niedergeschlagen blickte Brokat darauf.

Seine Stimmung hatte einen neuen Tiefpunkt erreicht. Wahrscheinlich hatte sich Wolf bei Vonderschmitt über ihn beschwert. Okay, damit konnte er leben. Aber was erwartete sein Vorgesetzter von ihm? Dass er mit einem internationalen Haftbefehl und Garzones Hilfe die beiden ominösen Mafiakiller Marcantoni und Guasco, deren Namen sie aus Micheles Notizbuch hatten, festnahm? Ohne jeden Beweis? Er hatte darüber mit seinem italienischen Kollegen bei ihrem letzten Telefonat gesprochen. Beide Verdächtigen waren von der Polizei in Palermo zu ihrem Aufenthaltsort am vergangenen Dienstag und Mittwoch befragt worden. Sie hatten dazu keine Aussagen machen können oder wollen. Brokat fluchte voller Frustration laut vor sich hin. Wie er es auch drehte und wendete, er musste sich eingestehen, dass Vonderschmitt recht hatte. Sie hatten einfach nichts Greifbares in der Hand.

»Chef, ist der Göttliche schon weg?«, meldete sich sein Assistent über das Haustelefon.

Gegen seinen Willen musste Brokat grinsen.

»Kannst du runterkommen? Wir haben jemanden von einer Autovermietung aus Freiburg in der Leitung, die einen silberfarbenen Vectra vermisst.«

11

In der Einsatzzentrale standen mehrere Beamte neben Mato Maric, der telefonierte und den Lautsprecher angestellt hatte. »Wann genau haben Sie denn den Wagen vermietet?«

»Das war am 25. Januar gegen dreizehn Uhr.«

»Also am Dienstag vor einer Woche.« Maric sah Brokat an. »Und wann hätte der Wagen zurückgegeben werden sollen?«

»Am Abend des nächsten Tages. Der Kunde hatte das Auto für zwei Tage gemietet.«

»Aber heute ist Montag. Wie kommt es, dass wir erst eine Woche später davon erfahren?«

Sein Gegenüber räusperte sich. »Nun, normalerweise warten wir noch einen Tag, bevor wir einen Wagen als vermisst melden. Es kommt schon mal vor, dass ein Kunde das Auto in einer anderen Filiale abgibt. In diesem Fall war das allerdings anders.«

Man konnte deutlich merken, dass dem Mitarbeiter der Mietwagenfirma das Gespräch unangenehm war.

»Bitte lassen Sie sich doch nicht jeden Satz aus der Nase ziehen«, meinte Maric unwirsch.

»Also gut, es hat bei uns eine Panne gegeben. In der Nacht wurde ein neues Software-Update eingespielt. Die Mitarbeiterin, die den Wagen vermietet hat, hat wohl alles richtig eingegeben. Aber der Vorgang wurde nicht im System gespeichert. Wie das passieren konnte, wissen wir nicht genau, aber es hat wohl mit einem Fehler beim Update zu tun. Wegen dieses Problems gab es auch keinen Hinweis darauf, dass der Wagen am Mittwoch hätte zurückgegeben werden müssen. Heute Morgen hat sich eine andere Filiale beschwert, die den Vectra für die nächsten drei Tage gebucht hat. Daraufhin haben wir sofort die Polizei informiert.«

Brokat schaltete sich ein. »Was können Sie mir über die Person sagen, die den Wagen gemietet hat?«

»Wie gesagt, die Vermietung hat eine Kollegin gemacht. Es waren zwei Männer, der eine circa Mitte fünfzig, der andere etwas über zwanzig. Aus den Papieren geht hervor, dass es Italiener waren. Sie haben so gut wie kein Deutsch gesprochen. Der Ältere hatte eine Kreditkarte. Die benötigen wir für die Kaution. Aber Sie können meine Kollegin auch gern selbst fragen.«

Die Mitarbeiterin der Autovermietung bestätigte die Angaben und ergänzte, dass es sich ihrer Kleidung und ihrem Auftreten zufolge eher um einfache Leute gehandelt habe, die aber durchaus vertrauenerweckend gewirkt hätten. Den Jüngeren der beiden beschrieb sie als gut aussehend mit kurzen schwarzen Haaren und einem auffälligen Muttermal an der rechten Wange. Sie versprach, Brokat umgehend den Mietvertrag und die Kopie des Führerscheins des Älteren zuzufaxen.

Während des Telefonats hatte sich die Einsatzzentrale mehr und mehr gefüllt. Offenbar hatte es sich unter den anwesenden Kollegen herumgesprochen, dass sie möglicherweise den Namen eines der beiden Tatverdächtigen hatten. Besonders Kunert wirkte fast euphorisch. »Jungs, das ist der Durchbruch. Jetzt haben wir den Namen von einem der beiden Mörder. Damit haben wir sie auch schon fast selbst!«

Christian Schmid sah das Ganze realistischer. »Erstens haben wir sie noch nicht, und zweitens müssen wir ihnen den Mord erst einmal nachweisen.«

Kunert ergriff wieder das Wort. »Komisch ist, dass wir den Wagen bisher nicht gefunden haben. Ich halte es für wahrscheinlich, dass unsere Verdächtigen untergetaucht sind. Vielleicht haben sie das Auto irgendwo untergestellt. Aber wo?«

»Vielleicht in einem großen Parkhaus«, meinte Maric. »Dort kannst du einen Wagen tagelang abstellen, ohne dass es jemandem auffällt.«

In der Zwischenzeit war das Fax aus Freiburg gekommen. Das Foto auf dem Führerschein, das durch die Kopie etwas konturlos wirkte, zeigte einen älteren Mann mit kurzen grauen Haaren und einem Bart. Das Gesicht wirkte ausdrucksvoll, aber auch sehr ernst, so als habe der Mann das Lachen schon vor langer Zeit verlernt.

Sein Name lautete Giorgio Toddi, und er war vierundfünfzig Jahre alt. Brokat schaute auf die in den Papieren angegebene Adresse, und ihm fiel sofort auf, dass der Sarde im gleichen Dorf gemeldet war wie Ferru. Brokat bat Kunert, mit den Daten von

Toddi sofort eine Fahndung herauszugeben. Danach ging er in sein Büro, um dort mit Garzone zu sprechen und ihn zu bitten, einen Wagen zu der angegebenen Anschrift zu schicken. Außerdem gab er ihm die knappe Beschreibung des zweiten Tatverdächtigen durch und bat ihn um ein besseres Foto des Sarden.

Als er in die Einsatzzentrale zurückkam, erwartete ihn dort die nächste Überraschung. »Wir haben noch einen Zeugen«, meldete Kunert.

Brokat war überrascht. »Wieso meldet er sich erst jetzt?«

»Er war schon am Sonntag auf der Wache in Rodenkirchen, aber da es sich um einen Obdachlosen handelt und er nach Schnaps gerochen hat, haben sie ihm erst nicht geglaubt.«

»Na toll«, meinte Brokat. »Da jagt ja eine Panne die nächste. Was ist jetzt? Können wir mit dem Zeugen sprechen?«

»Ja, er ist noch mal zur Polizei gegangen, offensichtlich nüchtern. Und diesmal ist er auf einen fähigeren Kollegen gestoßen.«

»Komm, lass uns fahren. Worauf warten wir noch?«

***

Auf der Wache in Rodenkirchen stellte sich heraus, dass Kunerts Geschichte nicht ganz richtig war. Irgendwann war Polizeiobermeister Thomas der Besuch von Martin Hausner wieder eingefallen. Daraufhin hatte er den Vorfall dem Revierleiter gemeldet. Diesem fiel sofort die Übereinstimmung mit Ort und Zeit des Mordes an den beiden Sarden auf, und er ließ seine Beamten nach Hausner suchen.

Zwei Stunden später war dieser auf der Wache, wo er geduldig auf die Ankunft der Kriminalpolizei wartete. Schließlich erzählte er seine Geschichte zum dritten Mal, mehr oder weniger unverändert. Er war in der fraglichen Nacht als letzter Gast kurz nach halb eins aus der nahe am Rodenkirchener Bahnhof gelegenen Kneipe »Hinger d'r Heck« aufgebrochen, wo er von dem Geld, was vom Schnorren an diesem Tag noch übrig gewesen war, bei der immer gut gelaunten Wirtin ein paar Bier und einen Korn (oder auch zwei oder drei) bestellt hatte.

Danach hatte er sich über die Schillingsrotter Straße auf den weiten Weg zu seinem augenblicklichen Schlafplatz in einem alten Lagerhaus am Rande des Gewerbegebiets gemacht. Ein Stück hinter der Reissdorf-Brauerei überquerte er die Straße. Er war müde, vielleicht auch etwas betrunken, und hatte das Auto daher nicht kommen sehen. Er hörte nur ein durchdringendes Bremsgeräusch und danach einen fürchterlichen Krach. Vor Schreck schloss er die Augen und verbarg sich in einer Einfahrt.

Als er es schließlich wagte, einen vorsichtigen Blick zu riskieren, bot sich ihm ein schlimmes Bild. Der Wagen, der ihm im letzten Moment ausgewichen war, war mit voller Wucht gegen einen Laternenpfahl gerast. Das Vorderteil war völlig eingedrückt, die Scheibe zersplittert. Aus dem Motor rauchte es. Er, Hausner, hatte sich dann schleunigst verdrückt, um nicht von den Insassen des Wagens für den Unfall verantwortlich gemacht zu werden.

Erst einen Tag später war ihm eingefallen, dass ja jemand von den Insassen hätte verletzt sein können. Dann hatte es noch einmal drei Tage gedauert, bis er sich dazu durchgerungen hatte, zur Polizei zu gehen. Ja, die Farbe des Autos sei Silber gewesen, und es könne sich gut um einen Opel Vectra gehandelt haben. Sicher sei er sich aber nicht. Weder habe er das Nummernschild lesen können, noch habe er den oder die Insassen gesehen. Die Unfallzeit könne er nicht genau angeben, aber es müsse so gegen Viertel nach eins gewesen sein.

Kunert und Brokat sahen sich an. »Möglicherweise hat sich ja einer der beiden bei dem Unfall verletzt«, meinte Kunert.

»Das halte ich sogar für sehr wahrscheinlich. Außerdem haben wir jetzt in etwa eine Abfolge der Ereignisse in dieser Nacht zusammen. Ich wette mit dir, dass Toddi und sein Helfer noch in Köln sind.«

Während Hausner angestrengt versuchte, das Protokoll seiner Zeugenaussage noch einmal zu lesen, rief Brokat die Spurensicherung an und bat sie, einen Wagen zu der von Hausner angegebenen Stelle zu schicken. Danach machte er sich mit Kunert wieder auf den Weg ins Präsidium.

Dort erfuhr er, dass Garzone vor wenigen Minuten angerufen und um Rückruf gebeten hatte. Wenige Augenblicke später hatte er seinen italienischen Kollegen in der Leitung. »Wie erwartet ist unser Vögelchen ausgeflogen – keine Spur von Toddi weit und breit.«

»Es muss doch in dem Dorf jemand etwas von ihm wissen, die Familie oder Freunde. Haben Ihre Leute alle verhört?«

Garzone lachte. »Ich sehe schon, dass Befragungen bei Ihnen anders laufen als bei uns. Wahrscheinlich sind die Zeugen auch kooperativer.«

»Wie meinen Sie das?«

»Wenn die Carabinieri in einem Dorf in dieser Gegend der Barbagia auftauchen, bekommen wir zu spüren, dass man hier mit der Polizei nichts zu tun haben will. Dabei ist es egal, wen wir fragen, Bruder, Vater, Schwiegereltern, Nachbarn – überall stößt man auf eine Mauer des Schweigens.«

»Und wenn Sie jemanden mitnehmen und auf dem Präsidium verhören?«

Garzone seufzte resigniert. »Lieber Commissario, Toddis Schwager sitzt gerade hier. Er sagt, soweit er wisse, ist Giorgio seit etwa einer Woche in den Bergen, Schafe hüten. Er ist nicht erreichbar, und wann er wiederkommt, kann niemand sagen.«

»Dann wissen wir auch nicht mehr als vorher«, meinte Brokat enttäuscht.

»Doch, ein paar Dinge schon. Nach Ihrer Beschreibung der zweiten Person könnte es sich um Toddis Neffen Roberto Logozzo handeln. Er hat jedenfalls so ein auffälliges Muttermal auf der Wange. Angeblich ist auch er in den Bergen. Über Toddi selbst haben wir einige interessante Informationen in den Akten gefunden. Von Beruf ist er tatsächlich Hirte, hat aber auch als Automechaniker und Hilfsarbeiter gejobbt. Er hat kein einfaches Leben gehabt. Vor dreieinhalb Jahren ist seine Frau an Krebs gestorben. Toddi hat damals das Krankenhaus und den behandelnden Arzt bedroht, weil sie angeblich seine Frau nicht richtig behandelt haben. Die Drohungen waren so massiv, dass der Arzt ihn schließlich angezeigt hat. Natürlich hatte Toddi dem Arzt kein Haar gekrümmt, dennoch wurde er zu einer

Bewährungsstrafe verurteilt. Vor zwei Jahren ist sein Bruder umgekommen. Er wurde in der Nähe des Dorfes auf offener Straße mit einer Schrotflinte niedergeschossen. Den Schützen haben wir bis heute nicht gefunden.«

»Du liebe Güte! Kein Wunder, dass Toddi verbittert ist und sich rächen will. Aber warum ausgerechnet an Ferru und Fareddu? Und wie passt unsere Mafiatheorie da rein? Nach der Biografie eines Mafiakillers, der seine Opfer kaltblütig erledigt, hört sich das, was Sie erzählen, nicht gerade an.«

»Ich weiß es nicht«, meinte Garzone. »Aber wir haben inzwischen Sareddus Konten durchforstet. Und dabei sind wir fündig geworden.«

»Dann hat er also wirklich Geld von der Mafia bekommen?«

»Da bin ich mir sicher, auch wenn wir bisher nicht beweisen können, dass die Mafia der Auftraggeber ist. Klar ist aber, dass Sareddu ein geheimes Konto hatte, auf das in unregelmäßigen Abständen Geld geflossen ist – viel Geld.«

»Wie viel?«

»Insgesamt fast neunzigtausend Euro. Das Geld kommt von einer Bank in Neapel. Verantwortlich für die Zahlungen ist eine Anwaltskanzlei, die dort ansässig ist. Angeblich handelt es sich um Zuwendungen von einer reichen Verwandten in Amerika, die nicht genannt werden möchte. Die Anwälte behaupten, dass sie den Namen der edlen Spenderin auch nicht wissen. Sie wird laut ihren Aussagen durch eine Kanzlei in New York vertreten.«

»Das ist wirklich interessant. Gute Arbeit, Kollege. Aber was ist mit Ferru?«

»Bisher haben wir nichts gefunden. Auf den ersten Blick ist er völlig sauber, fast schon zu sauber. Würde mich nicht wundern, wenn wir hier auch noch auf eine Überraschung stoßen.«

»Gut, dann werden Sie also weitersuchen?«

»Es muss eine Verbindung zwischen Ferru, Sareddu und Giorgio Toddi geben«, meinte Garzone. »Sicher machen wir weiter. Und am liebsten mit Ihrer Hilfe.«

»Natürlich lassen wir Ihnen jede Unterstützung zukommen, die uns möglich ist.«

»Das weiß ich. Aber ich meine das anders. Schauen Sie, alles, was wir über den Fall wissen, hat seinen Ursprung hier auf Sardinien. Ich bin sicher, dass wir die entscheidenden Verbindungen und Hinweise auf Ihren geheimnisvollen ›M.‹ im näheren Umfeld der Toten finden – und nicht in Köln. Commissario, ich mache Ihnen einen Vorschlag. Kommen Sie her, am besten gleich, und lassen Sie uns hier zusammen nach der Lösung des Falls suchen.«

»Aber wie soll ich Ihnen helfen?«, fragte Brokat skeptisch. »Wenn man schon mit Ihnen nicht kooperiert, wie sollte ausgerechnet ich etwas herausbekommen? Ich kann so gut wie kein Italienisch. Und außerdem müssen wir Toddi und seinen Neffen finden. Die beiden haben sich mit Sicherheit hier irgendwo versteckt.«

»Lieber Kollege, mit Verlaub, das können genauso gut Ihre Leute erledigen. Und was Ihre fehlenden Sprachkenntnisse betrifft, so macht das nichts. In den Dörfern redet man fast ausschließlich Sardisch – viele Sarden wollen gar kein Italienisch sprechen.«

Brokat schnaubte. »Großartig.«

»Aber Spaß beiseite. Lassen Sie uns gemeinsam das familiäre Umfeld der Toten durchleuchten. Ich bin sicher, dass wir früher oder später auf etwas stoßen werden. Vielleicht kann uns auch Maria Ferru dabei helfen. Sie stammt schließlich aus dem Dorf.«

Bei Brokat schrillten alle Alarmglocken. »Warum wollen Sie Ferrus Schwester da mit reinziehen? Wieso sollte sie uns helfen wollen?«

»Schließlich will sie den Mörder ihres Bruders finden. Und wenn ich Sie richtig verstanden habe, war sie deswegen sogar bei Ihnen in Köln.«

»Das stimmt so nicht«, antwortete Brokat eine Spur schärfer als beabsichtigt. »Sie wollte lediglich die Leiche ihres Bruders möglichst schnell nach Hause bringen.«

»Wie dem auch sei«, meinte Garzone geduldig, »denken Sie über meinen Vorschlag nach, und geben mir so bald wie möglich Bescheid.«

12

Bei einem kleinen, aber schmackhaften Mittagessen im »Früh em Veedel« wog Brokat das Für und Wider der Idee Garzones ab. Die einstige Schnapsbrennerei am Chlodwigplatz gegenüber der Severinstorburg war eine der ältesten Gaststätten Kölns. Während Brokat in der dunklen Schankstube seine Reibekuchen aß, überkam ihn das Gefühl, dass sich hier seit Jahrhunderten nichts verändert hatte.

Brokats erste Reaktion auf den Vorschlag seines italienischen Kollegen war völlige Ablehnung gewesen. Jetzt versuchte er, seine Gedanken zu ordnen. Die Suche nach Toddi und seinem Neffen in Köln konnte er tatsächlich Kunert überlassen. Wahrscheinlich war es auch viel weniger die Frage, ob er in Sardinien tatsächlich etwas zur Lösung des Falls beitragen konnte, als vielmehr die Angst, sich in eine neue, unbekannte Welt zu begeben, die ihn sich so ablehnend verhalten ließ. Aber wie passte Maria da rein?

Der Gedanke, sie vielleicht bald wiederzusehen, erfüllte ihn mit freudiger Aufregung. Vielleicht konnte er das Missverständnis, das seit ihrer letzten Begegnung zwischen ihnen stand, ausräumen. Aber würde nicht der schlimme Verdacht, der noch immer auf ihrem Bruder lastete, ihr Verhältnis weiter belasten? Er musste den Fall aufklären, und zwar so schnell wie möglich. Brokat überwand sich und wählte Vonderschmitts Nummer. Er erreichte jedoch nur seine Sekretärin und bat um Rückruf.

Er wollte gerade zahlen, als sich sein Chef meldete. Dieser hatte bereits von Kunert gehört, dass der oder die Täter möglicherweise identifiziert worden waren. Wahrscheinlich war er deswegen wesentlich aufgeräumter als am Morgen, und es war auch keine Rede mehr davon, Brokat den Fall zu entziehen. Als der Kommissar vorschlug, für zwei Tage nach Sardinien zu fliegen, stimmte Vonderschmitt erstaunlicherweise sofort zu.

»Eine enge Koordination über Ländergrenzen hinweg macht immer einen guten Eindruck. Vielleicht können Sie mit Ihrem

Hintergrundwissen ja die Ermittlungen in Italien beschleunigen.«

Überrascht, dass er die Reise so problemlos durchbekommen hatte, rief Brokat seine Sekretärin Anja Korschmann an und bat sie, für den nächsten Vormittag einen Flug nach Sardinien zu buchen.

»Die Insel hat aber mehrere Flughäfen. Wo wollen Sie denn hin?«, fragte sie.

Brokat musste gestehen, dass er das nicht wusste, und bat sie, einen Moment zu warten. Er erreichte Garzone im Auto.

»*Allora*, Commissario, Sie kommen morgen? *Perfetto.* Ich hole Sie in Olbia ab. Selbstverständlich kümmern wir uns auch um Ihre Unterbringung. Lassen Sie mich nur wissen, wann Sie ankommen. Ich freue mich darauf, Sie endlich persönlich kennenzulernen. *A domani!*«

***

Auf dem Rückweg ins Büro dachte Brokat über die unverhoffte Wendung des Schicksals nach. Heute Morgen noch war er deprimiert und voller Selbstzweifel gewesen. Mit der Identifizierung Toddis war der Stein jedoch ins Rollen gekommen.

In der Einsatzzentrale warteten bereits alle auf ihn. Brokat hatte für zwei Uhr eine Besprechung einberufen, und nun war er selbst zu spät. Es schien sich aber niemand daran zu stören. Die Stimmung war gut, fast euphorisch, auch unter den Mitgliedern der Sonderkommission. Alle hatten wie er das Gefühl, dass die Ermittlungen endlich vorangingen.

Schmid berichtete von der Unfallstelle mit der umgeknickten Laterne, die er und das Team von der Spurensicherung nach Hausners Beschreibung sofort gefunden hatten. »Alles passt zu der Beschreibung von Hausner. Die Lackspuren an der Laterne beweisen, dass es sich um ein silbernes Auto handelt. Die Glassplitter, die wir sicherstellen konnten, deuten darauf hin, dass eine Scheibe zu Bruch gegangen ist – vermutlich die Frontscheibe. Da es sich um Verbundglas handelt, splittert die Scheibe normalerweise nicht. Die Tatsache, dass sie es doch getan hat deutet darauf hin, dass sie jemand eingeschlagen hat oder, was wahrscheinlicher ist, dass der Fahrer oder Beifahrer beim Aufprall in die Scheibe geflogen ist. Wir haben auch einige dunkle Flecken auf dem Boden gefunden – wahrscheinlich Blut. Wir vermuten deshalb, dass Fahrer oder Beifahrer verletzt sind.«

»Sehr gut«, fiel Brokat ein. Er rieb sich die Hände. »Wenn es sich wirklich um unsere beiden Sarden handelt, können wir davon ausgehen, dass sie nicht weit gekommen sind – auf alle Fälle nicht mit dem Auto. Vermutlich sind sie noch in Köln. Aber wo ist der Wagen? Und wo halten sie sich versteckt?«

»In ein Krankenhaus werden sie ja wohl nicht gegangen sein, jedenfalls nicht freiwillig«, meinte Kunert.

»Wahrscheinlich nicht, aber je nach der Schwere der Verletzungen durch den Unfall ist ihnen vielleicht gar nichts anderes übrig geblieben. Wir müssen das auf alle Fälle überprüfen.«

Zwei Kollegen von der Sonderkommission, deren Namen Brokat schon wieder vergessen hatte, erklärten sich dazu bereit.

Brokat wandte sich noch einmal an Schmid. »Gibt es denn außer Hausner noch weitere Zeugen des Unfalls? Beim Zusammenstoß mit der Laterne muss es ja einen mächtigen Knall gegeben haben. Vielleicht hat jemand etwas gehört?«

»Wir haben in der näheren Umgebung gefragt«, meinte Schmid, »aber die Gebäude im Gewerbegebiet stehen nachts überwiegend leer. Jedenfalls hat dort niemand etwas von einem Unfall mitbekommen.«

Ein weiterer Kollege von der Sonderkommission meldete sich zu Wort. »Vielleicht haben sie sich in einer Pension oder in einem Hotel versteckt.«

»Unwahrscheinlich – für sie viel zu unsicher. Könnten Sie das bitte dennoch überprüfen?«

Kunert fragte: »Können sie nicht bei unserem Mr. ›M.‹ untergetaucht sein?«

»Auch möglich, oder sie kennen noch jemanden hier. Ich rufe Garzone an. Er soll Toddis Schwager ausquetschen.«

***

Giorgio Toddi hatte Angst. Einer der Heimbewohner hatte sie erkannt, da war er sich fast sicher. Wahrscheinlich hatte er die Fahndungsfotos im Fernsehen gesehen. Er schaute ihn immer so komisch an, wenn sie sich im Flur oder im Treppenhaus begegneten. In die Gemeinschaftsküche und den Fernsehraum ging er schon gar nicht mehr, um sich möglichst wenig zu zeigen. Trotzdem hatte er seit gestern das Gefühl, den Mann immer häufiger zu sehen. Er spioniert uns nach, dachte er.

Zwar ging es Roberto deutlich besser, aber bei Weitem nicht so gut, als dass sie hier hätten verschwinden können. Obwohl er nichts lieber als genau das getan hätte. Aber wie sollten sie aus der Stadt rauskommen? Mit Sicherheit würden alle Bahnhöfe und Flugplätze überwacht. Seit Tagen dachte er nach, versuchte, einen Plan zu entwickeln, sprach mit Roberto und auch mit Guido, der als eine Art Verwalter hier im Haus das Sagen hatte. »Habt Geduld und bleibt möglichst auf dem Zimmer, bis etwas Gras über die Sache gewachsen ist«, riet dieser.

Der Kontakt zu Guido, den sein Vetter Antonio vermittelt hatte, hatte sich als Glücksfall erwiesen. Nach der Wegbeschreibung von Antonio hatten sie das Wohnheim problemlos gefunden. Gott sei Dank war es noch so früh am Morgen gewesen, sodass niemandem das völlig demolierte Auto aufgefallen war. Dieses hatte Guido als erste Amtshandlung in einer der vielen Garagen, die zum Wohnheim gehörten, die er aber separat vermietete, verschwinden lassen. Dann hatte er ihnen ein Zimmer im vierten Stock gegeben, der zurzeit weitgehend leer stand, sodass sie den anderen Heimbewohnern nur selten über den Weg liefen.

Giorgio schätzte, dass in dem Haus etwa vierzig Personen lebten, zum großen Teil Türken, aber auch Polen, Rumänen, Russen und einige wenige Deutsche und Italiener. Soweit er verstanden hatte, arbeiteten die meisten als Leiharbeiter, zum Beispiel in Godorf in den Chemieanlagen oder bei Ford in Niehl. Ihr Zimmer war klein, aber sauber. Den Blick aus dem Fenster auf die Zufahrt der benachbarten Fabrik fand Giorgio Toddi allerdings deprimierend. Immerhin hatte jede Etage eine Küche und einen Gemeinschaftsraum mit einem Fernseher darin. Zahlen mussten sie für ihren Aufenthalt nicht. Das Angebot, für die Unkosten aufzukommen, hatte Guido freundlich, aber bestimmt abgelehnt.

Von Anfang an hatte er sich aufopferungsvoll um sie gekümmert. Er besorgte ihnen etwas zu essen. Noch am ersten Abend kam ein älterer Mann vorbei, den der Verwalter als Arzt vorstellte. Er sprach Italienisch, aber mit einer ungewöhnlichen Aussprache, sodass Giorgio, der die meiste Zeit seines Lebens Sardisch gesprochen und gehört hatte, dessen Herkunft nicht einordnen konnte. Namen wurden nicht genannt. Der Arzt untersuchte Roberto lange und sehr genau.

Soweit Giorgio es verstand, hatte sein Neffe mindestens zwei Rippen gebrochen. Der Arzt fragte Roberto nach dem Hergang des Unfalls. Danach sah er den Onkel an. »Um die Platzwunde am Auge zu nähen, ist es zu spät, aber ich kann sie zumindest adaptieren. Ihr Neffe kann sich an den Unfall kaum erinnern. Wahrscheinlich hat er auch eine schwere Gehirnerschütterung.«

Mindestens eine Woche brauche er strenge Bettruhe, vorher sei an einen Transport gar nicht zu denken, kam er Giorgios Frage zuvor. Nach der Behandlung der Wunde ließ er ihnen noch eine Salbe sowie Tabletten gegen die Schmerzen da und zeigte Giorgio, wie er die Wunden versorgen sollte. Dieser bedankte sich und wollte dem Arzt Geld geben, was dieser jedoch kategorisch ablehnte. Schließlich ging er, nicht ohne Giorgio und seinem Neffen zum Abschied einen langen, mitleidigen Blick zuzuwerfen.

Seitdem war fast eine Woche vergangen. Roberto hatte kaum noch Kopfschmerzen, und die Wunde am Auge verheilte gut. Nur die gebrochenen Rippen bereiteten ihm immer noch Schmerzen, sodass er die meiste Zeit im Bett lag. Guido hatte ihnen auch etwas zu lesen besorgt und sogar einen Fernseher aufs Zimmer gestellt. Jung, wie er war, betrachtete Roberto ihre Lage schon wieder sehr viel optimistischer. Immer häufiger sprach er mit Guido über Sardinien und sein Dorf, das dieser, der aus dem Süden Apuliens kam, natürlich nicht kannte, und darüber, was er alles machen würde, wenn er wieder zu Hause war. Was das Thema ihrer Heimkehr anbelangte, war Giorgio wesentlich pessimistischer, behielt seine Zweifel aber vorerst für sich.

Und nun? Waren Sie aufgeflogen? Rief der Mann, der ihnen so auffällig unauffällig nachstellte, vielleicht gerade in diesem Moment die Polizei? Was würde dann passieren? Würde man sie ins Gefängnis sperren? Bei dem Gedanken, in diesem dunklen, kalten Land in einer Gefängniszelle langsam an Einsamkeit und innerer Leere zu sterben, wurde es Giorgio ganz anders.

Nein, nicht mit ihm, das würde er nicht mit sich machen lassen. Giorgio musste an seinen Vetter Antonio und den Familienrat denken. Wenn die Polizei ihn und Roberto tatsächlich fassen würde, hätten sie in den Augen der anderen schmählich versagt und damit ihre Ehre verspielt. Dann war sowieso alles verloren.

Aber so weit sollte und durfte es nicht kommen. Seitdem sie im Heim waren, hatte Toddi immer wieder seine Waffe herausgeholt, sie überprüft und sorgfältig gereinigt. Wenn es wirklich hart auf hart kam, würde er sie zu benutzen wissen.

13

Als Brokat am späten Vormittag den Flughafen von Olbia verließ, schien die Sonne. Es war angenehm warm, bestimmt siebzehn oder achtzehn Grad. Während er am Flughafengebäude entlang Richtung Parkplatz lief, drang ihm plötzlich der intensive Duft der Macchia in die Nase. Er schaute sich um, sah das Meer und auf der anderen Seite in der Ferne hohe Berge. Die Menschen hier, dachte er, müssen glücklich sein, wenn sie eine solche Natur um sich haben. Brokat fühlte sich leicht und beschwingt.

Sein Handy klingelte. Garzone meldete sich, um ihm mitzuteilen, dass er sich um eine Viertelstunde verspäten würde. Brokat erinnerte sich, dass er direkt neben dem Flughafengebäude eine kleine Bar gesehen hatte. Dorthin ging er zurück und bestellte sich einen Cappuccino und ein Brioche mit Vanillefüllung.

Nach zwanzig Minuten hielt ein blauer Polizeiwagen der Carabinieri vor der Bar. Ein etwa vierzigjähriger gut aussehender Mann in Zivil mit schwarzen, sehr kurz geschnittenen Haaren und einem offenen, sympathischen Gesicht öffnete die Autotür und kam lächelnd auf ihn zu. »Sie müssen Commissario Brokat sein. *Benvenuto*, willkommen auf Sardinien! Ich freue mich sehr, Sie kennenzulernen.«

Paolo Garzone sprach ein gutes Englisch, aber wie viele Italiener mit einem starken Akzent. Auf der Autofahrt redete er ununterbrochen. Und wenn er nicht mit seinem Gast sprach, dann telefonierte er – mit seinen Kollegen oder der Familie, Brokat wusste es nicht. Schon nach wenigen Kilometern hatten sie Olbia hinter sich gelassen und fuhren auf einer Schnellstraße Richtung Süden.

»In etwas mehr als einer Stunde sind wir in Nuoro«, erläuterte Garzone. »Wir haben hier nur wenige richtig ausgebaute Autobahnen, aber die Verbindung nach Olbia ist gut. Wenn Sie wollen, können Sie sich dann etwas ausruhen. Sie wohnen selbstverständlich bei mir.«

Brokat wollte schon einwenden, dass man sich wegen ihm keine Umstände machen solle, aber Garzone hatte bereits wieder das Thema gewechselt und sprach über Sardinien. »Wissen Sie, Sie sind hier in Italien und doch meilenweit davon entfernt. Der Unterschied begann schon 500 vor Christi, als die Phönizier die Insel eroberten. Seitdem hat das Land vielen gehört, den Römern, Byzantinern, Pisanern und Genuesern, Spaniern, den Piemontesen und den Italienern – aber nie den Sarden selbst. Und dann gibt es noch die felsige Hochebene der Barbagia im Osten der Insel. Das Sardinien innerhalb Sardiniens. Bergiges Hirtenland, undurchdringbar, unwegsam, unerreichbar für Eroberer. Die Menschen hier haben sich immer allen äußeren Zwängen widersetzt. Dabei sind alle Sarden gleich in ihrer Freiheitsliebe, sicher eine Folge der sardischen Geschichte.«

»Gibt es hier tatsächlich noch so etwas wie Blutrache?«, fragte Brokat gespannt.

»Ja, sie gibt es – auch heute noch. Es handelt sich dabei um Angelegenheiten, die direkt zwischen den verfeindeten Familien ausgetragen werden. Die Polizei ist dabei nicht erwünscht.«

»Auch nicht, wenn Sie den Schuldigen an einem Mord finden und bestrafen? Kann man das Töten so nicht beenden?«

»Nein, so einfach ist das leider nicht. Natürlich wissen alle im Dorf Bescheid, aber niemand wird etwas nach außen tragen. Das ist die *omertà*, das Gesetz des Schweigens. Wer es bricht, wird streng bestraft.«

»Das hört sich alles sehr archaisch an«, meinte Brokat.

»Da haben Sie recht. Und genau das ist es, was ich eben versucht habe zu erklären. Hier in diesem Milieu des Hirtenlebens und in einer Tradition, in der die Menschen ihre Angelegenheiten immer schon allein geregelt haben, ist das in gewissem Sinn ein durchaus funktionierendes Ordnungsprinzip – auch wenn es mit unserem modernen Rechtsverständnis wenig zu tun hat.«

»Also haben Sie Verständnis dafür?«

»Commissario, ich bitte Sie! Ich bin Polizist und als solcher ein Diener des Staates. Aber ich bin auch auf Sardinien geboren und kenne die Menschen hier. Und ich weiß einiges über

Traditionen und das Leben in den Dörfern der Barbagia. Etwas zu verstehen heißt aber noch lange nicht, es auch zu billigen. Natürlich kann ich es nicht gutheißen, wenn ein Dorf über Jahre oder sogar Jahrzehnte in einem selbst entfachten Krieg lebt. Ich bin aber Realist genug, um zu sehen, dass wir daran nicht viel ändern können. Gott sei Dank ist so etwas eher die Ausnahme. Meistens geht es doch sehr viel friedlicher zu.«

Brokat dachte an das, was Maria an dem verpfuschten Abend bei Francesco gesagt hatte. »Halten Sie es für möglich, dass die Morde an Ferru und Sareddu Folge einer Blutrache gewesen sind?«

Garzone zögerte etwas, bevor er antwortete. »Nein, das glaube ich nicht. Obwohl Giorgio Toddi zumindest aus der Ferne betrachtet wirklich nicht den Eindruck eines Berufskillers der Mafia macht. Aber nehmen wir einmal an, es ginge um Blutrache. Wer wäre dann das Opfer? Andrea Ferru und Michele Sareddu sind nicht miteinander verwandt. Nach ihren Gesetzen hätten die Täter nur einen zu töten brauchen. Und das wäre hier auf Sardinien sicher wesentlich einfacher zu bewerkstelligen gewesen als bei Ihnen in Deutschland. Nein, alle diese Vermutungen bringen uns nicht weiter. Da halte ich mich lieber an die wenigen Fakten, die wir haben.«

»Sie meinen das Geld, das an Sareddu gegangen ist?«

»Ja. Noch können wir nicht beweisen, dass es von der Mafia kommt. Ich bin aber hundertprozentig sicher, dass es aus den Lösegeldzahlungen der Entführungen stammt. Denken Sie außerdem an die professionelle Kaltblütigkeit, mit der die Täter vorgegangen sind. Und vergessen Sie nicht die Telefonnummern in Sareddus Notizbuch.«

»Wobei nur einer der Mörder so entschlossen vorgegangen ist«, wandte Brokat ein. »Und da ist noch etwas.« Er erzählte Garzone von seinem nächtlichen Kampf am Tatort und dem Anhänger mit dem serbischen Wappen darauf.

»Interessant. Wahrscheinlich haben Sie den oder die Mörder gestört. Aber das Symbol auf dem Anhänger sagt mir nichts.«

»Was ist mit der Haltung der Toten? Die gefalteten Hände, die gespreizten Beine. Haben Sie dazu noch etwas herausgefunden?«

»Nein«, entgegnete Garzone bedauernd. »Um die Botschaft zu verstehen, müssten wir wissen, an wen sie sich richtet.«

»Und wenn es nun gar keine Nachricht ist? Vielleicht soll uns das Arrangement am Tatort ja nur ablenken.«

»Sie meinen, da will jemand absichtlich den Verdacht auf die Mafia lenken?«

»Das wäre doch immerhin möglich, oder?«

»Aber wer sollte das sein?«, meinte Garzone zweifelnd.

»Haben Sie denn noch etwas über die beiden Mafiosi herausgefunden, zu denen Sareddu offensichtlich Kontakt hatte?«, fragte Brokat.

»Marcantoni und Guasco? Nein. Meine Kollegen in Palermo haben mir mitgeteilt, dass beide verschwunden sind. Sieht ganz so aus, als wären sie untergetaucht.«

»Das ist allerdings merkwürdig. Dann haben sie vielleicht doch etwas mit den Morden zu tun.«

»Ich weiß es nicht«, erklärte Garzone skeptisch. »Wir haben keine Hinweise darauf, dass sie in den letzten Wochen Sizilien verlassen haben. Aber noch immer wissen wir viel zu wenig. Deswegen möchte ich heute Nachmittag auch gern noch einmal mit Ihnen ins Dorf fahren und mit ein paar Leuten sprechen. Aber schauen Sie, wir sind fast da.«

Brokat war aufgefallen, dass sie kurz vor Nuoro die Schnellstraße verlassen hatten und einen wenig befahrenen Weg entlangfuhren, der in die Berge führte.

»Ich wohne etwas außerhalb der Stadt«, erklärte Garzone. »Ich bin eher ein Landmensch, und so haben wir vor einigen Jahren das Haus meiner Eltern ausgebaut. Es liegt sehr schön und hat einen großen Garten. Jetzt leben wir dort alle zusammen, meine Eltern, meine Frau und unsere drei Kinder. Das wäre bei Ihnen eher ungewöhnlich, oder? Sind Sie eigentlich verheiratet?«

»Nein«, antwortete Brokat, »ich bin geschieden und habe einen Sohn.«

»Das tut mir leid. Ich finde die Familie sehr wichtig. Sie gibt einem Kraft.«

»Ist es überall auf Sardinien so grün wie hier?«, fragte Brokat in dem sicher leicht zu durchschauenden Versuch, das Thema zu wechseln.

Garzone lachte. »Jetzt schon. Im Sommer wird es allerdings sehr heiß. Dann verdörrt das Gras, und häufig gibt es wegen der Trockenheit schlimme Waldbrände.«

Kurz darauf hatten sie das Haus des Commissarios erreicht. Es lag tatsächlich sehr schön am Rand eines Olivenhains und hatte einen großen Garten. Von der Familie seines Kollegen wurde Brokat nicht weniger herzlich empfangen als von diesem selbst, und so verbrachte er die nächste halbe Stunde damit, Garzones Frau Gavina, seine Eltern und die Kinder kennenzulernen, das Haus und sein Zimmer mit Balkon und Blick auf die Berge zu bewundern und einen starken, aber guten Espresso zu trinken, der zusammen mit selbst gebackenen Keksen serviert wurde. Diese erwiesen sich als außerordentlich süß und etwas klebrig. Da ihn Gavina erwartungsvoll ansah, kam er jedoch nicht umhin, ihre Backkünste zu loben. Paolos Frau war Mitte dreißig, hatte lange schwarze Haare und eine üppige Figur, was ihrer Attraktivität jedoch keinen Abbruch tat. Wenn sie etwas sagte, hing ihr Mann an ihren Lippen, und Brokat registrierte voller Neid, dass dieser anscheinend immer noch heftig in seine Frau verliebt war.

Nach dem Kaffee drängte Garzone zum Aufbruch. »Tut mir leid, dass wir jetzt nicht mehr Zeit haben. Selbstverständlich sind Sie bei uns zum Abendessen eingeladen, dann mache ich das wieder gut. Aber ich würde Ihnen gern noch das Dorf zeigen, aus dem Michele Sareddu, Andrea Ferru, seine Schwester Maria und ihr Onkel Carlo kommen – ebenso wie Giorgio Toddi und sein Neffe Roberto Logozzo.«

Wenige Minuten später waren die beiden Polizisten wieder auf der Straße. Nachdem sie einige Zeit durch mit Macchia bewachsene Hügel gefahren waren, bemerkte Brokat, dass sich die Landschaft veränderte. Die Berge wurden höher, dichte Kastanien- und Eichenwälder wechselten mit Felsformationen und kahlen Steilhängen. Die anfangs noch breite und gut ausgebaute Straße schien unter dem Druck des aufragenden Gebirges immer schmaler und kurviger zu werden. Nachdem

Garzone zu Beginn noch von sich und seiner Familie erzählt hatte, schwieg er nun, als würde die abweisende Schroffheit der Natur auch auf ihn Eindruck machen.

Schließlich nahm er den Gesprächsfaden ihrer Fahrt vom Flughafen nach Nuoro wieder auf. »Das Verhör mit Toddis Schwager hat überhaupt nichts gebracht. Er bleibt bei seiner Version, dass Toddi für einige Tage in den Bergen ist. Ebenso dessen Neffe Roberto. Dass die Schäfer mit ihren Herden von Zeit zu Zeit länger unterwegs sind, ist an und für sich nichts Ungewöhnliches – nur ist es in diesem Fall natürlich schon ein merkwürdiger Zufall.«

»Haben Sie den Schwager gefragt, ob Toddi oder Logozzo jemanden in Köln kennen?«

»Ja, und natürlich hat er das verneint. Aber um ehrlich zu sein, glaube ich ihm das. Ich würde sogar vermuten, dass sie überhaupt keine Kontakte nach Deutschland haben. Das Milieu, das ich bei der Familie vermute, ist keines, zu dem rege Auslandskontakte passen.«

»Was nicht unbedingt unsere Mafiatheorie stützen würde.«

Garzone seufzte. »Damit sind wir wieder an dem Punkt von vorhin. Toddi passt nicht so recht ins Bild. Auf der anderen Seite, wer sagt, dass sich die Mafia bei dem Mord Profis aus Sizilien bedient hat? Wenn wir davon ausgehen, dass die Entführungen mangels Rückhalt vor Ort über Kontaktmänner aus der Ferne organisiert wurden, könnte das doch bei dem geplanten Mord an Sareddu und Ferru genauso gewesen sein. Und es hätte den Vorteil gehabt, dass Toddi die beiden persönlich kannte, also leicht Zugang zu ihnen gehabt hätte.«

»Ich weiß nicht«, meinte Brokat zweifelnd. »Wenn alle aus dem gleichen Dorf kommen, warum suchen sie sich dann für den Mord ausgerechnet einen mehr als tausend Kilometer entfernten Ort im Ausland aus?«

»Vielleicht gerade darum – damit niemand die Spur ins Dorf zurückverfolgen kann.«

»Gibt es denn irgendwelche Beziehungen zwischen Toddi und seinem Neffen Roberto auf der einen und Ferru und Sareddu auf der anderen Seite?«

»Das überprüfen wir gerade. Leider sind, wie Sie wissen, die Leute im Dorf nicht gerade sehr kooperativ. Roberto ist etwa im gleichen Alter wie Ferru. Viel hatten sie offenbar jedoch nicht miteinander zu tun.«

»Was ist mit einer möglichen Verbindung Ferrus zu den Entführungen? Haben Sie denn dazu noch etwas herausgefunden?«

»Leider nein. Nach dem jetzigen Stand ist er sauber. Und passt damit auch nicht so recht ins Bild. Aber sehen Sie, wir sind da.«

Brokat hatte nicht wahrgenommen, dass sie in der Zwischenzeit einen kleinen Ort in den Bergen erreicht hatten. Garzone bog auf einen Parkplatz ein, der sich unmittelbar neben der Kirche befand. Als Brokat ausstieg und sich umsah, kamen ihm die Häuser grau und nichtssagend vor. Schräg gegenüber der Kirche war eine Bar, die aber geschlossen hatte. Viele Fensterläden waren verriegelt, und auf der Straße waren keine Menschen zu sehen. Brokat fror, offensichtlich war es in den Bergen deutlich kälter als in Nuoro. Insgesamt machte das Dorf auf ihn einen wenig einladenden Eindruck.

Garzone schien seine Gedanken zu erraten. »Hier ist man nicht auf Fremde eingestellt. Touristen verirren sich selten hierher«, lachte er. »Aber nachmittags um diese Zeit sind sowieso alle Läden geschlossen, und die Leute halten sich zu Hause auf. Sie werden sehen, dass später in der Bar mehr los sein wird.«

Der italienische Kommissar ging ein Stück die Hauptstraße entlang und bog dann in eine schmale Gasse ab. Diese führte erst den Hang hoch, bevor sie an einer Treppe endete. Die hohen Häuser ließen kaum Licht in die Straße kommen. Garzone stieg die Treppe hoch und klingelte an einem Hauseingang. »Hier wohnt die Tante von Andrea Ferru«, erklärte er. »Sie hat seit dem Tod der Eltern seine Wohnung sauber gemacht und ihm bei der Wäsche geholfen.«

»Hat er auch hier gewohnt?«, fragte Brokat.

»Ja, die Tante hat ihm zwei Zimmer im Erdgeschoss zur Verfügung gestellt. Sie ist die ältere Schwester seines Vaters Filippo und Witwe. Ihr gehört das Haus.« Garzone wandte sich nach oben, wo sich im zweiten Stock ein Fensterladen geöffnet hatte. »*Buonasera*, Signora Dorigo!«

Eine kleine rundliche Frau mit dunklen Haaren schaute sie misstrauisch an. Als sie den Kommissar erkannte, zuckte sie resignierend mit den Schultern. Garzone rief mit scharfer Stimme etwas nach oben, die Frau antwortete ebenso laut. Die Sprache, in der sie sich unterhielten, kam Brokat völlig fremd vor, sodass er vermutete, dass sie Sardisch miteinander sprachen. Schließlich gab die Frau nach und drückte den Türöffner. Sie betraten einen dunklen Hausflur und stiegen die Treppen empor.

Garzone grinste. »Wie erwartet, wollte sie nicht mit uns sprechen. Sie sagt, sie hätte der Polizei schon alles erzählt.«

Wenig später saßen die beiden Beamten im Wohnzimmer von Andrea Ferrus Tante, das mit alten Möbeln vollgestellt war. An den Wänden hingen unzählige Familienbilder. Brokat vermutete, dass Signora Dorigo eher in der Vergangenheit lebte.

Obwohl Brokat kein Wort verstand, bekam er mit, dass ihn sein italienischer Kollege vorstellte. Die Sardin, die er auf etwa Mitte fünfzig schätzte, sah ihn neugierig, aber nicht abweisend an. Danach stand sie auf und verschwand in der Küche.

Fragend sah Brokat Garzone an. Dieser lächelte. »Was Sie hier sehen, sind die zwei Seiten Sardiniens. Zum einen will sie eigentlich nicht mit uns sprechen, weil wir Fremde und zudem noch Polizisten sind. Zum anderen gebietet es die Gastfreundschaft, uns zumindest einen Kaffee anzubieten. Ich werde das schamlos ausnutzen.«

Tatsächlich kam Ferrus Tante nach einigen Minuten mit einem kleinen Espressokännchen, zwei Tassen und Zucker auf einem Tablett zurück. Während sie den bitteren schwarzen Kaffee tranken, schwiegen sie. Der Espresso schmeckte überraschend gut, was Brokat zu einem kurzen anerkennenden Nicken in Richtung der Signora veranlasste. Diese registrierte das mit einem knappen Blick. Nachdem sie kurz darauf den Kaffeetisch wieder abgeräumt hatte, begann Garzone mit der Befragung. Signora Dorigo antwortete kurz und knapp. Brokat fiel auf, dass sie kaum Garzone, sondern immer wieder ihn anschaute. Zwischendurch übersetzte der Italiener schnell für seinen deutschen Kollegen.

Wie ihm Garzone schon vor Tagen am Telefon gesagt hatte, hatte Ferru seiner Tante am Donnerstag – also fünf Tage vor seinem Tod – mitgeteilt, dass er am Montag zu Freunden aufs Festland fahren und einige Tage fortbleiben würde. Wie lange, wisse er noch nicht. Er wollte seine Tante später anrufen, um ihr zu sagen, wann er zurückkomme, habe sich jedoch nie gemeldet. Zu welchen Freunden er fahren wolle, habe er nicht gesagt. Dass ihr Neffe für einige Tage weggefahren sei, sei nicht häufig, aber immer mal wieder vorgekommen. Überhaupt habe sie sich nicht in sein Leben eingemischt, und er habe ihr von sich aus auch nicht viel erzählt. Trotzdem habe sie zu ihm ein gutes Verhältnis gehabt, und er habe ihr immer mal wieder geholfen, wenn es im Haus etwas zu reparieren gab. Als die Polizei ihr mitgeteilt habe, dass ihr Neffe tot sei, sei sie völlig schockiert gewesen. Bis jetzt habe sie sich von dem Schlag nicht erholt. Erregt erklärte sie, dass ihr Neffe ein ausgesprochen lieber und zuvorkommender junger Mann gewesen sei, den alle im Dorf gemocht hatten. Deswegen könne der Mord ihrer Ansicht nach nur auf einen Raubüberfall deutscher Verbrecher zurückzuführen sein.

An dem leicht ungeduldigen Tonfall Garzones merkte Brokat, dass dieser bisher nichts Neues erfahren hatte und deshalb langsam zum Ende kommen wollte.

»Können Sie uns sagen, mit wem Ihr Neffe Kontakt hatte, im Dorf und auch sonst?«

Brokat wunderte sich nicht, dass Signora Dorigo nach dieser Frage den Kopf schüttelte und bemerkte, dass sie sich darum nicht gekümmert habe und deshalb dazu auch wenig sagen könne. Garzone fragte sie daraufhin gezielt nach Giorgio Toddi, Roberto Logozzo und auch Sareddu. Lediglich bei der Erwähnung des Letzteren verzog sie geringschätzig die Mundwinkel. Offensichtlich hatte sie von dem viel bewunderten Freund ihres Neffen nicht viel gehalten.

Auf Bitten von Garzone schloss sie ihnen anschließend noch die Wohnung von Ferru auf. Neugierig schaute sich Brokat in den beiden kleinen Zimmern um. Die Einrichtung wirkte spartanisch. Im Schlafzimmer gab es neben einem Bett nur einen Kleiderschrank und ein großes Bücherregal voll mit neueren Romanen und auch einigen Klassikern, soweit Brokat die Titel übersetzen konnte. Offensichtlich hatte Andrea Ferru gern gelesen. Die Möbel waren alt, aber geschmackvoll, die Wände leer, bis auf zwei alte gerahmte Fotos. Eines war eine Luftaufnahme von Sardinien, das andere zeigte ein Reiterfest, die berühmte Sartiglia in Oristano, wie er von Garzone erfuhr. Als einziges Zugeständnis an die heutige Zeit besaß Andrea einen Laptop, an den ein großer Flachbildmonitor angeschlossen war. Auf Brokats Frage erklärte Garzone, dass seine Leute den Computer bereits untersucht und weder E-Mails noch andere Dokumente gefunden hatten, die die Reise nach Köln erklären könnten.

Als sie das Haus verließen, sagte Garzone resigniert: »Jetzt sehen Sie, was ich mit wenig auskunftsfreudigen Zeugen meine. Sie lassen uns spüren, dass wir keine willkommenen Helfer sind.« Dabei verdrehte er die Augen.

Brokat blickte an der Hauswand entlang nach oben und sah gerade noch das Gesicht von Signora Dorigo hinter dem Fenster verschwinden.

14

Als sie wieder am Parkplatz ankamen, bemerkte Brokat, dass die Bar inzwischen geöffnet hatte. Mehrere Männer hatten Stühle an die Straße gestellt, saßen draußen, tranken und unterhielten sich.

Garzone blickte Brokat an. »Lassen Sie uns etwas trinken, *va bene?*«

Brokat nickte, und sie gingen hinein. Drinnen waren alle Tische besetzt, nur mit Männern. Als die beiden Polizisten die Bar betraten, verstummten die Gespräche. Niemand sah sie direkt an, aber Brokat hatte wie bei Ferrus Tante das deutliche Gefühl, nicht willkommen zu sein. Nach einem kurzen Moment setzten die Unterhaltungen jedoch wieder ein, wobei offensichtlich alle vermieden, sie direkt anzusehen.

Garzone schien dieses Verhalten nicht zu stören. Ungerührt stellte er sich an die Bar und sah die Kellnerin an. Diese war, wie Brokat bemerkte, jung und hübsch. Wirkte im Dorf alles, was Brokat bisher gesehen hatte, irgendwie grau und eintönig, so war sie allein schon durch ihre Kleidung ein farbenfroher Kontrast. Sie trug Jeans und einen engen gelben Pullover, der ihre Figur vorteilhaft betonte. Haare und Augen waren tiefschwarz, und auch wenn sie eher zierlich war, wirkte sie sehr selbstbewusst.

Garzone bestellte für sich einen Espresso. Brokat nahm ein Bier und dazu auf Drängen Garzones einen Mirto, den traditionellen sardischen Myrten-Likör. Während der deutsche Kommissar das sardische Ichnusa-Bier mit den berühmten vier sarazenischen »Mohrenköpfen« auf dem Etikett durchaus annehmbar fand, erinnerte ihn der Likör stark an den Hustensaft, den er bei seiner letzten schlimmen Erkältung vor wenigen Wochen eingenommen hatte.

Garzone, der dies genau registrierte, grinste ihn an. »Kollege, lächeln Sie doch! Sonst sind Sie bei den Einheimischen gleich völlig unten durch.«

Brokat hatte nicht das Gefühl, dass sein Lächeln die Einschätzung der Barbesucher wesentlich verändern würde, trotzdem bemühte er sich, möglichst entspannt auszusehen. Garzone verwickelte derweil die Kellnerin in ein Gespräch. Diese schien die Zurückhaltung der anderen Gäste nicht zu teilen, jedenfalls antwortete sie dem Polizisten, wie Brokat fand, bemerkenswert unbefangen. Als sie kurz nach draußen ging, um den Bohnenbehälter der Kaffeemühle aufzufüllen, flüsterte Garzone Brokat zu: »Die junge Frau heißt Patricia. Sie war Sareddus Freundin. Sie hat gleich frei und will dann unsere Fragen beantworten.« Als Patricia wiederkam, zahlte Garzone und verließ mit seinem Gast die Bar.

Draußen bedankte sich Brokat für das Bier und den Likör und sah seinen Kollegen fragend an. »Wohnt sie denn auch hier im Dorf?«

»Nein, seit einiger Zeit nicht mehr. Sie studiert jetzt in Sassari, ist aber häufiger hier, um sich in der Bar etwas Geld zu verdienen und auch, um sich um ihre kranke Mutter zu kümmern. Wir treffen sie etwas später an einem anderen Ort.«

»Wann haben Sie sich denn mit ihr verabredet?«, fragte Brokat, erstaunt, dass er davon gar nichts mitbekommen hatte. Einmal mehr grinste Garzone. »Sie hat die Uhrzeit und den Ort auf die Quittung für die Getränke geschrieben.«

Garzone und Brokat fuhren die Strecke, die sie gekommen waren, ein gutes Stück zurück. An einer Kreuzung bog Garzone ab. Nach weiteren zehn bis fünfzehn Kilometern auf einer schmalen, kurvigen Straße erreichten sie einen größeren Ort mit Namen Gavoi, der, wie Brokat fand, auf den ersten Blick sehr idyllisch wirkte. Da Garzone ihm erklärt hatte, dass sie noch mindestens eine Stunde warten mussten, überbrückten sie die Zeit mit einem Spaziergang.

Sie gingen die Hauptstraße entlang, vorbei an schweren, unverputzten Granithäusern, und standen plötzlich vor einer großen, sehr eindrucksvoll bemalten Hauswand, auf der Bauern bei der Arbeit zu sehen waren.

»Wir nennen diese Wandmalereien *murales*«, erklärte Garzone. »Sie finden sie hier in vielen Dörfern. Häufig zeigen sie das bäuerliche Leben, oft sind sie aber auch Ausdruck des Protests gegen die Willkür und Unterdrückung durch den Staat. Die bekanntesten Murales sind in Orgosolo, auch ein Ort in diesem Teil der Barbagia. Orgosolo war bis Mitte der fünfziger Jahre ein richtiges Banditendorf, wobei man das von unserer Justiz seinerzeit propagierte Banditentum auch als verzweifelten Widerstand der Hirten gegen die Willkür des Staates und die Ausbeutung durch Großgrundbesitzer verstehen kann. Heute merkt man davon nichts mehr. Der Tourismus hat die Stadt entdeckt, und die Murales sind längst Bestandteil vieler Touristenfahrten durch das Landesinnere.« Garzone sah Brokat an. »Wie gefällt Ihnen denn der Ort?«

»Gut.« Brokat versuchte, seine Gefühle in Worte zu fassen. »Er wirkt so ruhig und friedlich.«

»Können Sie sich vorstellen, dass hier noch vor Kurzem ein brutaler Mord passiert ist?«

»Nein, eigentlich nicht.«

»Und doch war es so.« Garzone wirkte ernst. »Vor einigen Monaten wurde die Frau eines bekannten Zahnarztes und Lokalpolitikers aus Gavoi entführt und ermordet.« Er zeigte in die Hügel oberhalb des Dorfes, in denen locker verstreut zahlreiche Häuser lagen. »Dort oben in einer Villa war sie, allein mit ihrer acht Monate alten Tochter. Es war abends, als sie verschleppt wurde. Auf dem Fußboden haben wir Blutlachen gefunden. Am nächsten Morgen wurde ihr Auto unten im Ort entdeckt. Die Frau lag mit gefesselten Händen und Füßen im Kofferraum. Sie wurde mit einem Schlag auf den Kopf getötet.« Der Kommissar seufzte. »Die Mörder haben wir bis heute nicht gefunden.«

***

Nach ungefähr einer Stunde gingen Garzone und Brokat in die »Bar Centrale«, die direkt gegenüber dem Rathaus von Gavoi gelegen war. Dort warteten sie an einem Tisch noch einmal fast eine halbe Stunde, bis die junge Kellnerin die Bar betrat. Sie wirkte jetzt anders als vorher, eher unruhig und etwas gehetzt. Garzone bestellte ihr einen Cappuccino und stellte seinen deutschen Kollegen vor.

»Wenn Ihr Kollege kein Italienisch kann, können wir gern Englisch miteinander sprechen. Das ist mir sowieso lieber, dann versteht uns sonst keiner«, meinte sie vielsagend.

Die beiden Polizisten stimmten zu.

»Zunächst vielen Dank, dass Sie mit uns sprechen möchten«, eröffnete Garzone das Gespräch. »Nun, Signora …«

»Calmieri, Patricia Calmieri. Sie können mich Patricia nennen. Wie Sie sich vielleicht vorstellen können, fällt mir das nicht leicht. Bei uns hat man nicht gern mit der Polizei zu tun.«

»Und was veranlasst Sie, trotzdem mit uns zu reden?«

»Ich habe Angst«, sagte sie einfach.

Die Polizisten schwiegen und warteten.

Patricia trank von ihrem Cappuccino und wurde offensichtlich ruhiger. Schließlich begann sie zu sprechen. »Schon vorhin in der Bar hat mich mein Chef blöd angemacht, weil ich mit Ihnen geredet habe. Ich hoffe, dass mich das jetzt nicht meinen Job kostet.«

»Sie haben aber schon einmal mit meinen Kollegen gesprochen, oder?«

»Ja, aber das war eine offizielle Befragung, nachdem Michele und Andrea tot aufgefunden wurden.« Sie schluckte. »Da habe ich selbstverständlich nichts gesagt.«

»Wie eng waren Sie mit Sareddu befreundet?«, fragte Brokat.

Die junge Frau sah ihn an. »Wir haben uns geliebt. Im Sommer wollten wir heiraten. Sein plötzlicher Tod hat mich völlig aus der Bahn geworfen.« Sie hatte Tränen in den Augen. »Wissen Sie, viele denken und reden hier schlecht über Michele. Auch jetzt noch, nachdem er tot ist. Das macht mich traurig und wütend. Er war kein schlechter Kerl, auch wenn er sicherlich Fehler gemacht hat.«

»Was meinen Sie damit?«

»Zum Beispiel, dass er die Stelle in der Werkstatt in Nuoro gekündigt hat. Es war ein guter Job, die Kollegen waren nett, und sein Chef hat ihn immer fair behandelt.«

»Wissen Sie, warum er dort aufgehört hat?«

Patricia seufzte. »Er hat immer gesagt, dass die Arbeit langweilig wäre und dass er zu wenig Geld bekommen würde.«

»Was hat er denn danach gemacht?«

»Ich weiß es nicht, ganz ehrlich. Er hat es mir nie gesagt, bloß, dass er viel Geld verdienen wollte, damit wir uns im Ausland eine neue Existenz aufbauen können. Michele wollte immer nach Amerika auswandern. Natürlich habe ich mitbekommen, dass die Leute gesagt haben, er würde etwas Illegales machen. Aber das glaube ich nicht.«

»Was wissen Sie über seinen Freund Andrea Ferru?«

»Na ja, was man halt so weiß, wenn man aus demselben Dorf stammt. Natürlich tut es mir leid, dass er tot ist. Aber wenn ich ehrlich sein soll, habe ich nicht viel von ihm gehalten. Er ist immer hinter Michele herscharwenzelt, wollte genauso sein wie er. Nur leider hatte er nicht das Format dazu.«

»Wie meinen Sie das?«

Sie dachte einen Augenblick lang nach. »Für mich war er der typische Mitläufer. Ich glaube, er fand alles gut, was Michele gut fand. Das hat ihn ab und zu richtig genervt.«

»Hat Michele ihn denn trotzdem als Freund angesehen?«

»Das kann ich nicht sagen. Wir haben wenig zu dritt unternommen.«

»Mit wem war Ihr Freund noch zusammen? Zu wem hatte er engeren Kontakt?«, wollte Garzone wissen.

»Wissen Sie, Michele war ein sehr offener Typ. Er hat sich mit jedem unterhalten. Aber da ich oft in Sassari bin und zwei- bis dreimal in der Woche in der Bar arbeite und auch noch nach meiner kranken Mutter schaue, habe ich von seinem Freundeskreis nicht so viel mitbekommen.«

»Was ist mit Frauen?«

»Was wollen Sie damit sagen? Er war nur mit mir zusammen, wenn Sie das meinen.«

»Ich meine vorher.«

»Natürlich hatte er vor mir viele Freundinnen. Michele ist so ein Typ, der jedem Rock hinterherschaut. Aber das hat nicht viel zu sagen, das ist halt so seine Art. Wenn er sich in der Rolle des großen Frauenhelden gefällt, ist mir das egal, solange er keine anbaggert.«

»Wussten Sie, dass Michele mit Andrea zusammen wegfahren wollte?«

Patricia schaute Garzone an und seufzte erneut. »Ja, er hat mir erzählt, dass sie nach Köln fahren wollten.«

Garzone warf seinem deutschen Kollegen einen Blick zu. »Wann hat Ihnen Michele das gesagt?«, wollte er wissen.

Patricia überlegte. »Ungefähr eine Woche vor seinem Tod. Ich glaube, es war am Dienstag.«

»Was genau hat er gesagt?«

»Dass sie etwas Geschäftliches in Köln zu erledigen hätten und er deshalb für einige Tage wegfahren würde. Was, hat er mir nicht gesagt. Aber er hat mir erzählt, dass sie sich mit einem Freund treffen wollten.«

»War das alles?«

»Das Treffen schien wichtig zu sein und sollte wohl in aller Heimlichkeit ablaufen. Den Namen des Freundes wollte er mir nicht sagen, nur, dass ich ihn nicht kennen würde. Für mich hörte sich das alles sehr merkwürdig an, und ich habe ihm erst nicht geglaubt. Aber dann hat er mir erklärt, wo und wann sie sich in Köln treffen wollten. Mitten in der Nacht. Um ein Uhr. Damit ich ihm glaube, hat er mir sogar den Ort genau beschrieben – einen Parkplatz am Rande eines großen Parks. Das kam mir alles so richtig geheimnisvoll vor.«

»Hat er den Park genauer beschrieben? Oder den Namen genannt?«

»Es war so etwas wie ein Botanischer Garten. Ich habe mir den Namen aufgeschrieben.«

»Sagte er ›Forstbotanischer Garten‹?«

»Ja, das ist der richtige Name.«

Brokat und Garzone sahen sich an.

»Warum haben Sie das nicht der Polizei gesagt?«, fragte Garzone streng. »Sie wissen, wie wichtig das für die polizeiliche Ermittlung sein kann.«

»Ja, ich weiß«, antwortete sie trotzig. »Aber ich habe Michele versprochen, es niemandem zu erzählen.«

»Ein Versprechen zu halten ist lobenswert, aber in diesem Fall …«

»Ich habe es ja nicht einmal gehalten«, unterbrach sie Garzone wütend.

»Wieso nicht?«, fragte Brokat erstaunt.

Patricia wirkte nun sehr unglücklich. »Ich habe mich verplappert. Mein Bruder und zwei seiner Kumpel haben mich zu einer Fete eingeladen, und da habe ich ohne nachzudenken gesagt, dass ich keine Lust habe zu kommen, wenn Michele nicht da ist. Da haben sie natürlich nachgefragt.«

»Haben Sie Ihnen auch den Treffpunkt genannt?«

»Ja, weil sie mich erst ausgelacht haben. Sie meinten, das sei nur eine billige Ausrede, nicht auf die Party gehen zu wollen. Als Beweis, dass ich nicht lüge, habe ich ihnen alles erzählt und ihnen dann, weil ich ein schlechtes Gewissen bekommen habe, eingeschärft, nichts weiterzusagen. Michele gegenüber habe ich nichts davon erwähnt, weil er sonst sauer geworden wäre.«

Garzone und Brokat schwiegen.

Patricia sah sehr nachdenklich aus. »Jetzt denke ich schon die ganze Zeit, dass der Tod von Michele etwas damit zu tun hat, dass ich nicht die Klappe halten konnte.«

Brokat blickte sie an. »Wissen Sie, ob Michele oder Andrea jemanden in Köln kannten? Möglicherweise jemanden von hier, der in Deutschland arbeitet?«

»Nein, nicht dass ich wüsste.«

»Wie sicher sind Sie denn, dass Ihr Bruder und seine Freunde die Information für sich behalten haben?«, wollte Garzone wissen.

»Ich weiß es nicht.«

»Und weshalb haben Sie jetzt Angst?«

»Weil … Ich weiß nicht genau. Seit der Nachricht von dem Tod der beiden herrscht im Dorf eine ganz sonderbare Stimmung.«

»Aber ist es nicht völlig normal, dass die Leute trauern, wenn jemand gestorben ist?«, fragte Garzone.

»Ja, schon.« Patricia biss sich auf die Lippen. »Aber es ist mehr als Trauer. Es ist Wut, Verzweiflung, Ohnmacht, ich weiß nicht, wie ich es ausdrücken soll.« Die junge Frau wirkte auf einmal wieder hektisch und ungeduldig.

Garzone fragte: »Würden Sie das, was Sie uns erzählt haben, zu Protokoll geben?«

»Niemals. Ich muss jetzt weg.« Sie stand auf.

»Es kann sein, dass wir noch einmal mit Ihnen reden müssen«, rief Garzone ihr nach.

Sie war schon an der Tür. Von hinten wirkte sie zart und zerbrechlich.

»Ein nettes Mädchen«, meinte Garzone, als sie wieder im Auto saßen, »aber voller Widersprüche.«

»Wie meinen Sie das?«, fragte Brokat.

»Na ja, erst beschwert sie sich, dass die Leute schlecht über den toten Michele sprechen. Kurz danach macht sie Andrea schlecht, der genauso getötet wurde wie ihr Freund. Dem hat sie versprochen, niemandem von der Reise zu erzählen. Dann gibt sie ihr Wissen aber an den Nächstbesten weiter.«

»Nur leider nicht an die Polizei«, meinte Brokat.

Garzone seufzte. »Nein. Sie sehen, uns sagt hier niemand etwas freiwillig. Jedenfalls wissen wir jetzt auch die genaue Zeit der Verabredung. Außer uns hat wahrscheinlich das halbe Dorf von der Fahrt nach Köln und dem Treffen gewusst.«

»Mit wem können sie nur verabredet gewesen sein? Und zu welchem Zweck?«

»Vielleicht wollten sie ja wirklich untertauchen. Und der geheimnisvolle ›M.‹ sollte ihnen Unterschlupf gewähren.«

»Aber welche Rolle haben dann Toddi und sein Neffe gespielt? Ist es wirklich denkbar, dass sie die Handlanger der Mafia gewesen sind?«

Auf dem Rückweg nach Nuoro schwiegen sie. Jeder hing seinen Gedanken nach. Brokat dachte an Patricia und ihre Angst, die er deutlich gefühlt hatte, aber dennoch nicht richtig nachvollziehen konnte. Sein Gefühl sagte ihm, dass sie etwas verschwieg. Dann wanderten seine Gedanken zu Maria. Seit er auf der Insel war, war der Gedanke an sie unterschwellig immer da gewesen. Er hatte ihn nur unterdrückt, weil er mit Garzone zusammen war und sich auf die Ermittlungen konzentrieren musste. Brokat wusste, dass er sie wiedersehen wollte. Aber wie sollte er das anstellen? Schließlich war er hier nicht im Urlaub, sondern zum Arbeiten, und Garzone war immer in seiner Nähe. Wie sollte er es da schaffen, sich mit Maria zu treffen, ohne seinen Gastgeber zu brüskieren? Und wenn er einen Weg fand, würde sie ihn denn dann überhaupt sehen wollen? Schließlich waren sie im Streit auseinandergegangen, und er hatte sich unmöglich benommen.

15

Brokat musste eingenickt sein, als sein Handy klingelte. Er schreckte hoch und fingerte das Telefon aus der Jackentasche. Das Display zeigte die vertraute Nummer seines Assistenten in Köln.

»Hallo, Chef, wie läuft es in Italien? Seid ihr mit den Ermittlungen weitergekommen?«

»Das weiß ich noch nicht so genau. Hier ist alles anders, aber genauso spannend wie bei uns.«

Schon während er antwortete, merkte Brokat, dass der Versuch, seine Eindrücke des Geschehens auf Sardinien in einem Satz zusammenzufassen, seinen Kollegen eigentlich nur verwirren konnte.

Doch selbst wenn dem so war, ließ es sich Kunert nicht anmerken. In der für ihn typischen Art sagte er: »Hier ist die Hölle los, Chef. Wir haben einige neue Hinweise auf die beiden Sarden und den Wagen. Aber eine heiße Spur ist bisher nicht dabei. Ich hoffe, dass wir morgen mehr wissen.«

»Habt ihr Carlo Ferru überprüft?«

»Ja. Wir haben uns seine Geschäfte und die Bankauszüge der letzten Jahre angesehen. Es gibt keine Hinweise auf Unregelmäßigkeiten oder Verbindungen zum organisierten Verbrechen. Er scheint sauber zu sein.«

Nachdem ihm Kunert noch versichert hatte, dass sich Vonderschmitt bisher zurückhielt und die Sonderkommission reibungslos arbeitete, verabredeten sie sich für einen weiteren telefonischen Austausch am nächsten Tag.

Garzone sah ihn an. »Keine Neuigkeiten aus Köln?«

»Nein, zumindest nichts Konkretes.«

»Das ist schade. Aber dennoch bin ich zuversichtlich, dass wir in den nächsten Tagen zu einem Ergebnis kommen werden.« Woher er diese Zuversicht nahm, sagte Garzone allerdings nicht. »Lassen Sie uns unsere nächsten Schritte planen. Heute Abend sind Sie selbstverständlich mein Gast. Morgen früh hätte ich Sie gern offiziell bei uns auf dem Präsidium. Da sollten wir unsere bisherigen Ergebnisse miteinander abgleichen. Für elf Uhr habe ich eine Telefonkonferenz mit den Behörden in Palermo angesetzt und danach ein Gespräch mit der Steuerfahndung vereinbart. Während wir uns morgen Nachmittag noch einmal um Patricia und die bisherigen Ergebnisse der Verhöre im Dorf kümmern, hätte ich einen anderen Vorschlag für Sie.«

»Welchen denn?«, fragte Brokat erstaunt.

»Auch wenn Sie schon einmal Bedenken geäußert haben, wiederhole ich meinen Vorschlag, dass Sie noch einmal Maria Ferru befragen. Sie kommt aus dem Dorf und ist wie Patricia direkt betroffen. Vielleicht finden wir über sie einen Zugang zum Dorf, der uns bisher verwehrt war.«

Instinktiv wollte Brokat ablehnen. Gleichzeitig wünschte er sich, Maria wiederzusehen. Ich kann nicht mehr zwischen Privatem und Beruflichem unterscheiden, dachte er entsetzt.

Garzone bemerkte sein Zögern und bemühte sich, ihm eine Brücke zu bauen. »Ich verstehe ja Ihre Bedenken, aber wenn wir warten, bis sich Ferrus Schwester von dem Schock des Mordes an ihrem Bruder erholt hat, kann es zu spät sein. Wir sollten jede Chance nutzen.«

»Ich kann sie ja mal fragen«, sagte Brokat schließlich unverbindlich.

Garzone nickte zufrieden und wechselte das Thema. »Mögen Sie sardisches Essen? Meine Frau kocht heute Abend für uns. Ich hoffe, es wird Ihnen schmecken.«

Als sie im Haus des Polizisten angekommen waren, brachte Garzone seinen Gast auf sein Zimmer. »Sie müssen müde sein. Ruhen Sie sich etwas aus. Bei uns isst man später als in Deutschland. Sie haben also noch Zeit. Ich rufe Sie dann.«

Nachdem Brokat seine Tasche ausgepackt hatte, ging er auf den Balkon. Der Himmel hatte sich zugezogen, und dicke Wolken lagen auf den Bergen. Er dachte an Maria. Sollte er sie jetzt anrufen? Was sollte er ihr sagen? Er legte sein Handy vor sich hin. Bestimmt fünf Minuten starrte er es an, bevor er einen Entschluss fasste.

Bereits nach dem ersten Klingeln meldete sie sich. Ihre

warme Stimme spülte all seine Zweifel und Ängste mit einem Schlag weg. »Commissario, ich freue mich, von Ihnen zu hören. Wie geht es Ihnen?«

Als er ihr erzählte, dass er auf Sardinien sei, schien sie das nicht im Geringsten zu erstaunen. Ihre Frage nach dem Fortgang der Ermittlungen kam so selbstverständlich, dass kein Missklang nach dem Streit in Köln mehr zu spüren war. Brokat erzählte ihr in groben Zügen, was seit ihrer Abreise passiert war. Als er den Besuch mit Garzone im Dorf und das Gespräch mit Patricia schilderte, hörte sie aufmerksam zu.

»Glauben Sie immer noch an die Mafiatheorie?«, fragte sie schließlich.

Brokat fiel auf, dass sie es vermied, über die mögliche Beteiligung ihres Bruders an den kriminellen Machenschaften zu sprechen. »Ich weiß es nicht«, antwortete er ehrlich. »Wir sind an einem Punkt angekommen, wo ich das Gefühl habe, wieder ganz am Anfang zu stehen.«

Maria schwieg einen Moment. Die Stille war Brokat keinesfalls unangenehm. Schließlich sagte sie: »Vielleicht kann ich Ihnen helfen. Aber dazu sollten wir uns treffen. Wie lange sind Sie noch hier, Commissario?«

»Leider nur noch bis übermorgen.«

»Gut, dann treffen wir uns morgen Mittag. Wo sind Sie?«

Brokat erklärte ihr, dass er am kommenden Tag bei Garzone im Präsidium in Nuoro zu finden sei, selbst keinen Wagen habe, jedoch vielleicht einen leihen könne.

»Das wird nicht nötig sein. Ich hole Sie ab. Bis morgen. Ich freue mich, Sie wiederzusehen.«

***

Der nächste Vormittag war so ereignisreich und die Zeit verging so schnell, dass Brokat kaum dazu kam, an Maria zu denken. Der Morgen begann mit einem schnellen Frühstück unterwegs, das die beiden Polizisten in einer kleinen Bar auf dem Weg ins Präsidium einnahmen. Nachdem es in der Nacht geregnet hatte, verzogen sich die Wolken langsam, und die Sonne schien.

»Wir frühstücken eigentlich nie richtig«, erklärte Garzone seinem Gast. »Ein schneller Espresso, ein Brioche und ein Blick in die Zeitung, das ist die Morgenmahlzeit der meisten Italiener. Früher habe ich immer noch eine Zigarette dazu geraucht, aber seit das bei uns in den Bars verboten ist, habe ich es aufgegeben. Na ja, so hat wenigstens eines unserer Gesetze sein Gutes gehabt.«

Brokat fiel nicht zum ersten Mal auf, dass sich sein Gastgeber für einen Staatsdiener relativ kritisch äußerte. Er sprach ihn darauf an.

»Ach wissen Sie«, grinste Garzone, »wir Italiener sind im Grunde unseres Herzens alle Staatsfeinde. Vielleicht ist das der Grund dafür, dass der Staat bei uns so schlecht funktioniert. Bei all dem politischen Chaos, das wir hier immer wieder anrichten, denke ich manchmal, dass unsere Nachbarländer uns für eine Bananenrepublik halten müssen. Nein, ich bin wirklich kein Freund des Staates, aber ich halte es für wichtig, dass in all dem Chaos um uns herum ein wenig Gerechtigkeit geschaffen wird. Dafür trete ich ein.«

»Dann sind Sie also ein Idealist«, meinte Brokat.

»Aber Sie doch auch«, entgegnete Garzone. »Was Sie mir erzählt haben, zum Beispiel von Ihrem Vorgesetzten ... Ich bin überzeugt davon, dass Sie auch allein gegen alle das Gesetz verteidigen würden.«

»Ich habe das auch keineswegs abwertend gemeint«, antwortete Brokat. »Es stimmt schon, was Sie sagen. Ich denke häufig, dass es mit unserem Rechtssystem in Deutschland nicht zum Besten bestellt ist. Die, die wir fangen und wirklich auf Dauer ins Gefängnis bringen, sind meistens kleine Fische. Zu selten kommen wir an die Hintermänner dran. Und wenn, dann sitzt da oben irgendwo ein Polizeidirektor, so wie meiner in Köln, und drückt auf die Bremse, so lange, bis irgendein Weg gefunden wird, die hohen Tiere aus der Sache rauszuhalten.«

Gegen zehn Uhr fanden sich die beiden Polizisten im Polizeipräsidium in Nuoro ein. Dort wurde Brokat wie ein hoher ausländischer Staatsgast empfangen. Im Innenhof hatten sich die Chefs aller Abteilungen mit ihren Stellvertretern aufgestellt, allen voran der Questore. Die Polizeikapelle spielte einen Marsch, und der Präsident hielt eine kurze Ansprache in einem grauenvollen Englisch, in der Brokat als ein herausragender Repräsentant des deutschen Rechtssystems dargestellt wurde.

Brokat, dem dieser Empfang sehr unangenehm war, fragte Garzone später, was um alles in der Welt er denn über ihn erzählt habe. Wie so häufig grinste Garzone bis über beide Ohren. »Glauben Sie mir, ich habe nur Andeutungen gemacht. Dass Sie ein hoher Beamter sind und Ihr Besuch wegen einer geheimen Ermittlung mehr oder minder inkognito ist, haben meine Kollegen sich ohne meine Mithilfe zusammengereimt. Es tut mir leid, dass ich Ihnen so etwas antue, aber glauben Sie mir, unsere Ermittlungen hier werden damit eine ganz andere Unterstützung erfahren.«

Brokat kam nicht umhin, seinen Kollegen bewundernd anzuschauen. Auf so etwas wäre er nie gekommen. Taktisches Denken oder solche Tricks wie die von Garzone waren ihm vollkommen fremd.

Die anschließende Besprechung war für Brokat sehr aufschlussreich. Garzone und zwei seiner Leute stellten die Ergebnisse der bisherigen Arbeit der italienischen Behörden vor. Diese hatten sich wie besprochen in erster Linie auf das kriminelle Umfeld von Michele konzentriert. Brokat erfuhr Interessantes über die Geschichte der sardischen Entführungen. Sie hatten in den sechziger Jahren mit Erpressungen und Verschleppungen wohlhabender Bürger im Landesinneren begonnen. Die Lösegeldforderungen waren anfangs bescheiden gewesen, und den Opfern war nie auch nur ein Haar gekrümmt worden. In den politisch aufgeheizten siebziger Jahren wurden zunehmend zahlungskräftige Finanziers und Industrielle in ihren Luxusvillen an der Costa Smeralda entführt. Sie passten gut in das klassenkämpferische Milieu der damaligen Zeit und in das Klischee eines von vielen erhofften politischen Aufstandes der Hirten und Bauern in Aga Khans Ferienparadies. Doch mit der Zeit entsprach das Verhalten der Entführer immer weniger dem sozialen

Kodex der Barbagia, einer sich selbst verwaltenden archaischen Hirtengemeinschaft. Immer häufiger endeten die Entführungen mit der eiskalten Hinrichtung der Geiseln. Die Opfer blieben monatelang in Grotten und Höhlen eingesperrt und wurden im Laufe der Lösegeldverhandlungen fast immer misshandelt. Die Drahtzieher einer neuen ausgeklügelten Entführungsindustrie entstammten längst nicht mehr dem Hirtenmilieu, sondern waren Kaufleute, Bankiers oder Advokaten – häufig kamen sie auch aus dem organisierten Verbrechen.

Allem Anschein nach war Sareddu in diesem System eher auf der unteren durchführenden Ebene derjenigen anzusiedeln, die potenzielle Entführungsopfer auskundschafteten, Verstecke suchten und die Entführungen schließlich durchführten. Die eigentliche Organisation jedoch betrieben andere, und auch die Befehle kamen von außerhalb. In letzter Zeit hatten die Behörden immer mal wieder einen der kleinen Fische geschnappt, diese hatten aber – wohl aus Angst vor der Rache ihrer Auftraggeber – weitgehend geschwiegen. Schließlich war es der Polizei gelungen, einen Agenten in die Szene einzuschleusen, und seitdem zog sich das Netz um die Bande der Entführer enger. Die eigentlichen Hintermänner blieben bis zum heutigen Tag im Dunkeln, denn auch die beiden mutmaßlichen Profikiller Franco Marcantoni und Raffaele Guasco waren letztendlich nur Verbindungsleute, die Auftraggebern zuarbeiteten, die zum engeren Kern der sizilianischen Mafia gehörten.

Die Nachforschungen zu den beiden Sizilianern aus dem Notizbuch hatten jedoch tatsächlich etwas Neues erbracht. Marcantoni und Guasco hatten sich im Verlauf des letzten halben Jahres nachweisbar mehrmals auf Sardinien aufgehalten, angeblich in geschäftlichen Angelegenheiten der Firma, bei der sie bis vor Kurzem angestellt gewesen waren. Die »Siciltek-noplus« war eine große Baufirma, die neben verschiedenen Projekten in Palermo und Catania auch an Bauvorhaben auf Sardinien beteiligt war. Der Geschäftsführer, Giovanni Linori, ein bekannter italienischer Großindustrieller, war bereits in mehrere Korruptionsaffären verwickelt gewesen, aber bisher immer mit Geldstrafen davongekommen. Neben Reisen nach Sardinien waren Marcantoni und Guasco noch in verschiedenen anderen Ländern, unter anderem den USA, gewesen, jedoch anscheinend nicht in Deutschland. Sicilteknoplus hatte sie vor ungefähr einem Monat entlassen, angeblich wegen finanzieller Unregelmäßigkeiten. Sonderbar war, dass sie seit drei Tagen spurlos verschwunden waren, und das direkt vor den Augen der Polizei in Palermo, die die beiden im Rahmen einer von Garzone angeforderten Amtshilfe seit dem Mord an Andrea Ferru und Michele Sareddu beobachtet hatte.

Keinerlei Erfolg hatten bisher allerdings die Bemühungen, den mysteriösen »M.« aus Sareddus Notizbuch zu identifizieren.

»Patricia Calmieri erzählte von einer Verabredung, die Ferru und Sareddu in der Mordnacht gehabt haben sollen. Der Eintrag im Notizbuch könnte sich darauf bezogen haben«, erklärte Garzone. »Aber wir wissen einfach zu wenig. Wofür steht der Buchstabe? Ist ›M.‹ ein Vorname, ein Nachname oder vielleicht sogar ein Code? Dennoch haben wir die komplette Einwohnerliste des Dorfes wie auch andere Personen aus dem Umfeld von Sareddu, Ferru und Giorgio Toddi durch den Computer laufen lassen. Unter der Prämisse, dass die gesuchte Person eine Beziehung zu Deutschland hat oder sich in der fraglichen Zeit sogar dort aufgehalten hat, ist nichts dabei herausgekommen. Wir vermuten daher, dass es sich um einen in Deutschland lebenden Italiener oder sogar einen Deutschen handelt – immer vorausgesetzt, dass es diesen ›M.‹ überhaupt gibt.«

Brokat warf ein: »Sie brauchen sich nicht zu entschuldigen. Ich weiß genauso wenig wie Sie, wie wir hier weiterkommen sollen. Die einzige Beziehung, die die beiden Toten nachweislich nach Deutschland hatten, ist die zu Ferrus Onkel Carlo. Ein zweifelsfreies Motiv für die Mordnacht hat er nicht. Aber warum sollte er seinen Neffen ermordet haben? Soweit wir wissen, war er nicht in kriminelle Geschäfte verwickelt. Und offensichtlich hing er sehr an ihm.«

Darüber hinaus hatten Garzone und seine Leute trotz der mangelnden Kooperationsbereitschaft der Bevölkerung eine Menge an Informationen über das Dorf zusammengetragen.

Alles in allem ergab sich dabei das Bild einer immer noch traditionellen sardischen Dorfgemeinschaft, die bis vor etwa fünfzehn Jahren fast ausschließlich von der Viehzucht gelebt hatte. Die von den italienischen Behörden in den fünfziger Jahren durchgeführte Landreform hatte den kleinen Viehzüchtern im Dorf großen Schaden zugefügt, weil dadurch viele Weideflächen verloren gegangen waren. Brokat konnte sich Marias und Andreas Vater Filippo sehr gut inmitten dieser Menschen, ihrer Ideale und Zwänge und ihrer gemeinsamen Abneigung gegen staatliche Strukturen vorstellen. Während Filippo und seine Familie schon vor Jahren die Schafzucht wegen mangelnder Rentabilität aufgegeben und ihr Glück in handwerklichen Berufen versucht hatten, lebten Giorgio Toddi und seine Verwandten wie Roberto, von denen es im Dorf wohl ebenfalls viele gab, nach wie vor zumindest zum Teil von der Viehzucht, auch wenn viele wie Giorgio nebenher noch woanders arbeiteten.

Anhaltspunkte für eine engere Beziehung zwischen Giorgio Toddi und Filippo beziehungsweise Andrea Ferru hatten die Ermittlungen keine ergeben, was aber nicht unbedingt viel zu bedeuten hatte. Auffällig war, dass es im Dorf schon vor dem Mord an Giorgios Bruder immer wieder gewaltsame Todesfälle gegeben hatte, die nur zum Teil aufgeklärt werden konnten. Die erste Tat hatte sich bereits im Jahr 1970 ereignet. Damals war ein junger Hirte angeblich wegen Viehdiebstahls erschossen worden. Der mutmaßliche Mörder (er wurde aufgrund von Indizien und nicht dank Zeugenaussagen verurteilt) saß fünfzehn Jahre im Gefängnis und kam schließlich als gebrochener Mann nach Hause zurück. Der zweite Mord geschah fünf Jahre später. Zwei Brüdern wurde auf einer Autofahrt kurz vor dem Nachbardorf aufgelauert, ihr Auto wurde mit Kugeln durchsiebt. Die Mörder konnten bis heute nicht ermittelt werden. Das Motiv blieb ungeklärt, ein Raubüberfall erschien unwahrscheinlich, da beide Opfer bettelarm waren.

Danach geschah acht Jahre lang nichts, bis im Dezember 1998 (es war einer jener Winter, in denen es in den Bergen der Barbagia gar nicht mehr aufhören wollte zu schneien) ein Schafhirte mit einem Messer erstochen wurde. Angeblich hatte es einen Streit gegeben. Der Mörder und die an der Auseinandersetzung Beteiligten konnten trotz ausgesetzter Belohnung und Hinweisen aus der Bevölkerung niemals einwandfrei ermittelt werden, sodass drei Verdächtigte schließlich aus Mangel an Beweisen wieder auf freien Fuß gesetzt werden mussten. Und schließlich war da der Mord an Toddis Bruder. Eine schreckliche Tat, denn dieser wurde von mindestens sechzig Schrotkugeln in den Rücken regelrecht durchsiebt. Noch lebend wurde er ins Krankenhaus gebracht, wo er mit schrecklichen Schmerzen immer wieder schrie: »Ich verbrenne, ich verbrenne!« Auch hier war es den Carabinieri nicht gelungen, den Mörder zu ermitteln.

»Zusammengefasst«, kam Garzone zum Schluss seiner Ausführungen, »haben wir hier zwei Linien, die nicht so recht zusammenpassen, aber irgendwie doch nicht voneinander zu trennen sind. Zum einen ist da die unleugbare Tatsache, dass Opfer und mutmaßliche Mörder aus demselben Dorf stammen, einem Ort in der Barbagia, in dem auch schon in der Vergangenheit immer wieder Morde begangen wurden. Ein mögliches Motiv könnte hier eine Familienfehde oder Ähnliches sein. Zum anderen hat eines der beiden Opfer mit ziemlicher Sicherheit für die Mafia gearbeitet, war an Entführungen beteiligt und hat dafür Geld kassiert. Sareddus Verbindungsleute in Sizilien, aller Wahrscheinlichkeit nach Mafiosi, sind jedoch einige Tage nach dem Mord spurlos verschwunden. Ein denkbares Motiv wäre hier ein Zerwürfnis zwischen Sareddu und seinen Auftraggebern, vielleicht wegen unterschiedlicher Auffassungen über die Durchführung der Entführungen oder finanziellen Dingen wie der Frage der Verteilung des Lösegeldes aus den Entführungen. Dann könnte die Haltung, in der man die beiden Toten gefunden hat, eine Art Warnung an andere eventuelle Abtrünnige darstellen.«

Brokat stimmte ihm zu und erläuterte knapp den Stand der Ermittlungen in Deutschland, bis Garzone unterbrach: »Die jetzt noch offenen Fragen können wir nachher beim Essen besprechen. Es ist gleich elf Uhr, wir sollten in die Telefonkonferenz gehen.«

Von dem anschließenden Telefonat zwischen Garzone und

einem Kommissar in Palermo verstand Brokat so gut wie nichts, obwohl er alles mithören konnte, da sein sardischer Kollege den Lautsprecher angestellt hatte. Am Anfang hörte sich das Gespräch für ihn so an, als würde über das Essen gesprochen, danach wurde immer schneller und lauter diskutiert, bis Brokat das Gefühl hatte, dass sich die beiden Beamten gegenseitig anbrüllten.

Später erklärte ihm Garzone, dass er sich mit seinem Kollegen zu Beginn tatsächlich über ein Kochrezept – eine wunderbare *Rosticciata*, Schweinsfilet und Kalbsleber mit Zwiebeln und Salbei – unterhalten, danach diesem jedoch Vorhaltungen gemacht habe, dass dieser Marcantoni und Guasco aus den Augen verloren habe. Die Vorwürfe habe der sizilianische Kollege jedoch zurückgewiesen.

Garzone seufzte. »Wahrscheinlich auch zu Recht. Wenn meinen Kollegen in Palermo aufgrund der schlechten Personalsituation zu wenig Beamte für eine aufwendige Observation zur Verfügung stehen, können wir ihnen keine Vorwürfe machen. Möglicherweise wäre uns hier das Gleiche passiert. Jedenfalls sind die beiden nach wie vor verschwunden, und auch sonst haben sie keine neuen Erkenntnisse.«

Brokat kam aus dem Staunen über den straff organisierten Arbeitsalltag seiner italienischen Kollegen nicht heraus. Kaum war die Telefonkonferenz vorbei, kam ein Beamter von der Steuerfahndung in den Raum, der anscheinend schon vor der Tür gewartet hatte. Er sprach hervorragend Englisch und erläuterte Brokat die Ergebnisse der Überprüfung von Sareddus Geheimkonto.

»Dass er insgesamt etwa neunzigtausend Euro auf diesem Konto liegen hat, wissen Sie ja bereits. Was den oder die Auftraggeber der Zahlungen angeht, haben wir leider nicht viel Neues in Erfahrung gebracht. Offensichtlich handelt es sich um ein ausgeklügeltes System. Die Zahlungen werden über eine Anwaltskanzlei in Neapel abgewickelt, die wiederum im Auftrag einer Kanzlei in New York tätig ist. Dahinter soll eine Privatperson stehen, deren Namen uns die Anwälte aber nicht sagen wollen. Wir haben die amerikanischen Behörden eingeschaltet, die jedoch bisher wenig Hilfsbereitschaft gezeigt haben. Interessanter ist eine andere Untersuchung, die wir gemeinsam mit Commissario Garzone gemacht haben. Dabei wollten wir die Daten der Zahlungen mit den Zeitpunkten der Verschleppungen der letzten zwei Jahre vergleichen. Bis auf zwei Entführungen sind die Zahlungen jeweils etwa vier bis sechs Wochen danach erfolgt.« Er sah Garzone an, der übernahm.

»In eine weitere Spalte haben wir die Reisetermine von Marcantoni und Guasco eingetragen. Auch hier konnten wir eine hohe Übereinstimmung mit den Zeitpunkten der Entführungen feststellen. Aber es kommt noch besser. In Sareddus Kalender sind wir auf einige Einträge gestoßen, die ebenfalls mit den Daten der Entführungen übereinstimmen.«

Brokat, der bislang nur zugehört hatte, ergriff das Wort. »Also können wir hier von einer klaren Verbindung zu Franco Marcantoni und Raffaele Guasco und einer eindeutigen Mittäterschaft von Sareddu ausgehen. Auch wenn die Beweiskette sicher noch nicht hundertprozentig steht, bin ich beeindruckt, was Sie in der kurzen Zeit ermittelt haben. Aber was ist mit Ferru? Sie haben seine Finanzen auch überprüft?«

Garzone und sein Kollege sahen sich an. Letzterer antwortete schließlich: »Ja, zumindest soweit es in der kurzen Zeit möglich war. Wir haben bei Andrea Ferru aber keinerlei Unregelmäßigkeiten feststellen können.«

16

Kurz nach eins war Maria auf dem Polizeipräsidium erschienen. Hatte er am Vormittag wegen der Ermittlungen kaum an sie gedacht, so riss ihn ihre überwältigende Präsenz genauso schnell wieder aus der düsteren Welt der Verbrechen heraus. Als er neben ihr in ihrem silbernen Alfa durch die Berge der Barbagia fuhr, fühlte er sich anfangs befangen. Trug sie ihm den schlimmen Streit an ihrem letzten Tag in Köln noch nach? Verstohlen sah er sie an. Sie kam ihm noch schöner vor als in Deutschland, aber in ihrer Attraktivität und ihrem Stolz auch noch unnahbarer und weniger erreichbar – zumindest für ihn, einen alternden Polizisten, der beruflich fast resigniert und in seinem bisherigen Leben mit Frauen wenig Glück gehabt hatte. Komischerweise musste er in diesem Moment an seinen Sohn Alexander denken, der mit einundzwanzig nur acht Jahre jünger als Maria war. Zwischen den beiden und ihm lag eine ganze Generation. Wieso sollte sich Maria da für ihn interessieren?

Auch Alexander hatte sich seit der Pubertät von ihm abgewandt. Die schwierige Phase des Erwachsenwerdens, die ständigen Auseinandersetzungen mit Christina und Brokats häufige Abwesenheit von zu Hause hatten sie einander entfremdet. Jetzt lebte Alexander weit von ihm entfernt in Kiel. Plötzlich wünschte er sich, er hätte sich in der Vergangenheit mehr um ihn gekümmert, und als ihm klar wurde, dass es jetzt dafür möglicherweise zu spät war, überkam ihn ein Gefühl tiefer Traurigkeit. Auch diese Chance seines Lebens hatte er nicht genutzt.

Maria schien von seiner Befangenheit nichts zu merken. Vielleicht spürte sie diese aber auch und wollte sie ihm nehmen. Seit sie ihm Auto saßen, hatte sie das Gespräch fast allein bestritten. Sie redete über ihre Arbeit als Dolmetscherin und Reisebegleiterin und erklärte ihm die Orte und die Landschaft, durch die sie fuhren. Die Sonne schien, und es war angenehm warm. Allmählich entspannte sich Brokat und fing an, die Fahrt zu genießen. Ohne den genauen Weg zu kennen, wusste er, dass sie in Richtung des Dorfes fuhren, in dem er am Tag zuvor mit Garzone gewesen war. Als er sie nach dem Ziel fragte, antwortete sie nicht, sondern schlug vor, unterwegs einen Kaffee zu trinken.

In einem kleinen Ort mit ebensolchen Granithäusern, wie sie Brokat in Gavoi gesehen hatte, hielten sie vor einer kleinen Bar an der Straße an. Sie bestellte für Brokat Cappuccino, für sich einen Espresso und Wasser und fragte Brokat, wie lange er denn auf Sardinien bleiben würde. Brokat erklärte, dass er leider bereits am nächsten Mittag zurückfliegen müsse.

Maria sah enttäuscht aus. »So bald schon?«

Absurderweise freute sich Brokat über ihre Enttäuschung, wahrscheinlich, weil er hoffte, darin ein Indiz dafür zu entdecken, dass ihr seine Anwesenheit hier auch etwas bedeutete. »Ja, leider. Ich muss die Ermittlungen in Köln weiterführen.« Nach einer Pause fügte er hinzu: »Womöglich steht die Verhaftung von Giorgio Toddi unmittelbar bevor.«

»Lassen Sie uns jetzt nicht darüber reden«, sagte sie schnell. »Erzählen Sie mir lieber etwas von sich.«

»Da gibt es nicht viel zu erzählen. Ich bin neunundvierzig Jahre alt, geschieden und seit fast dreißig Jahren Polizist.«

Maria lachte. »Ihr Deutschen seid sonderbar. Bei euch weiß man nie, ob ihr ernst seid oder scherzt.«

»Nein, wirklich«, entgegnete Brokat lächelnd. »Ich weiß nicht, was ich von mir erzählen soll. In meinem Beruf erlebe ich so viele aufregende und auch schlimme Dinge, dass ich es außerhalb des Jobs eher ruhig mag.«

»Erzählen Sie mir von Ihrer Frau. Leben Sie schon lange getrennt?«

»Ja, sehr lange. So lange, dass ich mich an viele Dinge in unserer Beziehung kaum noch erinnern kann.«

»Und danach haben Sie nie wieder geheiratet?«

»Nein. Dieses eine Mal war genug. Ich bin nie wieder auf den Gedanken gekommen, es ein zweites Mal zu probieren.«

»Vielleicht haben Sie nicht die Richtige getroffen?«, scherzte Maria.

»Ja, vielleicht.« Brokat hätte ihr gern in die Augen geschaut, traute sich aber nicht. »Außerdem habe ich einen erwachsenen Sohn, den ich auch schon seit zwei Jahren nicht mehr gesehen habe.«

»*Dio mio*, wie kann das sein? Lieben Sie ihn denn nicht?«, fragte Maria erstaunt.

»Doch, nein – ich weiß es nicht. Ich habe ihn eigentlich nie richtig kennengelernt.«

»Das müssen Sie unbedingt ändern. Besuchen Sie ihn doch – am besten so bald wie möglich.«

Brokat seufzte. »Wenn das so einfach wäre. Vielleicht will er mich gar nicht sehen.«

»Ach Quatsch, natürlich will er das! Aber wenn Sie noch länger warten, wird es bestimmt nicht einfacher.«

»Da haben Sie recht. Na gut, ich denke darüber nach. Und Sie?«

Maria schaute ihn spitzbübisch an. »Was wollen Sie wissen? Fragen Sie ruhig.«

Brokat nahm allen Mut zusammen. »Wie sieht es bei Ihnen aus? Haben Sie einen Freund?«

Maria sah ihn eine Zeit lang an, als überlegte sie, wie viel sie von sich preisgeben sollte. »Nein, zurzeit nicht. Die letzte Beziehung ist schon eine Weile her, und ich muss zugeben, dass mir diese Erfahrung ebenfalls bis heute gereicht hat.«

»Das hört sich an, als seien Sie enttäuscht worden.«

»So kann man es sagen. Wissen Sie, ich bin ein sehr offener Mensch. Und ich habe sehr viel in diese Beziehung investiert. Er hat das ausgenutzt, und das hat wehgetan.« Maria schwieg.

»Sie müssen ihn sehr geliebt haben.«

»Ja, zu sehr.« Sie schaute ihn an. »Ich möchte nicht mehr darüber reden.«

Brokat erschrak. War er zu direkt gewesen? Hatte er sie an einer empfindlichen Stelle getroffen? Wieder einmal verfluchte er seine undiplomatische Art.

Maria schien seine Gedanken zu erraten. »Machen Sie sich keine Sorgen. Es ist alles in Ordnung. Ich möchte nur jetzt nicht darüber sprechen.« Sie legte ihm ihre Hand auf den Arm und wechselte das Thema. »Glauben Sie, dass Giorgio Toddi Andrea und Michele umgebracht hat?«

»Nach dem jetzigen Stand der Dinge müssen wir davon ausgehen.«

»Dann halten Sie ihn wohl auch für einen Mafioso?«

Brokat hatte das Gefühl, dass ihn Maria prüfend ansah. Vielleicht überlegte sie, ob sie ihm trauen konnte.

Er atmete tief aus. »Nein, ich glaube, dass Giorgio Toddi ein schlimmes Schicksal mit sich herumträgt, und ich kann mir vorstellen, dass er zu einer Verzweiflungstat fähig ist. Aber dass er ein kaltblütiger Mafiakiller ist, glaube ich ebenso wenig wie dass Andrea irgendetwas mit der Mafia zu tun hatte.«

Maria schaute ihn an. »Sie wissen immer noch sehr wenig. Kommen Sie, lassen Sie uns weiterfahren.«

***

Nach wie vor hatte Brokat das Gefühl, dass sie in Richtung des Dorfes fuhren. Maria wirkte jetzt schweigsam und nachdenklich. Seit sie die Bar verlassen hatten, hatte die Sardin kein Wort mehr gesagt. Sie durchquerten eine große Ebene, danach ging es in Serpentinen steil einen Berg hinauf. Das Wetter hatte umgeschlagen. Die Wolken hingen tief über den Bergen, und es sah aus, als würde es gleich zu regnen anfangen. Als die Straße schmaler wurde, wusste Brokat, dass es jetzt nicht mehr weit war. Plötzlich bog Maria von der Straße ab und nahm einen kleinen nicht geteerten Weg. Diesen fuhr sie noch einmal bestimmt zwei, drei Kilometer, bevor sie plötzlich anhielt und den Motor abstellte. Brokat sah sich um. Rings um sie herum waren dichte Kastanienwälder. Alles war still, fast zu still.

Maria brach das Schweigen. »Commissario, ich möchte Sie mit jemandem zusammenbringen, der Ihnen bei der Lösung des Falles helfen kann. Doch dazu muss ich eine Bedingung stellen.«

»Und welche wäre das?«, fragte Brokat.

»Zu ihrem eigenen Schutz muss die Person anonym bleiben. Das heißt, Sie werden sie nicht richtig zu sehen bekommen. Und Sie werden ihr keine Fragen stellen können. Jetzt nicht, und schon gar nicht später auf dem Präsidium in Nuoro. Sind Sie damit einverstanden?«

»Im Prinzip schon«, antwortete Brokat. »Aber was ist, wenn diese Person selbst Straftaten begangen hat? Erwarten Sie dann von mir auch, dass ich schweige?«

»Keine Angst«, beruhigte ihn Maria. »Die Frau ist vielleicht Zeugin, aber keine Täterin. Ihr einziges Verbrechen ist möglicherweise, dass sie zu lange geschwiegen hat. Aber das teilt sie mit vielen anderen Bewohnern des Dorfes.« Sie wandte sich an Brokat. »Kommen Sie, wir sollten sie nicht warten lassen.«

Maria stieg aus und ging einen kleinen Weg entlang, der scheinbar in den Wald führte. Brokat beeilte sich, ihr zu folgen. Nach fast einer halben Stunde Fußmarsch wurde der Wald plötzlich lichter, und Brokat sah ein kleines Holzhaus vor sich.

»Wer wohnt so versteckt mitten im Wald?«, wunderte er sich.

»Das ist eine Schäferhütte«, antwortete Maria. »Direkt hinter dem Haus liegen große Weiden. Die Gegend hier ist ziemlich unwegsam. Die Schäfer sind oft tage- oder sogar wochenlang bei ihren Schafen. Deswegen haben die Männer hier vor Jahren eine Hütte gebaut, in der sie schlafen können.«

Maria öffnete die Tür und trat ein. Brokat sah sich um. Zwei kleine Fenster ließen kaum Licht herein, sodass es in der Hütte weitgehend dunkel war. Soweit er erkennen konnte, war die Einrichtung sehr karg. Ein gezimmerter Tisch, vier Stühle, eine Kochgelegenheit, ein Bett – mehr konnte er nicht sehen. Es roch muffig, so als sei die Hütte lange nicht mehr gelüftet worden. Am Ende des Tisches saß eine Frau im Halbdunkel. Sie trug ein Kopftuch und saß dem Licht abgewandt, sodass ihr Gesicht verborgen war. Ihrer Haltung nach schien sie schon älter zu sein. Die Frau nickte Maria zu, den Polizisten aus Deutschland beachtete sie nicht. Maria bedeutete Brokat, sich an das andere Ende des Tisches zu setzen. Sie selbst setzte sich neben ihn. Eine Weile herrschte Schweigen.

Brokat fühlte sich unwohl, die Enge und die schlechte Luft bedrückten ihn. Er wollte Maria schon fragen, ob er nicht ein Fenster öffnen könne, als die Frau zu sprechen begann. Sie redete langsam und ruhig, und an dem ihm fremden Tonfall erkannte er, dass es Sardisch war. Nach einigen Sätzen stoppte sie und sah Maria an, die das Gesagte ins Deutsche übersetzte. Offensichtlich hatte diese den Ablauf des Gesprächs vorher mit der alten Sardin abgesprochen.

Nach kurzer Zeit hatte Brokat sein Unwohlsein vergessen. Er saß da, unbeweglich und völlig im Bann der Erzählung. Fast eine Stunde verging, ohne dass er nur ein Wort sagte oder etwas fragte.

»Verzeihen Sie, dass ich Ihnen meinen Namen nicht sagen kann. Für Sie heiße ich einfach Maria, so wie Maria Ferru, der ich vertraue und die mir viel Gutes über Sie erzählt hat. Reden kann ich trotzdem nicht mit Ihnen. Dafür kenne ich Sie zu wenig, und außerdem spreche ich Ihre Sprache nicht. Deshalb tue ich einfach so, als würde ich nur mit Maria sprechen. Ich hoffe, Sie verstehen das. Das soll keine Unhöflichkeit Ihnen gegenüber sein.«

Als Maria Ferru für ihn übersetzt hatte, nickte er der Zeugin zum Zeichen seines Einverständnisses zu, woraufhin diese erneut zu sprechen begann.

»Ich bin fünfundsechzig Jahre alt und lebe seit meiner Geburt im Dorf. Mein Mann ist vor vier Jahren gestorben. Wie viele andere ist er wegen der Blutrache umgebracht worden. Die Mörder kommen aus demselben Dorf. Sie laufen bis heute frei herum. Niemand zeigt sie an, und auch ich schweige seit Jahren. Dieses Schweigen zerfrisst mich, aber ich bin nur eine Frau. Wie sollte ich stärker und mutiger sein als die Männer hier, die ebenfalls Bescheid wissen und auch nichts sagen?«

Nachdem Maria die letzten Sätze übersetzt hatte, sagte die Frau eine Weile nichts. Brokat merkte, dass es ihr schwerfiel, weiterzusprechen. Aber da seine Rolle die eines Zuhörers war, wartete er geduldig, bis sich die alte Sardin gefasst hatte.

»Sie wollen wissen, wie alles angefangen hat? Der erste Mord ereignete sich, als ich noch ein Kind war. Es war ein Streit um eine junge Stute, der sich hochgeschaukelt hat. Vielleicht war es auch eine Ziege, so genau weiß das niemand mehr. Plötzlich war ein junger Hirte tot – erstochen mit einem Messer. Nach unseren Gesetzen musste dieser Mord gesühnt werden, denn

Blut kann nur mit Blut abgewaschen werden. Der Mörder starb einige Jahre später. Sie haben ihm auf dem Heimweg von einem Fest vor dem Dorf aufgelauert und ihn erschossen. Danach gab es kein Halten mehr. Viele sind seitdem ermordet worden, und jeder neue Mord wurde auf alte Geschichten zurückgeführt. Eine Beleidigung des Familienoberhaupts, ein angeblich gelegter Brand, ein Diebstahl – irgendetwas lässt sich immer finden. Dabei kommt es nicht auf den Zeitpunkt für die Rache an. Manchmal vergehen Jahre, bis die Stunde der Sühne gekommen ist. Aber irgendwann beschließt die betroffene Familie dann ein Todesurteil, und jemand muss es vollstrecken.«

Die alte Frau verstummte, und Brokat musste an Andrea Ferru denken. War er am Ende Opfer einer solchen Blutrache geworden? Unschuldig zwischen die Fronten geraten?

»Einmal versuchte jemand, den Teufelskreis zu durchbrechen, und meldete die Täter der Polizei. Vielleicht wollte er auch nur die Belohnung kassieren, die auf die Mörder ausgesetzt war. Aber die Beweise reichten nicht aus, die Täter kamen nach kurzer Zeit wieder frei. Danach wurde alles nur noch schlimmer. Sie nahmen fürchterliche Rache an dem Verräter und töteten blindwütig wie Tiere. Sogar unschuldige Kinder mussten sterben. Auch meinen Mann hat es getroffen. Seitdem ist das Leben für mich sinnlos geworden. Nur noch der Hass hält mich aufrecht. Und dennoch sage ich nichts. Wir alle haben Angst, das Gesetz des Schweigens, die *omertà* zu brechen. Es verbindet uns genauso wie das schreckliche Schicksal unseres Dorfes. Glauben Sie mir, das ist ein Kummer, der uns alle auffrisst.«

Die alte Frau schwieg. Wieder trat eine Pause ein. Durch die einfach verglasten Fenster hörte man das Rauschen des Windes. Sonst war alles ruhig. Brokat hatte jedes Zeitgefühl verloren. Saßen Sie eine Stunde hier oder erst wenige Minuten? Er traute sich nicht, auf seine Armbanduhr zu sehen.

Schließlich redete die Frau weiter. »Schuldig sind wir alle. Es gibt keine Lösung und auch kein Erbarmen. Das Morden geht weiter, denn das Gleichgewicht muss immer wiederhergestellt werden. So war es auch bei Giorgio Toddi, den wir hier *L'infelice*, den Unglücklichen, nennen, weil ihn das Leid noch mehr getroffen hat als andere. Sein Bruder starb einen langsamen und schrecklichen Tod, durchsiebt von Schrotkugeln. Giorgio selbst war müde und gezeichnet von all dem Leid. Schließlich hatte er kurz vorher schon seine Frau an den Krebs verloren. Er hatte es satt, er wollte keine Rache mehr. Aber die anderen in der Familie, die schon. Und so haben sie ihn weichgeklopft und irgendwann bestimmt, dass er die beschlossene Rache vollstrecken sollte. Das auserkorene Opfer, Andrea Ferru, war selbst fast noch ein Kind. Aber nachdem sein Vater bei einem Unfall gestorben war, war er nun mal der nächste männliche Angehörige und damit in den Augen der Familie derjenige, der zur Rechenschaft gezogen werden musste. Er, ein junger Mann von gerade einmal zweiundzwanzig Jahren, der die schrecklichen Geschichten zwar kannte, dem jedoch die Konsequenzen nicht bewusst waren. Aber dieses Mal wussten zu viele Leute von dem Todesurteil. Irgendjemand hat Andrea gewarnt und ihm geraten, zu verschwinden. Doch wohin sollte er gehen? Vor der Blutrache kann man nicht fliehen. Überall auf Sardinien und in ganz Italien hätten sie ihn gefunden und gestellt, er war praktisch vogelfrei. Er dachte, es sei sein Glück, dass er Verwandte in Deutschland hat. Aber er ist verraten worden. Niemand entgeht dem Todesurteil, es ist unwiderruflich.«

Zum ersten Mal sah die Frau Brokat direkt an. Da sie im Halbdunkel saß, konnte er ihr Gesicht dennoch nicht richtig sehen.

»Maria hat mir gesagt, dass Sie Polizist und dass Sie aus Deutschland gekommen sind, um den Mord an Andrea aufzuklären. Deshalb habe ich zugestimmt, mit Ihnen zu reden. Ich möchte, dass das Töten aufhört. So viele Familien hat die Blutrache schon zerstört. Die Polizei hier kann nichts tun, sie steht außerhalb unserer Gesetze. Aber Sie vielleicht doch. Zumindest möchte ich, dass die Mörder von Andrea ihre gerechte Strafe bekommen. Das bin ich ihm schuldig. Er war fast wie ein Sohn für mich.«

***

An diesem Nachmittag erzählte die alte Sardin Brokat ihre Lebensgeschichte. Brokat hörte zu und schwieg. Als sie fertig war, fühlte er eine tiefe Traurigkeit in sich aufsteigen. Er versuchte, sich in die Frau und ihre Situation hineinzuversetzen, konnte es aber nicht. Er dachte an Andrea Ferru und Giorgio Toddi. Beider Leben war von grausamen Zwängen und Gesetzmäßigkeiten bestimmt gewesen. Ferru hatte versucht, sich daraus zu befreien, und war trotzdem getötet worden – wahrscheinlich von Toddi, der die Rache eigentlich gar nicht gewollt hatte und durch diesen Mord sicher in noch tiefere Verzweiflung gestürzt worden war. Brokat nahm sich vor, alles zu tun, um den Sarden schnell zu finden und zu versuchen, ihm zu helfen – soweit das in dieser schrecklichen Situation überhaupt noch möglich war.

Vor allem stellte sich ihm aber die Frage nach dem Sinn seines Tuns. Er war nach Sardinien gereist, um zwei Morde aufzuklären. Jetzt stellte sich heraus, dass der vermeintliche Mörder gleichzeitig auch Opfer war. Was würde die Verhaftung Giorgio Toddis im Dorf bewirken? Würde sie irgendetwas an dem Teufelskreis verändern?

Wenig später, nachdem sich Maria von der alten Frau verabschiedet hatte und sie wieder im Auto saßen, stellte er Maria die gleiche Frage.

Sie sah nachdenklich aus. »Ich weiß es nicht. Aber nach dem Tod von Andrea ist mir klar geworden, dass ich nicht mehr länger schweigen kann. Schon als ich Sie das erste Mal gesehen habe, dachte ich, dass ich Ihnen die wahre Geschichte erzählen müsste. Sie erschienen mir so ehrlich, und Sie kamen von außen, wie jemand, der offen und ohne Vorurteile an den Fall herangeht. So haben Sie jedenfalls auf mich gewirkt. Aber dann waren Sie so von sich und Ihrer Mafiatheorie eingenommen.«

»Ich habe Sie wahrscheinlich sehr enttäuscht«, meinte Brokat mit belegter Stimme.

Maria lachte leise. »Nein, eigentlich nicht. Sogar nach unserem Streit war ich davon überzeugt, dass Sie irgendwann auf die Wahrheit stoßen würden. Sie sind jemand, der nie aufgibt und immer weitermacht. Solche Polizisten wie Sie gibt es hier bei uns in Italien nicht. Viele bei der Polizei haben eine andere Dienstauffassung, und gegenüber Sarden sind sie sowieso voreingenommen.«

»Ich glaube, Sie tun jemandem wie Garzone unrecht«, meinte Brokat. »Ich habe ihn als hervorragenden Polizisten erlebt.«

»Ohne ihn näher zu kennen, glaube ich Ihnen. Aber wenn er auf Sardinien die Staatsgewalt vertritt, hat er in einem Fall wie diesem schon verloren. Niemand wird der Polizei bei einer so schwerwiegenden Angelegenheit wie einer Blutrache auch nur ein einziges Wort sagen.«

»Sie haben vermutlich recht. Ich glaube, das ist auch der Grund dafür, dass Garzone mich eingeladen hat, obwohl ich ein Fremder bin. Ich danke Ihnen jedenfalls, dass Sie mich hierhergebracht haben.« Ohne dass er es wollte, hatten seine letzten Worte etwas förmlich geklungen.

Maria sah ihn an. Sie schien seine Gedanken zu lesen. »Keine Angst, Commissario, Sie können ruhig mit Garzone über den Besuch hier sprechen. Ich weiß, dass Sie mein Vertrauen nicht missbrauchen werden.«

Brokat musste ihr zustimmen. Selbst wenn Garzone handeln wollte, was sollte er machen? Er würde wie Brokat eine Geschichte gehört haben – ohne Daten, Namen und vor allem ohne konkrete Beweise. Alles würde jetzt davon abhängen, was Giorgio Toddi und sein Neffe Roberto nach ihrer Verhaftung gestehen würden. Vielleicht würde er sie etwas mehr unter Druck setzen können, wenn er sie mit seinem Wissen über die Geschichte des Dorfes konfrontierte.

17

Als sie in Marias Alfa wieder in Richtung Nuoro fuhren, war es über der Barbagia Abend geworden. Die Sonne hatte sich durch die Wolken hindurchgekämpft und tauchte die Landschaft in ein rötliches Gelb.

»Hier könnte ich auch leben«, sagte Brokat spontan.

Maria schaute ihn an.

»Vielleicht hört es sich für Sie merkwürdig an«, fuhr er fort, »aber seit ich hier bin, habe ich ein anderes Lebensgefühl. Das muss an der Landschaft liegen, an den Farben, dem Licht oder vielleicht daran, dass hier alles riecht.«

»Ich kann das gut verstehen. Ich könnte nirgendwo anders wohnen.«

»Aber haben Sie nicht manchmal Angst? Ich meine, bei dem, was Sie alles über die Geschichte des Dorfes wissen …«

»Doch, habe ich. Aber Gott sei Dank ahnt niemand, wie viel ich wirklich weiß. Für die Leute im Dorf bin ich fast eine Fremde, weil ich schon vor so langer Zeit weggezogen bin. Meine Kontakte zur Heimat halte ich deshalb geheim.«

Brokat konnte nicht anders, als Maria für ihren Mut zu bewundern.

»Wissen Sie was?«, fuhr sie fort. »An der Tatsache, dass Sie morgen nach Deutschland zurückmüssen, kann ich nichts ändern. Aber ich kann Ihnen den Abschied etwas schwerer machen. Commissario, schenken Sie mir diesen Abend? Ich würde Sie gern zum Essen einladen.«

»Sehr gern«, freute sich Brokat. »Aber wie komme ich dann zu Garzone zurück?«

»Das ist kein Problem. Wenn Sie den Weg kennen, fahre ich Sie später dorthin.«

»Aber ich kann doch auch mit dem Taxi fahren«, protestierte er.

»Taxis sind hier teuer und manchmal unzuverlässig«, erklärte Maria. »Kommen Sie, ich fahre Sie gern.«

Und so rief er Garzone an, um ihm zu sagen, dass er später kommen würde. Dieser schien auf seinen Anruf schon gewartet zu haben. »*Va bene*, wenn eine schöne Frau ruft, soll man dem nicht im Wege stehen. Genießen Sie den Abend, und lassen Sie sich Zeit. Ich mache die hintere Tür zum Garten auf, sodass Sie nicht klingeln müssen. Wir reden dann morgen früh.«

***

Etwa anderthalb Stunden später waren Maria und Brokat am Meer. Maria hatte die Autobahn Richtung Olbia genommen. Ungefähr zwanzig Minuten hinter Nuoro fuhr sie ab. »Siniscola« stand auf dem Schild an der Abfahrt. Nach weiteren zwanzig Minuten auf einer kleinen Landstraße bog sie kurz vor einem Ort mit dem Namen Santa Lucia auf einen breiten Sandweg ab. Trotz der vielen Schlaglöcher und der einbrechenden Dunkelheit fuhr Maria schnell und sicher – offensichtlich kannte sie die Gegend gut. Nach einer Weile wurde der Weg schmaler und endete schließlich an einem kleinen Parkplatz.

»Kommen Sie, ich zeige Ihnen meinen Lieblingsstrand«, meinte Maria.

Sie überquerten einen kleinen Bachlauf, der vom Landesinneren zum Meer floss, gingen durch bewachsene Dünen, und plötzlich lag das Meer vor ihnen. Es war windig, die See rauschte, und Brokat war überwältigt. Nach beiden Seiten ging ein breiter endlos erscheinender Sandstrand ab. Brokat schaute nach oben und sah einen so klaren Sternenhimmel, wie er ihn noch nie gesehen hatte. Ihm war kalt und Maria offensichtlich auch, denn sie schlug ihren Mantel hoch und hakte sich bei ihm unter. Brokat wollte etwas sagen, ihm fiel aber nichts ein, und so schwieg er. Maria zog ihn einige Schritte näher zum Meer und setzte sich dann in den kalten Sand. Brokat zögerte kurz, dann tat er es ihr nach. So saßen sie eine Weile nebeneinander und blickten auf die Wellen. Die Brandung rauschte, und keiner sagte ein Wort.

Irgendwann stand Maria auf, bot ihm eine Hand zum Aufstehen an und lachte. »Verzeihen Sie. Wenn ich hier bin, vergesse ich alles um mich herum.«

Brokat lächelte. Er fühlte, dass er lebte, und alles andere erschien ihm leicht und nebensächlich. Er ließ sich von ihr auf die Beine helfen, und wie die Schulkinder klopften sie einander lachend den Sand aus den Mänteln und gingen zum Parkplatz zurück.

Diesmal fuhr Maria nach Santa Lucia hinein. Am Ende des Orts hielt sie vor einem kleinen Restaurant und sagte: »Im Sommer sind hier viele Touristen. Man isst hier sehr gut, und jetzt im Winter ist nichts los. Ich hoffe, Sie mögen Fisch.«

Drinnen war es warm und gemütlich, im Kamin brannte ein Feuer. Die Einrichtung war einfach gehalten, und der Besitzer begrüßte sie überschwänglich. Brokat hatte das Gefühl, dass er sie mehrmals dazu beglückwünschte, gerade sein Restaurant aufgesucht zu haben. Nachdem sie Platz genommen hatten, redete er bestimmt zehn Minuten auf Maria ein. Diese schaute manchmal skeptisch, manchmal nickte sie auch oder schüttelte ablehnend den Kopf. Brokat vermutete, dass sie über etwas verhandelten. Nachdem der Besitzer gegangen war, fragte er Maria, ob es denn keine Speisekarte gäbe.

»Nein, nur im Sommer«, sagte sie lächelnd. »Giuseppe, der Besitzer, hat heute Morgen eingekauft und mir seine Vorstellungen des Menüs dargelegt. Da es etwas kompliziert ist, habe ich mir erlaubt, für uns beide zu bestellen.«

Das Essen, im Wesentlichen Fisch, übertraf Brokats Erwartungen bei Weitem. Es kam ihm so vor, als habe er noch nie so gut gegessen. Die Nachspeise, ein hausgemachtes Tiramisu, musste er ablehnen, da er jeden Moment zu platzen drohte. Umso mehr freute er sich über den Grappa, der – so schien ihm – dem von Francesco mindestens ebenbürtig war. Danach hätte er gern noch ein Zigarillo geraucht, aber da er von Garzone wusste, wie streng die Nichtrauchergesetze in Italien waren, wagte er es nicht, sein silbernes Etui auszupacken.

Beim Essen hatten sie nur wenig geredet, so hatte er immer wieder verstohlen zu Maria hinübersehen können. Sie war wunderschön, und er begehrte sie. Als sie seinen Blick nun bemerkte, schaute er verlegen zur Seite. Ihm war aufgefallen, dass sie gegessen hatte, als hätte sie tagelang gehungert. Als er sie darauf ansprach, erwiderte sie: »Das stimmt tatsächlich. Ich habe in letzter Zeit kaum etwas runtergekriegt. Die Sache mit Andrea ist mir sehr nahegegangen. Aber heute ist ein besonderer Tag, und da hatte ich Hunger wie ein Wolf.«

Brokat blickte fragend, aber sie lächelte ihn nur unergründlich an.

Es war spät geworden, und sie waren die letzten Gäste. Giuseppe hatte zum wiederholten Male seine Aufwartung an ihrem Tisch gemacht, um zu fragen, ob denn alles zu ihrer Zufriedenheit sei. Brokat fühlte sich merkwürdig gespalten. Der Gedanke daran, dass dieser kostbare Abend bald zu Ende sein sollte und er morgen zurückreisen musste, machte ihn traurig und merkwürdig distanziert. Auf der anderen Seite spürte er, dass er sich mit jeder Faser seines Körpers nach Maria sehnte.

Sie sah ihn an. »Was denken Sie, Commissario?«

Er dachte: »Nimm mich, ich gehöre dir.« Stattdessen sagte er: »Danke für den wunderschönen Abend. Es ist spät geworden, und Sie müssen sicher morgen früh raus.«

»Ja, das stimmt. Aber machen Sie sich keine Sorgen – das ist kein Problem.«

Als sie wieder im Auto saßen, schwiegen sie. Brokat spürte, wie seine Befangenheit zunahm. Du bist ein Narr, sagte er sich. Du hast deine Chance verspielt. Ihm fiel auf, dass Maria auf dem Rückweg wesentlich langsamer fuhr.

»Commissario, kommen Sie, lassen Sie uns bei mir noch einen Wein trinken. Es wäre doch schade, wenn dieser schöne Abend jetzt schon zu Ende wäre.«

»Sie wohnen hier?«, fragte Brokat erstaunt.

»Ja, direkt in Siniscola. Das ist für Sie kein großer Umweg, und ich fahre Sie danach nach Hause.«

Schnell stimmte er zu, war aber nicht wirklich bei der Sache, weil er sich über sich selbst ärgerte. Warum war er nicht in der Lage zu sagen, was er dachte und wollte?

Wenige Minuten später hatten sie Marias Wohnung erreicht.

Sie lag am Ortsrand in einer kleinen Seitenstraße. Als Brokat ausstieg, hatte er das Gefühl, in der Ferne das Meer zu hören.

»Nein, das kann nicht sein«, antwortete Maria auf seine Frage. »Das Meer ist zu weit weg. Aber vielleicht rauscht der Pinienwald hinter der Siedlung.«

Ihre Wohnung war anders, als Brokat sie sich vorgestellt hatte. Sie war gemütlich, aber klein und nach seinem Geschmack zu vollgestellt mit Möbeln. Auch die Wände waren mit Bildern übersät, darunter viele Porträtaufnahmen von alten Leuten. Diese trugen traditionelle sardische Trachten, und die Aufnahmen waren alle in Schwarz-Weiß.

»Die Bilder sind von mir«, erklärte Maria, als er fragte. »Ich fotografiere gern Menschen aus meiner Heimat – so, wie sie sich früher gekleidet haben. Vielleicht habe ich das von meinem Vater. Er wollte auch immer, dass das Sardische weiterbesteht.«

»Tut es das denn nicht?«, fragte Brokat, nachdem er auf einer erstaunlich bequemen Couch Platz genommen hatte.

Maria schenkte ihm ein Glas Rotwein ein. »Ich weiß es nicht«, antwortete sie, »sicherlich hängt das auch davon ab, wie stark sich unsere jeweilige Regionalregierung in Rom für unsere Belange einsetzt. Aber die Zeiten haben sich geändert. Internet und Satellitenfernsehen haben inzwischen auch das Landesinnere erreicht. Und vor allem die Jugendlichen sind sehr anfällig für diese Reize. So verlieren unsere Traditionen immer mehr an Bedeutung. Gleichzeitig haben wir einige richtig gute Schriftsteller und Poeten, wie zum Beispiel Marcello Fois, die darüber schreiben, wie Sardinien früher war – und was es heute ist. Und die Menschen lesen ihre Bücher, auch außerhalb der Insel.«

»Und Sie, sind Sie nicht für die Reize des modernen Lebens empfänglich?«

»Ich nutze das Internet, habe ein Handy und eine moderne Digitalkamera – wenn es das ist, was Sie meinen. Aber trotzdem stehe ich zu meinen Wurzeln. Sardinien ist meine Heimat, eine Insel mit einer außergewöhnlichen Geschichte und Tradition. Sie zu erhalten, bedeutet mir viel.«

Maria hatte sich ebenfalls ein Glas Wein eingeschenkt und

sich neben ihn auf die Couch gesetzt. Brokat hatte sich endlich getraut zu fragen, ob er rauchen dürfe, was sie lachend bejaht hatte. Nachdem er sich einen Zigarillo angesteckt hatte, erzählte Maria von sich, von ihren Eltern und von Andrea.

»Wissen Sie, ich bin ein sehr offener Mensch. Ich versuche zu sagen, was ich denke, und dabei zu mir selbst und zu anderen ehrlich zu sein. Das fällt mir manchmal nicht leicht. Sie können sich wahrscheinlich nicht vorstellen, wie traditionell ich erzogen wurde. Das ist sicherlich die Kehrseite der Medaille. Als ich achtzehn war, hätte mich mein Vater beinahe mit einem Hirten aus dem Nachbardorf verheiratet. Ich bin weggelaufen und habe mich in Cagliari als Studentin eingeschrieben.«

»Und Ihr Vater, wie hat er reagiert?«

»Erst wollte er nicht mehr mit mir sprechen. Es war meine Mutter, die uns wieder zusammengebracht hat. Sie hat schließlich durchgesetzt, dass ich erst eine Berufsausbildung machen und danach heiraten sollte. Mein Vater hat schließlich zugestimmt.« Maria lachte. »Nur danach war es zum Heiraten zu spät.«

»Warum?«

»Inzwischen war ich erwachsen und volljährig – selbst nach sardischen Maßstäben. Natürlich habe ich mich beim Studium angefangen für Männer zu interessieren und hatte meinen ersten Freund. Aber das habe ich meinen Eltern selbstverständlich nicht erzählt.«

»Haben Sie denn viele Beziehungen gehabt?«

»Weniger, als Sie wahrscheinlich denken. Ich bin sehr anspruchsvoll, und selten hat alles so gepasst, dass daraus mehr geworden ist.«

Brokat dachte an seine sehr begrenzten Erfahrungen mit Frauen. Vielleicht war »anspruchsvoll« auch für ihn das richtige Wort.

»Was halten Sie denn von mir?«, hörte er sich plötzlich sagen.

Maria dachte einen Augenblick nach. »Sie sind ein komischer Kerl. Das meine ich durchaus positiv, denn eigentlich sind Sie ein außergewöhnlich netter Mann. Komisch deshalb, weil Sie dabei oft so wirken, als fänden Sie alles schlecht, einschließlich sich selbst.«

Brokat wurde heiß und kalt. War das nicht mal eine präzise Charakterisierung seiner selbst? Gezielt und ins Schwarze getroffen! Ja, so war er. Nett, aber dabei verbiestert und voller Selbstzweifel. Er war eben kein Mensch zum Verlieben.

Maria schwieg einen Moment. Dann sah sie ihn mit einem seltsamen Gesichtsausdruck an. »Als du mich vorhin im Restaurant angeschaut hast, so wie ein hungriger Wolf – war da das in deinem Kopf, woran ich gerade denke?«

Es dauerte etwas, bis Brokat antworten konnte. »Ja«, sagte er schließlich und musste dabei schlucken.

Sie sah ihn an und lächelte. »Zieh mich aus. Aber mach langsam, ich will es genießen.«

In dieser Nacht liebten sich Maria und Brokat mehrmals. Später dachte er, dass sie recht gehabt hatte, dass er wirklich wie ein hungriger Wolf gewesen war. Maria schien es nichts auszumachen, im Gegenteil, sie genoss seine ungestüme Wildheit, lenkte sie geschickt in die richtigen Bahnen, stöhnte und schrie vor Lust, bis über ihnen der Sternenhimmel explodierte. Schließlich schlief Brokat ein, erschöpft von der Liebe, aber immer noch zum Zerreißen gespannt, gefangen in ihren Gerüchen und der Schönheit ihres nackten Körpers.

Am nächsten Morgen weckte ihn Maria, als es noch dunkel war. Brokat hatte unruhig geschlafen. Die Gedanken drehten sich in seinem Kopf wie Mahlsteine. Auf dem Weg nach Nuoro schwiegen sie beide. Er hätte gern etwas gesagt, dass er es schön fand letzte Nacht, dass er sie wiedersehen und mit ihr zusammenleben wollte. Aber er bekam kein Wort heraus. Vor Garzones Haus stiegen sie aus, Maria drückte ihn kurz an sich, und dann war sie auch schon weg.

18

Selbst wenn Garzone oder seine Frau Gavina mitbekommen hatten, wann Brokat zurückgekommen war, ließen sie sich nichts anmerken. Garzone hatte beschlossen, an diesem Morgen später ins Büro zu fahren, um (zumindest für italienische Verhältnisse) lieber ausgiebig zu frühstücken und sich mit seinem Gast zu unterhalten.

»Ihr Flugzeug geht erst um ein Uhr mittags, so haben wir Zeit, im Auto ausgiebig zu reden.« Garzone war taktvoll genug, keine Fragen zu stellen, sondern ließ Brokat erzählen.

Dieser hatte sich vor dem Frühstück zumindest in Ansätzen eine Geschichte überlegt, die weitgehend dem entsprach, was wirklich passiert war. Gut, er ließ das Zusammentreffen mit der alten Frau unter den Tisch fallen und tat so, als habe er die unfassbaren Informationen der mörderischen Dorfgemeinschaft von einer ihm nicht näher bekannten Person erhalten. Er hatte Maria versprochen, ihre und die Identität der Dorfbewohnerin zu schützen, und er hatte vor, dieses Versprechen zu halten. Das, was nach dem Abendessen in der Wohnung von Maria passiert war, ließ er ebenfalls aus, genau wie die Frage, wie und wann er nach Hause gekommen war. Er hatte Glück, und Garzone fragte nicht nach.

»Dio mio«, meinte der Italiener, nachdem Brokat mit seinem Bericht geendet hatte. »Das ist ja eine unglaubliche Geschichte, die Sie mir da erzählen. Obwohl ich sagen muss, dass wir immer schon vermutet haben, dass bei den vielen Morden im Dorf Blutrache eine Rolle gespielt hat. Aber welche Ausmaße das Ganze angenommen hat, habe ich nicht geahnt.« Dann verfiel er in nachdenkliches Schweigen.

Nachdem Brokat gepackt und sich von Gavina verabschiedet hatte, die ihm noch eine Flasche Grappa, Oliven und Schinken mitgab, brachen sie schließlich auf. Auf der Fahrt nahm Garzone den Faden wieder auf.

»Maria wird das kaum alles gewusst haben. Ich vermute, Sie werden mir nicht erzählen wollen, von wem Sie das erfahren haben?«

Brokat schüttelte den Kopf.

»Schon gut, letztlich ist es nicht wichtig. Es gibt keine Beweise, und ich bin mir sicher, dass Ihr Zeuge der Polizei kein Wort davon sagen würde – auch wenn wir ihn noch so lange verhörten. Damit bleibt es eine spannende Geschichte, die Sie mir erzählt haben – aber auch nicht mehr.«

»Doch«, wandte Brokat ein. »Wir wissen jetzt, dass wir die Mafiatheorie zu den Akten legen können.«

»Aber nein«, entgegnete Garzone. »Die Mafiageschichte ist bis zu einem gewissen Grad verifiziert. Wir wissen, dass Michele Sareddu an Entführungen beteiligt war und dafür Geld bekommen hat. Das ist eindeutig, auch wenn wir es nicht hundertprozentig nachweisen können. Was wir aber als ziemlich sicher annehmen können, ist, dass diese Tatsache für den Mord in Köln nicht das ausschlaggebende Motiv war. Nach dem aktuellen Stand der Dinge müssen wir davon ausgehen, dass es sich bei Ihrem Fall eher um eine Familienfehde als um einen Mafiamord handelt.«

»Ich gebe Ihnen recht, aber wir sollten nicht vergessen, dass beide Fälle durch die Beziehung zwischen Ferru und Sareddu und ihre gemeinsame Flucht zusammenhängen. Warum Ferru geflohen ist, wissen wir jetzt. Als engster männlicher Verwandter sollte er nach dem Tod seines Vaters das Opfer des nächsten Blutracheakts werden. Aber warum ist Sareddu mitgegangen?«

Garzone dachte nach. »Letztlich sind viele Gründe denkbar, sogar Abenteuerlust oder seine Freundschaft zu Ferru, den er nicht allein reisen lassen wollte. Am wahrscheinlichsten scheint mir aber, dass er so viel Dreck am Stecken hatte, dass er einfach die Gelegenheit nutzen wollte, ebenfalls zu verschwinden. Aber es gibt noch eine weitere Verbindung.«

»Sie meinen die Killer aus Palermo? Marcantoni und Guasco?«

»Beide sind nach dem Mord abgetaucht. Aber auch das kann natürlich Zufall sein, bis wir etwas anderes beweisen können.«

»Wie gehen wir weiter vor?«, fragte Brokat seinen Kollegen.

»Sie kümmern sich darum, dass Toddi und sein Neffe so schnell wie möglich geschnappt werden. Sie sind der Schlüssel zu dem Fall, vielleicht sogar die Mörder.«

»Okay. Und was ist mit dem mysteriösen ›M.‹?«

Garzone schlug frustriert aufs Lenkrad. »Wahrscheinlich existiert er gar nicht.«

»Vielleicht aber doch. Eventuell ist er ja die echte Verbindung zwischen den beiden Fällen. Vielleicht war er ja auch am Tatort und hat die Mörder gestört. Das würde den schwarzen Mercedes erklären. Mir ist gerade etwas eingefallen. Wenn es ›M.‹ wirklich gibt, besteht die Möglichkeit, dass Carlo Ferru ihn gekannt hat. Ferru und Sareddu hatten sicher kaum Kontakte nach Deutschland. Wenn ›M.‹ ebenfalls in Deutschland lebt, könnte es ja ein gemeinsamer Bekannter sein.«

»Commissario, ich bin beeindruckt«, grinste Garzone. »Ein guter Gedanke, und einen Versuch ist es allemal wert. Sie sollten den Onkel anrufen, und zwar am besten sofort.«

»Okay, und Sie schauen sich in der Zwischenzeit das Fotoalbum von Ferru an. Vielleicht erkennen Sie ja jemanden auf den Bildern.«

»Sie haben es Maria nicht zurückgegeben?«

»Ehrlich gesagt habe ich es bei alledem, was passiert ist, einfach vergessen.«

***

Bereits nach dem ersten Klingeln war Carlo Ferru am Apparat.

»Entschuldigen Sie, dass ich Sie noch einmal störe.«

»Das macht doch nichts. Haben Sie denn den Mörder meines Neffen gefunden?«

Brokat zögerte. »Nein, aber wir haben mehrere Verdächtige. Einer davon ist ein gemeinsamer Bekannter von Ihnen und Andrea in Köln. Michele Sareddu und Ihr Neffe wollten sich am Tag ihres Todes mit ihm treffen.«

»Wer sollte das sein?«, fragte Ferru erstaunt.

»Sein Name beginnt mit ›M‹. Den vollständigen Namen wissen wir in Kürze.«

Die Antwort kam mindestens fünf Sekunden später. »Tut mir leid, ich habe nicht die geringste Ahnung, wen Sie meinen. Soviel ich weiß, haben Andrea und ich keine gemeinsamen Bekannten in Deutschland.«

Brokat bedankte sich und legte auf.

Garzone hatte inzwischen das Album durchgeblättert. »Da ist niemand, den ich auf Anhieb erkenne. Es scheint mir wirklich ein harmloses Familienalbum zu sein. Was sagt der Onkel?«

Brokat gab das Telefonat kurz wieder. »Er hat mir für eine überzeugende Antwort zu lange gezögert. Wenn ich zurück bin, werde ich ihn mir noch einmal vorknöpfen.«

Der Abschied von Paolo Garzone war kurz, aber herzlich. Brokat fuhr mit dem Gefühl, nicht nur einen fähigen Kollegen kennengelernt, sondern fast schon einen Freund gefunden zu haben. Der liebenswerte Italiener hatte ihn genauso überrascht wie die unerwartete Schönheit der Insel. Er wusste, dass er noch einmal nach Sardinien zurückkehren würde.

Und Maria? Würde er sie auch wiedersehen? Er wusste es nicht, aber ihm war klar, dass das zwischen ihnen etwas war, worum es sich zu kämpfen lohnte.

***

Als Brokat die Abfertigung am Flughafen Köln/Bonn verließ, war es drei Uhr nachmittags. Draußen waren es nicht mehr als fünf Grad plus, und es regnete. Die Bäume waren kahl, und das Einzige, wonach es roch, war Benzin. Kurz verspürte er den Impuls, wieder ins Flughafengebäude zurückzugehen und die nächste Maschine zurück nach Olbia zu nehmen. Aber vor der Abfertigung wartete Kunert auf ihn. Er schien sich zu freuen, seinen Chef wiederzusehen, und Brokat dachte, dass er eigentlich keinen Grund hatte, Garzone um seine Mannschaft zu beneiden.

»Chef, wie geht's? Hat die Reise nach Sardinien etwas gebracht?«

»Mehr, als ich je angenommen hätte«, antwortete Brokat geheimnisvoll.

Auf der Fahrt ins Präsidium gab er Kunert einen kurzen Bericht. Dieser hörte gespannt zu.

»Das klingt ja unglaublich. Also ist eine uralte Familienfehde das Motiv für den Mord gewesen.«

»Davon müssen wir ausgehen. Doch die Mafiageschichte hängt irgendwie damit zusammen. Eins nach dem anderen. Seid ihr mit Giorgio Toddi und seinem Neffen weitergekommen?«

»Leider nicht. Es ist wie verhext. Wir haben mehrere Hinweise von Personen bekommen, die sie angeblich gesehen haben. Aber keine Spur hat uns bis jetzt zu ihnen geführt.«

Sie fuhren auf der A 559 nach Köln. Kurz vor der Abfahrt zur Severinsbrücke erhaschte Brokat einen Blick auf den Dom und hatte plötzlich das Gefühl, wieder zu Hause zu sein. Im Präsidium in Kalk angekommen, stellte er fest, dass die Euphorie, die nach der Identifizierung von Giorgio Toddi unter seinen Kollegen geherrscht hatte, einer nervösen Gereiztheit gewichen war. Trotz der Fahndung, der Hinweise auf das Auto und der hohen Wahrscheinlichkeit, dass sich die beiden potenziellen Mörder, Giorgio Toddi und Roberto Logozzo, noch in Köln aufhielten, blieben sie wie vom Erdboden verschwunden. Vonderschmitt, der sich mit immer ungeduldigeren Nachfragen des Polizeipräsidenten und einer über das »schneckenhafte Arbeitstempo« der Polizei spottenden Boulevardpresse konfrontiert sah, tat ein Übriges, um den Druck zu erhöhen. So hatte er Kunert während Brokats Abwesenheit gedroht, die Sonderkommission unter eine neue Führung zu stellen, falls die Fahndung nicht innerhalb von zwei Tagen zum Erfolg führen würde.

Dem wachsenden Druck begegneten die Polizisten mit hektischem Aktionismus. Die Zahl der Schreibtische in der Einsatzzentrale mit ununterbrochen telefonierenden Polizisten, die Hinweisen aus der Bevölkerung nachgingen oder in Kölner Krankenhäusern, Hotels und Pensionen nachfragten, hatte sich verdoppelt. Der Kaffeekonsum war so stark gestiegen, dass der Espressoautomat, der bei der Anschaffung aus Gründen der Sparsamkeit nur auf die Bedürfnisse eines Privathaushalts ausgelegt worden war, regelmäßig seinen Dienst quittierte.

Bis zum Abend waren Brokat und seine Kollegen keinen Schritt weitergekommen. Und alle stellten sich dieselbe frustrierende Frage: Wenn sich Toddi und sein Neffe nicht in einem Hotel, einer Pension oder einem Krankenhaus aufhielten, wo waren sie dann?

***

An diesem Mittwochabend verließ Brokat das Büro früher als gewöhnlich. Der Klimawechsel, die Hektik im Büro und dazu die vielen Eindrücke von Sardinien hatten ihn müde und lustlos gemacht.

Vonderschmitt hatte er einen kurzen Bericht abgegeben, den dieser mit dem Hinweis quittierte, dass seine und Garzones Ermittlungen sie ja wohl in Bezug auf den Mord in Köln kaum weitergebracht hätten. »Nichts von der Geschichte mit der Blutrache können Sie beweisen. Bringen Sie mir endlich Toddi und seinen Neffen. Es kann ja wohl nicht allzu schwer sein, zwei verletzte Italiener, die kaum Deutsch können, hier in Köln aufzuspüren!«

Da Brokat keine Lust hatte, allein zu Hause zu sitzen, beschloss er, in der »Severinschänke« noch ein Bier zu trinken. Kurz vor sieben war bei Manni noch wenig los. Hennes begrüßte ihn mit einem lauten Kläffen. Der Wirt stellte ihm ein Kölsch hin und fragte: »Na, Hans, wat mäht ding Rattepack?«

Die Frage konnte sich eigentlich nur auf die potenziellen Verbrecher in Brokats Mordfall beziehen und deutete darauf hin, dass Manni in den letzten Tagen intensiv den Kölner Express gelesen hatte. Brokat machte sich nicht die Mühe zu antworten, da der Wirt schon wieder unterwegs in Richtung Küche war. Immerhin gab es warmes Essen. Brokat bestellte ein Holzfällersteak mit Bratkartoffeln. Manni stellte gerade den riesigen Teller mit zwei Steaks darauf vor ihm auf den Tresen, als Garzone anrief. An seinem Tonfall merkte Brokat, dass er etwas auf dem Herzen hatte.

»Es gibt Neuigkeiten.«

»Das ist gut, bei uns nämlich nicht.«

»Ich bin mir nicht sicher, ob sie Ihnen gefallen werden.«

»Was meinen Sie damit?«, fragte Brokat irritiert.

»Wir haben etwas gefunden.«

»Was denn?« Brokat ließ die Gabel sinken und lauschte gespannt.

»Meine Leute haben sich nach den Kontoauszügen und Bankdokumenten in der Wohnung von Sareddu auch dessen Briefverkehr angesehen. Dabei haben sie auch Liebesbriefe mit sehr privatem Inhalt gefunden.«

»Na und? Nach dem, was uns Patricia erzählt hat, passt es doch zu dem Typen, dass er die Briefe seiner Verehrerinnen aufhebt.«

»Das stimmt. Und glauben Sie mir, meine Kollegen haben sich nicht darum gerissen, die Liebesschwüre seiner abgelegten Geliebten zu lesen. Aber ein Brief ist uns aufgefallen.« Garzone zögerte. »Ich weiß noch nicht, was der Inhalt bedeutet. Aber Sie sollten ihn auch kennen. Warten Sie, ich übersetze die wichtigste Passage. ›Dass es zu dieser Nacht gekommen ist, kann ich nicht ungeschehen machen. Solche Dinge passieren eben, und du brauchst dir nichts darauf einzubilden. Aber dass du Schwein heimlich Fotos von mir gemacht hast, werde ich dir niemals verzeihen. Versuche nicht noch einmal, mich zu erpressen, sonst werde ich mich rächen – ich schwöre es!‹«

»Schön, aber was geht uns das an?«

Garzone räusperte sich. »Der Brief ist mit ›Maria‹ unterschrieben. Und auf dem Umschlag steht der ganze Name. Es gibt keinen Zweifel daran, dass Maria Ferru die Absenderin ist.«

Brokat suchte nach Worten. Sein Herz schlug ihm plötzlich bis zum Hals. Er bemühte sich, ruhig zu bleiben. »Gut, vielleicht ist der Brief ja wirklich von ihr. Aber ich begreife nicht, was das mit dem Fall zu tun hat.«

»Wir sollten den Brief sicher nicht überbewerten«, beschwichtigte Garzone. »Solange wir den Hintergrund nicht kennen, kann er alles und nichts bedeuten. Aber ich kann ihn auch nicht einfach ignorieren.«

»Was heißt das?«, fragte Brokat mit belegter Stimme.

»Das heißt, dass ich mit Maria sprechen muss. Ich werde das

selbst tun, und ich werde diese Befragung erst einmal möglichst inoffiziell bei ihr zu Hause durchführen.«

»Danke«, sagte Brokat, obwohl er eigentlich nicht wusste, warum er sich bedanken sollte.

»Danken Sie mir nicht zu früh. Wenn Sareddu sie wirklich mit irgendwelchen Fotos erpressen wollte, hätte sie rein theoretisch gesehen ein Motiv gehabt, ihn zu ermorden.«

»Was? Aber doch nicht wegen irgendwelcher Nacktfotos.«

»Wissen Sie, was das für Fotos sind? Und was Sareddu damit vorhatte? In Deutschland ist so etwas vielleicht nicht so schlimm, aber hier bei uns kann man eine Frau damit offiziell zur Hure machen.«

»Ich kann nicht glauben, dass Sie Maria einen Mord anhängen wollen. Das ergibt doch keinen Sinn!«

»*Caro collega*, bleiben Sie ruhig. Ich bin weit davon entfernt, Maria des Mordes zu bezichtigen.«

»Außerdem war sie zur Tatzeit gar nicht in Köln. Sie hat mich doch in Olbia vom Flughafen aus angerufen.«

»Woher wollen Sie das wissen? Sie kann sich doch auch von Köln aus bei Ihnen gemeldet haben. Oder konnten Sie sehen, von woher der Anruf kam?«

»Aber sie ist doch erst nach der Nachricht vom Tod ihres Bruders nach Deutschland geflogen!«

»Oder sie war aus bestimmten Gründen schon vorher da.«

19

In dieser Nacht schlief Brokat wieder einmal schlecht. Er musste ständig an Maria denken. Hatte sie wirklich etwas mit Sareddu gehabt? Er verspürte heftige Eifersucht, obwohl er wusste, wie absurd das war. Vielleicht stimmt es ja gar nicht, sagte er sich. Und wenn, muss es nichts mit dem Fall zu tun haben.

Trotzdem nahm seine Unruhe zu. Plötzlich verspürte er den Wunsch, sie auf der Stelle anzurufen und zur Rede zu stellen – er wusste aber, dass er damit alles kaputt machen würde. Nicht zum ersten Mal hatte er das Gefühl, dass ihm die Ermittlungen aus der Hand glitten. Morgen gehe ich zu Vonderschmitt und sage ihm, dass ich den Fall abgebe, nahm er sich vor.

Bis zum nächsten Mittag war er jedoch nicht dazu gekommen, mit seinem Chef zu sprechen. Er hatte auf einmal das Gefühl, ganz nah an der Lösung des Falles zu sein. Giorgio Toddi und Roberto Logozzo waren der Schlüssel dazu, da war er sich sicher.

Auf Kunerts Vorschlag hin hatte die Sonderkommission einen Kreis von zehn Kilometern um den Ort des nächtlichen Autounfalls der beiden Sarden gezogen, auf den sich die Suche konzentrierte. Angesichts des vermuteten Zustands der beiden Tatverdächtigen und des Fahrzeugs erschien es unwahrscheinlich, dass diese in der Mordnacht weiter gekommen waren. Irgendwo innerhalb dieses Umkreises stand zumindest das Auto, so viel stand für Brokat fest.

Gegen ein Uhr fuhr er mit Kunert zum Mittagessen ins »Palermo«. Sie hatten gerade bestellt, als Kunerts Handy klingelte. Kurz darauf fing auch Brokats Telefon zu läuten an. Sein Kollege hatte das Gespräch bereits angenommen. Er klang aufgeregt, als er sich Brokat zuwandte. »Sie haben sie gefunden.«

»Wo?«

»In einem Wohnheim für Leiharbeiter in Godorf in der Meschenicher Straße. Wir haben einen anonymen Hinweis bekommen. Der Anrufer hat sie genau beschrieben. Sie wohnen wahrscheinlich schon einige Tage dort. Die Zimmernummer ist 409.«

»Schade um das Essen. Sag den Kollegen, sie sollen das Gebäude nicht betreten, bis wir da sind, und sich bis dahin möglichst unauffällig verhalten.«

Sekunden später hatten sie die Sirene aufs Dach ihres Zivilfahrzeugs gesetzt, und der schwere BMW brachte den Kölner Nachmittagsverkehr auf Trab. Obwohl sie gut vorankamen, brauchten sie fast eine halbe Stunde, bis sie vor dem Wohnheim ankamen. Das Haus war ein hässlicher Betonklotz in einem Wohnviertel aus den siebziger Jahren, eingeklemmt von den benachbarten Chemiefabriken Basell und Evonik mit ihren rauchenden Schloten sowie den angrenzenden Ölraffinerien im Kölner Süden.

Um nicht unnötig aufzufallen, hatten die Polizisten die Sirene einige hundert Meter vor ihrem Ziel abgestellt. Wie sich zeigte, wäre das allerdings nicht nötig gewesen, denn vor dem Haus standen unübersehbar drei Streifenwagen. In der Ferne waren Martinshörner zu hören.

Brokat stöhnte laut. »Sehr unauffällig, wirklich. Wahrscheinlich haben die Idioten sogar noch weitere Verstärkung angefordert.«

Kunert wurde rot. »Tut mir leid, Chef. Ich habe dem Einsatzleiter gesagt, dass sie sich nicht zeigen sollen.«

Brokat fluchte laut und dachte kurz an seine italienischen Kollegen. Aber wahrscheinlich hätten sich Garzones Carabinieri in dieser Situation auch nicht anders verhalten. Leider neigte die Polizei allzu oft dazu, ihre Präsenz überdeutlich zu demonstrieren. Er nahm sich das Funkgerät und gab die Anweisung, das Gebäude zu umstellen und die Eingänge zu sichern. Zu verstecken brauchten sie sich jetzt jedenfalls nicht mehr.

Wenige Minuten später stürmte er mit Kunert, acht schwer bewaffneten Beamten des Einsatzkommandos sowie Wolf und Maric, die mit ihnen gekommen waren, das Gebäude. Von den Heimbewohnern war keiner zu sehen. Der Trupp rannte das Treppenhaus hoch und kam schließlich außer Atem im verlassen wirkenden vierten Stock an.

Vor der Zimmertür hob Brokat die Hand. »Ich rede mit ihnen.« Dann drückte er die Klinke zu Zimmer 409 herunter. Wie erwartet war die Tür verschlossen. Er schlug dagegen und rief: »Machen Sie auf, hier spricht die Polizei. Wir tun Ihnen nichts, wir wollen nur mit Ihnen reden.«

Nichts passierte. Brokat versuchte es mehrmals, auch in Englisch und seinem abenteuerlichen Italienisch, das er sich vor Jahren in einem VHS-Kurs angeeignet hatte. Alles blieb ruhig.

»Vielleicht sind sie gar nicht im Zimmer«, flüstere Kunert.

»Unwahrscheinlich«, gab Brokat zurück. »Sie würden kein unnötiges Risiko eingehen und draußen herumschleichen, wo man sie erkennen könnte.«

Er gab einem der Beamten ein Zeichen. Kurz darauf gab es einen lauten Knall, und die Tür war offen. Das Einsatzkommando stürmte das Zimmer mit vorgehaltenen Waffen, danach kamen Brokat, Kunert, Wolf und Maric.

Die beiden Sarden standen mitten im Zimmer, die Augen auf die Tür gerichtet. Giorgio Toddi hatte eine Pistole auf die Beamten angelegt.

»Nicht schießen«, befahl Brokat seinen Männern. Er wandte sich an die beiden Sarden und sagte ruhig. »Lassen Sie Ihre Waffe fallen und nehmen Sie die Hände hoch.« Er bemühte sich, langsam zu sprechen. »Wir wissen, wer Sie sind. Ihnen passiert nichts.«

Der alte Sarde sah ihn an, schwieg aber. Die Pistole hielt er nach wie vor nach vorn ausgestreckt. Einen Moment lang standen sich die beiden Gruppen unbeweglich gegenüber, die Waffen im Anschlag.

Brokat suchte den Blickkontakt zu Toddi und wollte gerade etwas Beruhigendes sagen, als Wolf, der Spezialist für organisiertes Verbrechen, der für die Sonderkommission zu ihnen gestoßen war, plötzlich losbrüllte: »Sie sind festgenommen! Lassen Sie Ihre Waffe fallen!«

Dieses Mal reagierte Toddi sofort. In einer einzigen fließenden Bewegung drehte er sich zur Seite und drückte den Abzug.

Zwei Schüsse fielen dicht hintereinander. Als sich Brokat wieder gefasst hatte, lagen die beiden Sarden auf dem Boden.

Wolf stand neben ihm, kalkweiß im Gesicht, die Pistole, mit der er auf Toddi gefeuert hatte, noch in der Hand.

Kunert kniete neben den beiden Niedergeschossenen. »Zumindest einer lebt noch«, rief er. »Schnell, wir brauchen einen Krankenwagen.«

Aber es war zu spät. Als die Ambulanz kurze Zeit später eintraf, waren Giorgio Toddi und Roberto Logozzo tot.

***

Brokats Anruf erreichte Carlo Ferru in seiner Trattoria. Unter der Woche war es mittags immer ziemlich voll – meistens Geschäftsleute oder Banker aus dem Westend –, und da hatte er gut zu tun. Trotzdem ging er nach dem Telefonat in sein Büro und schloss die Tür. Fast eine halbe Stunde saß er an seinem Schreibtisch und versuchte sich abzulenken, indem er sich die Abrechnungen der letzten Woche im Computer ansah. Danach ging er noch die Einkaufsliste für den folgenden Tag durch. Schließlich fasste er einen Entschluss und griff nach dem Telefon. Erst nach dem fünften Klingeln meldete sich am anderen Ende der Leitung jemand.

»Pronto«, sagte eine Stimme freundlich, aber befehlsgewohnt auf Italienisch.

»Ich bin es, Carlo.«

»Che è successo?« Die Stimme hörte sich leicht genervt an. »Wir waren uns doch einig, dass wir in der nächsten Zeit nicht miteinander telefonieren. Ich habe kein Interesse daran, in eure Familienangelegenheit mit hineingezogen zu werden. Das kann ich mir in meiner Position nicht leisten.«

»Du hast zugesichert, uns zu helfen und Andrea und Michele zu verstecken.«

»Wobei du sie ja auch bei dir hättest unterbringen können.«

»Du weißt, dass das nicht gegangen wäre. Jeder im Dorf wusste von meiner engen Beziehung zu Andrea. Bei mir wäre er nicht sicher gewesen.«

Die Stimme lachte höhnisch. »Aber hier war er auch nicht sicher, wie sich gezeigt hat.« Es entstand eine kurze Pause, bevor der andere fortfuhr. »Erklär mir mal, wovor du eine solche Angst hast?«

»Du bist nicht aus Sardinien! Du kennst die Tragweite der *omertà* nicht. Sonst wüsstest du, dass derjenige, der das Schweigen bricht und über die Blutrache redet, über sich selbst das Todesurteil verhängt.«

Wieder lachte die Stimme. »Was denkst du denn? Auf Sizilien ist das doch nicht anders! Aber was sollte dir hier in Deutschland schon passieren?«

»Du weißt, warum mein Neffe sterben musste«, ereiferte sich Carlo. »Das ist der beste Beweis dafür, dass ein gefälltes Todesurteil auch vollstreckt wird – egal wo.«

»Was willst du?« Der Mann am anderen Ende der Leitung klang ungeduldig.

»Die Polizei hat mich vorhin angerufen. Sie haben wohl mehrere Verdächtige, darunter einen Bekannten von Andrea und Michele aus Deutschland.«

Diesmal schwieg sein Gegenüber einen Moment. »Das heißt, die haben die Mörder noch nicht gefunden?«

»Nein, offenbar nicht. Soweit ich weiß, bist du außer mir der Einzige, den die beiden hier gekannt haben. Und noch etwas ist seltsam. Der Polizist sagte, dass der Name des Gesuchten mit einem ›M‹ anfängt. Da ist mir dein Spitzname eingefallen.«

»Lass die alten Geschichten.«

»Das ist keine alte Geschichte«, meinte Carlo aufgebracht. »Du bist bekannt dafür, dass du das Unmögliche möglich machst. Und gerade Andrea und Michele haben das Unmögliche gewollt.«

»Was willst du damit sagen?«

»Kann es sein, dass du etwas mit dem Mord zu tun hast?«

Der Mann klang wieder genervt. »So ein Quatsch! Die Mörder kamen aus dem Dorf. Das haben wir doch schon hundertmal durchgekaut. Und warum hätte ich deinen Neffen umbringen sollen?«

»Ich weiß es nicht. Aber du warst auch am Treffpunkt. Und du bist bekannt dafür, dass du früher Aufträge erledigt hast, die sonst keiner übernommen hätte. Und ich weiß, dass du hervorragend mit einer Waffe umgehen kannst.«

»Willst du das etwa der Polizei erklären?«, fragte der Mann lauernd.

»Nein, natürlich nicht«, lenkte Carlo ein.

»Ich habe mit dem Tod von deinem Neffen nichts zu tun. Und ich hatte einen ganz anderen Treffpunkt mit den beiden ausgemacht. Warum sollte ich mich mit ihnen nachts auf einem abgelegenen Parkplatz verabreden?« Er machte eine kleine Pause, bevor er weitersprach. »Was weiß die Polizei noch über den Verdächtigen? Hat sie mehr als nur den Buchstaben ›M‹?«

»Noch nicht, aber sie ist wohl kurz davor, den ganzen Namen rauszubekommen.«

»Wie heißt der Polizist, mit dem du gesprochen hast?«

***

Der Tod Giorgio Toddis und seines Neffen hatte Brokat tief getroffen. Immer wieder musste er daran denken, dass dieser womöglich zu verhindern gewesen wäre, wenn Wolf nicht überreagiert hätte. Noch im Wohnheim hatte er seinen Kollegen außer sich vor Wut zur Rede gestellt. Wolf hingegen war sich keiner Schuld bewusst. Er hatte sich betroffen gezeigt, den tödlichen Schuss auf Toddi abgegeben zu haben, nachdem dieser seinen Neffen niedergestreckt hatte, aber als Notwehr gerechtfertigt. Als der Beschuldigte seinerseits das zögerliche Verhalten Brokats in dieser Situation kritisierte, wäre ihm der Kommissar fast an den Hals gesprungen. Glücklicherweise hielt Kunert ihn davon ab.

Brokat hatte sich nach dem Tod der beiden Sarden vielen unangenehmen Fragen seiner Vorgesetzten ausgesetzt gesehen. Es waren dieselben, die er sich selbst stellte: War es richtig gewesen, das Zimmer zu stürmen? Hatte er als Einsatzleiter angesichts der bedrohlichen Lage zu langsam reagiert? Die von Vonderschmitt angeordnete Untersuchung kam allerdings zu dem Ergebnis, dass in dieser Extremsituation eine Bluttat kaum zu verhindern gewesen war, da Giorgio Toddi offensichtlich von vornherein geplant hatte, seinen Neffen und wahrscheinlich auch sich selbst zu richten.

Ebenso wurde Wolf von dem anfänglichen Verdacht, durch seine vorschnelle Reaktion den Schusswechsel provoziert zu haben, freigesprochen. Vielmehr habe er in dieser akuten Gefahrenlage tatsächlich in Notwehr gehandelt und mit seinem Schuss auf Toddi möglicherweise sogar verhindert, dass dieser auch die Polizisten hätte ins Visier nehmen können.

Die Kölner Presse allerdings kam zu einem anderen Schluss. Sie schlachtete das aus ihrer Sicht klare Versagen der Polizei bei der Festnahme der Täter genüsslich aus. Dennoch blieb im Ergebnis unstrittig, dass der Mord an Andrea Ferru und Michele Sareddu damit aufgeklärt war. Diese Meinung wurde dadurch noch gestärkt, dass kurz nach der Bluttat im Wohnheim der verbeulte silberne Opel Vectra in einer der Garagen entdeckt wurde und das Reifenprofil mit den am Tatort gefundenen Spuren übereinstimmte. Außerdem konnte eindeutig bewiesen werden, dass der in der Tatnacht stattgefundene Unfall, den der Obdachlose Martin Hausner gemeldet hatte, von dem in Freiburg geliehenen Leihwagen verursacht worden war. Nicht hundertprozentig geklärt werden konnte allerdings, wer die tödlichen Schüsse auf Andrea Ferru und Michele Sareddu abgegeben hatte. Die Analyse von Giorgio Toddis Pistole ergab, dass mit dieser Waffe, einer halbautomatischen Glock 20, Kaliber 10 mm, der Schuss in die Brust von Andrea Ferru abgegeben worden war. Die zwei tödlichen Kopfschüsse stammten jedoch eindeutig nicht aus dieser Pistole. Aber weder im Zimmer noch im Auto der beiden mutmaßlichen Mörder fand man eine zweite Waffe.

Dennoch sprachen die Indizien eindeutig für die Täterschaft von Giorgio Toddi und seinem Neffen. Man kam zu der Auffassung, dass wahrscheinlich Letzterer die tödlichen Schüsse abgegeben und die Waffe nach der Tat beseitigt hatte. Da auch die italienische Polizei keine neuen Erkenntnisse gewonnen hatte, wurde der Fall damit erst einmal auf Eis gelegt.

***

Die zweite Februarwoche des Jahres brach mit aller meteorologischer Gewalt über Deutschland und Köln herein. Vierzehn Tage waren seit dem Mord an Sareddu und Ferru vergangen, mehr als eine Woche seit der unglücklichen Erschießung von Toddi und Logozzo. Nachdem es im Januar einige Tage sehr kalt, aber dafür sonnig gewesen war, schlug das Wetter plötzlich um. Eine Tiefdruckwetterlage mit Temperaturen über zehn Grad und Nieselregen verursachte nicht nur bei Brokat heftige Kopfschmerzen.

Seit Tagen wurde er von einer tiefen Ruhelosigkeit geplagt. Die Bilder des sterbenden Giorgio Toddi hatten sich tief in seinen Kopf eingebrannt. Letzte Nacht hatte er im Halbschlaf wieder einen Traum gehabt, genauso klar und deutlich wie der von der vermeintlichen Urteilsverkündung über Andrea und Michele. In diesem Traum war er mit Toddi in den Bergen – vermutlich irgendwo auf Sardinien. Sie gingen gemeinsam einen Waldweg entlang, ähnlich dem, an dem die Schäferhütte lag, wo ihm die alte Frau die Geschichte des Dorfes erzählt hatte. Im Traum sah Giorgio Toddi anders aus als bei ihrer einzigen Begegnung in dem Asylantenheim, wesentlich jünger. Er hatte ein ganz glattes Gesicht, vollkommen ohne Falten, und trug die Haare lang. Trotzdem war es Toddi, da war sich Brokat sicher. Irgendwie wusste er, dass er die Chance nutzen musste, mehr von ihm zu erfahren. Dabei fühlte er sich dem Sarden seltsam nahe.

»Warum hat alles so geendet?«, fragte er. »Warum musstest du Ferru und Sareddu töten? Du hättest in deinem Dorf bleiben sollen. Sie hatten dir doch gar nichts getan.«

Plötzlich war es Maria und nicht mehr Toddi, die neben ihm stand. In ihren Augen stand blanker Hass. »Er hat es verdient!«, zischte sie.

Brokat erschreckte ihr wutverzerrtes Gesicht. »Aber warum?«, wollte er wissen.

»Michele hat mich nie geliebt«, antwortete sie hasserfüllt.

Hinter ihr stand eine alte Frau in Bauerntracht, möglicherweise die Dorfbewohnerin aus der Schäferhütte. Sie zeigte auf ihn. »Auch du hast Maria nicht geliebt«, kicherte sie.

Brokat wollte sich verteidigen, sagen, wie sehr er Maria vermisste, aber seltsamerweise brachte er kein Wort heraus. Er ging auf die junge Sardin zu und wollte sie umarmen, da wachte er auf. Der Wecker zeigte halb fünf. Zu früh zum Aufstehen, aber einschlafen konnte er auch nicht mehr.

20

Brokat musste in diesen Tagen häufig an Maria denken. Seit seiner Abreise von Sardinien hatte er nichts mehr von ihr gehört. Immer wieder gingen ihm die Bilder der gemeinsamen Liebesnacht durch den Kopf und wühlten ihn auf. Noch nie hatte er etwas Vergleichbares erlebt. Auch mit Christina war der Sex gut gewesen. Aber nie hatte sie sich ihm so völlig hingegeben wie die Italienerin – und nie zuvor hatte er sich selbst so beim Liebesspiel vergessen wie in jener Nacht. Es war schön gewesen, ekstatisch und einzigartig. Aber reichte das aus für eine Beziehung? Wo war die gemeinsame Basis? Seit Tagen zerbrach er sich über diese Fragen den Kopf.

Dazu kam der Brief, den Garzone ihm vorgelesen hatte. Seitdem hatte er das Gefühl, von Maria verraten worden zu sein. Warum hatte sie ihm nichts von ihrer Beziehung zu Sareddu erzählt? Wo sie doch wusste, dass Brokat versuchte, seinen und Andrea Ferrus Mörder zu finden. War das nicht eine Frage des gegenseitigen Vertrauens?

Aber offensichtlich hatte sie dieses Vertrauen nicht zu ihm. Weil ihr das Thema zu persönlich war – oder weil sie doch irgendetwas mit dem Mord zu tun hatte? Schließlich hielt er die Ungewissheit nicht mehr aus und rief Garzone an. Dessen Schilderung seiner – wie er sich ausdrückte – »freundschaftlichen Befragung« von Maria Ferru verunsicherte Brokat noch mehr.

»Sie war aufgebracht, fast schon wütend, als ich ihr den Brief gezeigt habe.«

»Was hat sie gesagt?«

»Dass ihre Beziehung zu Michele Privatsache sei und niemanden etwas angehen würde. Ich habe an sie appelliert und sie daran erinnert, dass auch ihr Bruder ermordet wurde. Und dass wir ihre Hilfe brauchen, um die Täter zu finden.«

»Und?«

»Es hat alles nichts genutzt. Sie hat mich höflich, aber bestimmt abgewiesen. Sie wollte mir noch nicht einmal sagen, wann sie nach Köln geflogen ist.«

»Wie geht es jetzt weiter?«

Garzone seufzte. »Die Ermittlungen wegen Sareddus Verbindungen zur Mafia sind noch nicht abgeschlossen. Es wird mir wohl nichts anderes übrig bleiben, als Maria offiziell ins Präsidium vorzuladen. Und dann kann ich sie nicht mehr mit Samthandschuhen anfassen.«

***

Brokat arbeitete immer noch an dem Bericht über den Fall, kam damit aber nicht richtig weiter. Nach wie vor hatte er das Gefühl, den Ablauf des Doppelmordes an Ferru und Sareddu und seine Folgen bis hin zum tragischen Tod der mutmaßlichen Mörder nicht richtig zu verstehen. Auch seine regelmäßigen Telefonate mit Garzone brachten ihn nicht weiter. In Italien spielte der Mordfall weiterhin eine gewisse Rolle im Zusammenhang mit den polizeilichen Untersuchungen der Beteiligung Sareddus an den Entführungen auf Sardinien. Auch dort stockten die Ermittlungen. Zu seiner Überraschung hatte ihm sein italienischer Kollege bei ihrem letzten Gespräch mitgeteilt, dass die zwei verdächtigen Sizilianer, Franco Marcantoni und Raffaele Guasco, wieder aufgetaucht waren. Angeblich hatten sie an einer mehrtägigen Hochzeitsfeier in Catania teilgenommen, was mehrere Teilnehmer der Feier bestätigten. Ausführliche Verhöre der beiden erbrachten keine Hinweise darauf, dass sie zur Zeit des Doppelmordes in Köln gewesen waren. Die Überweisungen über neunzigtausend Euro an Michele indes konnten wegen der mangelnden Kooperation der amerikanischen Behörden nicht eindeutig der Mafia zugeordnet werden.

Von Zeit zu Zeit sprach Brokat auch mit Francesco über den Fall, wenn er diesen einmal wieder im »Palermo« besuchte und bei der Gelegenheit eines der Menüs probierte, die der Küchenchef hin und wieder neu kreierte. Überhaupt erwies sich Francesco in diesen Tagen als wahrer Freund, der ihm geduldig zuhörte und Trost spendete, wenn wieder einmal Brokats Niedergeschlagenheit über den tragischen Tod Giorgio Toddis und seines Neffen die Oberhand gewann. Dabei hatte es auch Francesco nicht leicht. Die Tatsache, dass offensichtlich Italiener in Köln einen Doppelmord an zweien ihrer Landsleute begangen hatten, trug nicht dazu bei, die negative Stimmung gegenüber der italienischen Gemeinde in Köln zu verbessern. Da tat es auch nichts zur Sache, dass der Mord offensichtlich nichts mit der Mafia zu tun hatte, sondern auf eine Familienfehde zurückging. Jedenfalls hatte Francesco als Vorsitzender der »Vereinigung italienischer Geschäftsleute in Köln« alle Hände voll damit zu tun, wieder und wieder zu erklären, dass die in der Domstadt lebenden und arbeitenden Italiener nicht alle Verbrecher waren.

Bei Maria hatte sich Brokat nicht mehr gemeldet. Es wurmte ihn immer noch, dass sie ihm ihr Verhältnis zu Michele Sareddu verschwiegen hatte – und so verspürte er momentan wenig Lust, sie anzurufen.

***

Am folgenden Wochenende, es war ein Samstagabend, hatte sich Brokat mit Berschke, dem Rechtsmediziner, auf ein Bier verabredet. Sie trafen sich im »Kuen«, einer kleinen Eckkneipe im Retrolook und mit Wohnzimmeratmosphäre in der Kuenstraße in Nippes, wo Berschke wohnte. Es war ein überraschend nettes Gespräch, zumal sie kaum über Berufliches redeten und Berschke mit seinem trockenen Humor ein unterhaltsamer Erzähler war. Wie sich herausstellte, kannte er Italien von vielen Reisen her besser als manche Gegenden in Deutschland und schwärmte in den höchsten Tönen von der Gastfreundschaft und der exzellenten Küche der Italiener.

Am Ende kam er dann aber doch noch auf den Fall zu sprechen. »Ich will dir ja nicht reinreden. Aber was mir nicht in den Kopf will, ist, dass der Mord in Italien geplant worden sein soll. Mein Eindruck ist, dass es in Köln längst eine eigenständige Mafia gibt, die weitgehend auf eigene Rechnung arbeitet. Die

Mörder sitzen hier in Köln und nicht in Italien, davon bin ich überzeugt!«

Als Brokat über die Neusser Straße in Richtung Innenstadt zurückfuhr, klingelte sein Handy.

»Guten Abend, Commissario«, sagte eine Stimme.

Brokat brauchte einen Moment, bis er sie zuordnen konnte. »Guten Abend, Herr Ferru.«

»Verzeihen Sie, dass ich Sie am Samstag störe. Wissen Sie, ich habe in der Zeitung vom Tod Toddis und seines Neffen erfahren.«

»Kannten Sie sie?«

»Natürlich. Wie Sie wissen, stammen wir aus demselben Dorf. Ihr Tod hat mich sehr betroffen gemacht.« Er zögerte.

Brokat schwieg. Ferru wollte offensichtlich etwas loswerden – gut, er konnte warten.

»Sind Sie eigentlich bei Ihrer Suche nach Ihrem verdächtigen ›M.‹ weitergekommen?«

»Warum fragen Sie?«

»Ich bin inzwischen fast sicher, dass er etwas mit dem Doppelmord an Michele und Andrea zu tun hat.«

»Wieso denken Sie das?«

»Weil ich zu wissen glaube, wer ›M.‹ ist.«

Mit einem Schlag war Brokat hellwach. »Wieso sagen Sie das nicht gleich?«

»Weil ich mir nicht sicher war. Aber jetzt bin ich es.«

»Also los, sprechen Sie!«

»Nicht am Telefon. Ich bin in Köln, und wir können uns morgen treffen.«

»Warum nicht gleich?«, wollte Brokat wissen.

»Sie müssen sich schon etwas gedulden. Heute geht es nicht mehr. Aber wir können uns morgen früh um zehn Uhr sehen. Ich bin im Hotel ›Sankt Michael‹. Das liegt in der Brüsseler Straße im Belgischen Viertel. Ich erwarte Sie dort.« Ohne ein weiteres Wort legte er auf.

***

Der Sonntagmorgen brachte schlechtes Wetter mit Regen. Brokat war schon um halb sieben Uhr wach, hatte den Stadtanzeiger vom Samstag gelesen und tigerte seit dem spartanischen Frühstück durch die Wohnung. Dabei dachte er über Carlo Ferrus Worte nach. Wer war ›M.‹ wirklich, und wie passte er ins Bild? Was hatte er mit der Familienfehde zu tun? Kam er etwa auch aus dem Dorf? Und was machte er in Köln? Brokat musste sich eingestehen, dass er die Zusammenhänge immer weniger verstand.

Viel zu früh machte er sich auf den Weg ins Belgische Viertel. Er liebte die Gegend um den Brüsseler Platz mit den vielen kleinen Läden und Studentenkneipen. Hier in der Neuen Maastrichter Straße hatte er seine erste eigene Wohnung nach der Trennung von Christina gehabt. Aus alter Gewohnheit parkte er am Brüsseler Platz, obwohl er von dort aus noch ein Stück laufen musste. Als er über den Platz mit der imposanten Kirche St. Michael zur Brüsseler Straße lief, fiel ihm auf, wie heimisch er sich hier immer noch fühlte.

Fünfzehn Minuten vor der vereinbarten Zeit kam er am »Sankt Michael« an. Hinter der denkmalgeschützten Fassade des ehemaligen Klosters verbargen sich heute im Stil der klassischen Moderne renovierte und geschmackvoll eingerichtete Hotelzimmer. Wie zu erwarten, war von Kunert und Schmid, die Brokat gestern Abend noch telefonisch über den Termin informiert und herzitiert hatte, noch nichts zu sehen.

Plötzlich fand Brokat den Gedanken, noch länger warten zu müssen, unerträglich. Er betrat das Foyer. An der Rezeption bat er die junge Frau, die dort geschäftig irgendwelche Blätter in einen Ordner einsortierte, Ferru in seinem Zimmer anzurufen. Sie ließ es lange klingeln, aber niemand nahm ab.

»Kennen Sie Herrn Ferru?«, wollte Brokat wissen.

Sie sah ihn misstrauisch an, bis der Kommissar ihr seinen Ausweis zeigte. »Ja, ich kenne ihn. Er kommt regelmäßig zu uns. Er will immer dasselbe Zimmer haben.«

Auf seine Bitte verriet sie ihm die Nummer – 381 im dritten Stock, eins von den teureren Zimmern.

»Haben Sie Herrn Ferru heute schon gesehen?«

Sie überlegte kurz. »Nein, heute nicht. Gestern Abend habe ich kurz mit ihm gesprochen. Das war so gegen zehn, da ist er mit seinem Wagen weggefahren.« Sie sah nach hinten. »Sein Schlüssel ist nicht da, deswegen müsste er eigentlich hier sein.« Die junge Frau wirkte unsicher. »Wieso fragen Sie mich das alles? Ist etwas passiert?«

»Nein, nein«, beruhigte sie Brokat, obwohl das mulmige Gefühl in seinem Bauch zunahm. »Vielleicht schläft er ja noch. Ich würde trotzdem gern nach ihm schauen. Würden Sie mir den Hauptschlüssel geben, nur zur Sicherheit?«

Als Brokat das Treppenhaus hochsprintete, sagte er sich, dass wahrscheinlich alles in Ordnung sei, aber so richtig glaubte er selbst nicht daran. Vor der Zimmertür holte er tief Luft. Er schaute sich um. Es war nichts Auffälliges zu sehen, der Flur war völlig leer. Brokat klopfte, erst leise, dann noch einmal lauter. Nichts geschah. Er steckte den Schlüssel ins Schloss. Ohne genau zu wissen, warum, zog er die Waffe. Dann öffnete er die Tür.

Im Zimmer war es dunkel, die Vorhänge waren zugezogen. Als Brokat das Licht anmachte, sah er als Erstes Blut. Viel Blut. Dann Carlo Ferru. Er lag auf dem Bett, angezogen. Sein beigefarbener Pullover war vorn völlig rot, ebenso wie der Bettbezug. Erst als Brokat sich über ihn beugte, bemerkte er, dass der Italiener noch atmete.

Der Krankenwagen kam nach wenigen Minuten. Der Arzt wollte nicht viel sagen. »Er hat eine Kugel im Bauch und viel Blut verloren. Ich weiß nicht, ob er es schafft«, rief er Brokat zu, als er und die Sanitäter bereits mit der Trage zum Fahrstuhl rannten. Nach einer weiteren Viertelstunde war die Spurensicherung vor Ort. Mit den Sanitätern waren Kunert und Schmid gekommen, die Brokat zügig ins Bild setzte.

»Gut, dass du vor uns oben warst, auch wenn wir uns unten die Beine in den Bauch gestanden haben«, meinte Kunert.

»Also ist der Fall doch noch nicht abgeschlossen?«, fragte Schmid.

»Nein, ich bin sicher, dass der Mordversuch an Ferru mit

unserem Fall zu tun hat. Wir müssen jetzt schnell sein. Ich will das volle Programm. Schmid, fahr ins Krankenhaus und bleib bei Ferru. Vielleicht wacht er ja auf und kann uns etwas sagen. Und vom Arzt will ich wissen, wann der Mordanschlag in etwa passiert ist. Während die Spurensicherung arbeitet, verhören wir hier das Personal. Dazu brauchen wir noch ein paar Leute.« Er wandte sich an Kunert. »Während du telefonierst, fange ich schon mal an.«

***

Den ersten möglicherweise wichtigen Hinweis gab ein junger Hotelangestellter, der in der letzten Nacht Dienst an der Rezeption gehabt hatte. Als Ferru gegen halb eins zurückgekommen war und der junge Mann ihm den Zimmerschlüssel geben wollte, fiel diesem auf, dass ein Briefumschlag in dem Fach zu Zimmer 381 lag. Er musste schon vorher dort gelegen haben, da er um zehn seinen Dienst begonnen hatte und danach nichts für den Gast abgegeben worden war. Als er Ferru den Umschlag überreichte, bemerkte er, dass auf der Vorderseite dessen Name stand.

»Es war eine schöne altmodische Schrift. Und da stand ›Sig. Ferru‹.« Da der Hotelangestellte etwas Italienisch sprach, wusste er, dass das die Abkürzung für »Signore« war. »Also muss den Brief ein Landsmann von Herrn Ferru abgegeben haben«, meinte er stolz, weil ihm diese Einzelheit aufgefallen war.

Der zweite Hinweis kam aus dem Krankenhaus der Augustinerinnen, in das Ferru eingeliefert worden war. Schmid hatte einen der Ärzte erwischt. »Er wollte sich nicht festlegen, aber er meinte, dass du Ferru höchstens zwanzig Minuten nach dem Schuss gefunden haben kannst. Im Moment operieren sie ihn gerade. Sie schätzen, dass seine Chancen fünfzig zu fünfzig stehen.«

Danach verließ die Beamten das Glück. Der Nachmittag brachte eine schlechte Nachricht nach der anderen. So war der Briefumschlag kurz vor zehn von einem Boten abgegeben worden. Die Spurensicherung fand den Umschlag bei Ferru aber nicht. Er war verschwunden. Seine Sachen waren – soweit man das vermuten konnte – vollständig. Die Beamten stellten ein Portemonnaie mit zweihundert Euro darin sicher, ebenso Ferrus Ausweispapiere. In einer Jackentasche steckte ein Zugticket für den ICE am heutigen Tag um dreizehn Uhr zwanzig nach Frankfurt. Nicht auffindbar war zunächst sein Handy. Dieses tauchte erst bei einer zweiten gründlichen Untersuchung hinter dem Bett auf. Wahrscheinlich war es heruntergefallen. Sonst fand sich nichts Verwertbares. Zwar wurden im Hotelzimmer Fingerabdrücke gesammelt, diese stammten jedoch – wie sich später herausstellte – von Ferru und dem Zimmermädchen. Niemand hatte am Morgen nach ihm gefragt, und weder die Gäste noch jemand vom Personal hatten an diesem Morgen etwas Verdächtiges gesehen oder einen Schuss gehört. Wahrscheinlich hatte der Täter einen Schalldämpfer benutzt. Wie die Beamten festgestellt hatten, konnte man von der Hotelgarage aus leicht ins Treppenhaus gelangen, ohne an der Rezeption vorbeigehen zu müssen. Mit hoher Sicherheit hatte der Täter diesen Weg gewählt. Die Zimmertür von Carlo Ferru war unbeschädigt, also war der Täter wohl von ihm selbst hereingelassen worden.

Gegen fünfzehn Uhr verließen Brokat und Kunert das Hotel. Die Arbeit war getan, auch wenn die Ergebnisse unbefriedigend waren. Auf dem Weg ins Krankenhaus erzählte Brokat seinem Kollegen noch einmal in aller Ausführlichkeit von dem Anruf Ferrus am Vorabend.

»Das hört sich für mich alles sehr merkwürdig an«, meinte Kunert. »Wenn Ferru gewusst hat, wer ›M.‹ ist, wieso hat er sich erst so spät gemeldet?«

»Er sagte, er sei sich nicht sicher gewesen«, antwortete Brokat.

»Aber was hat ihm dann auf einmal diese Sicherheit gegeben?«

»Ich weiß es nicht. Aber er muss ›M.‹ kennen – vermutlich sogar sehr gut.«

»Und der wiederum hatte Angst, dass Carlo Ferru ihn verraten würde, und versuchte deshalb, ihn aus dem Weg zu räumen.« Kunert hielt an einer Ampel an und ließ frustriert die Luft aus den Backen weichen.

»In dem Brief, der im Hotel abgegeben wurde, hat ›M.‹ seinen Besuch angekündigt. Aber warum so umständlich?«, fragte Brokat. »Das hätte er doch auch viel einfacher per Telefon machen können.«

»Vielleicht dachte er, dass Ferru Angst vor ihm haben und abhauen würde, was ja verständlich wäre. In dem Brief muss er irgendetwas geschrieben haben, was Ferru dazu gebracht hat, ihn doch zu empfangen.«

»Was wiederum bedeutet, dass die beiden in regem Kontakt zueinander standen.« Brokat wirkte verärgert. »Ich hatte von Anfang an das Gefühl, dass Carlo Ferru eine Schlüsselrolle in dem Fall spielt. Anscheinend wurde sein Umfeld nicht gründlich genug überprüft. Diesen Fehler müssen wir jetzt schnellstens korrigieren. Gib Gas, ich will so rasch wie möglich ins Krankenhaus.«

Im Foyer des »Klösterchens«, wie das mitten im Severinsviertel gelegene Krankenhaus der Augustinerinnen im Volksmund genannt wurde, kam ihnen ein aufgeregter Schmid entgegengelaufen. »Ich wollte gerade anrufen, da habe ich euren Wagen gesehen. Carlo Ferru ist vor wenigen Minuten gestorben. Leider ist er nicht wieder zu Bewusstsein gekommen.«

***

Kurz nach achtzehn Uhr saß Brokat allein in seinem Büro. Er fühlte sich müde und deprimiert. Die letzte Besprechung war beendet. Noch vom Krankenhaus aus hatte er Vonderschmitt angerufen, ihn über die Entwicklung unterrichtet und ihm mitgeteilt, dass sie noch keine heiße Spur hatten.

Sein Chef hatte, wie erwartet, äußerst ungehalten reagiert. »Wie sagen wir das nur der Presse? Nach den Ereignissen der letzten Zeit werden die uns fertigmachen. Noch ein italienischer Staatsbürger, der beim Besuch unserer schönen Domstadt mal so eben das Zeitliche gesegnet hat! Das ist ja schlimmer als in Sizilien. Der Polizeipräsident wird uns einen Kopf kürzer machen – erst Sie und dann mich.«

Bevor Vonderschmitt anfangen konnte, sich richtig aufzuregen, unterbrach ihn Brokat. »Wir sagen der Presse nur, dass es in einem Hotel einen Mordversuch gegeben hat und dabei jemand schwer verletzt worden ist.«

»Sind Sie verrückt geworden? Sie wollen der Öffentlichkeit den Mord verschweigen?«

»Nein, ich will nur zum jetzigen Zeitpunkt noch nicht sagen, dass Ferru den Anschlag nicht überlebt hat.« Brokat redete langsam und eindringlich. Dieses Mal musste er seinen Vorgesetzten überzeugen. »Verstehen Sie doch: Unsere einzige Chance momentan ist, den Mörder zu verunsichern. Er soll denken, dass Ferru uns seine Identität preisgegeben hat. Dann macht er vielleicht einen Fehler.«

Der Chef holte tief Luft, sagte aber nichts.

Brokat redete schnell weiter. »Wenn Sie es erlauben, erlasse ich eine Nachrichtensperre.«

»Und die Presse?«

Brokat grinste. »Die ersten Journalisten waren schon im Hotel. Natürlich haben sie vom Personal erfahren, dass jemand verletzt wurde, und sie wissen auch den Namen. Wie zu erwarten, haben sie im Krankenhaus nichts erfahren und danach bei mir angerufen. Und ich habe nichts dementiert, was sie ohnehin schon wissen.«

Vonderschmitt zögerte. »Hm, dann müsste ich auch dem Polizeipräsidenten erst einmal nichts erzählen. Aber warum sollte ich Ihnen vertrauen? Sie haben sich in der Ermittlung bisher nicht gerade mit Ruhm bekleckert. Und wenn Sie den Mörder nicht bald finden, kann Sie das Ihren Job kosten.«

»Ich weiß.« Der nächste Satz fiel Brokat schwer. »Sie und ich, wir müssen einander vertrauen, auch wenn wir niemals Freunde werden. Aber jetzt können wir nur gemeinsam gewinnen.«

»Scheint so, als müsste ich Ihnen in diesem Fall nicht nur einmal die Kohlen aus dem Feuer holen.« Der Polizeidirektor dachte kurz nach, bevor er fortfuhr. »Dann muss ich jetzt zwischen dem Teufel und Beelzebub wählen. Aber gut, die

Alternative erscheint mir noch schlechter. Nun denn, ich gebe Ihnen eine allerletzte Chance. Sie haben zwei Tage. Danach mache ich öffentlich, dass Ferru tot ist.«

Und dann bin ich es auch, zumindest was meinen Job hier betrifft, dachte Brokat.

21

Brokat zog sich einen Espresso aus dem Automaten und wollte sich aus der Kantine noch ein Stück Kuchen dazuholen, doch diese hatte bereits geschlossen. Er setzte sich mit dem lauwarmen Kaffee an seinen Schreibtisch und dachte an Sardinien. Wie lange schien sein Besuch dort schon zurückzuliegen. Er wusste, dass ihm ein weiteres schweres Telefonat bevorstand. Und dass es vermutlich noch unerfreulicher enden würde als das mit Vonderschmitt. Er zögerte kurz, bevor er Maria Ferrus Nummer wählte.

Sie war freundlich, aber distanziert. Höflich fragte sie, wie es ihm gehe. Brokat hatte das Gefühl, dass ihm ein riesiger Kloß im Hals steckte. Ohne ihr zu antworten, sagte er, dass ihr Onkel tot sei. Ermordet.

Doch ihre Reaktion erstaunte ihn.

»Das habe ich befürchtet«, sagte sie ruhig. »Ich habe immer gewusst, dass das Morden weitergeht.«

»Aber wieso denkst du das?«

»Weil Carlo Andrea helfen wollte. Er hat sich eingemischt, sich der Blutrache widersetzt.«

»Du meinst also, er ist von Giorgio Toddis Familie verfolgt worden?«

»Ist das nicht offensichtlich? Wer sollte sonst ein Interesse daran haben, ihm etwas anzutun? Carlo war ein herzensguter Mensch, der niemandem etwas Böses wollte.«

Brokat erzählte ihr von seinem letzten Telefonat mit Ferru und von dem Verdacht in Bezug auf ›M.‹.

Aber Maria blieb skeptisch. »Warum sollte jemand, der offensichtlich in Köln lebt und vielleicht gar kein Sarde ist, meinen Onkel umbringen wollen?«

Da er darauf keine befriedigende Antwort hatte, sagte Brokat nichts.

Das Schweigen hielt an und breitete sich wie eine dunkle Wolke zwischen ihnen aus. Wie sollte er sie nur auf Sareddu und ihren Brief an ihn ansprechen? Nicht zu wissen, was zwischen dem Sarden und Maria gewesen war, machte ihn allmählich verrückt. Er holte tief Luft, um zu sagen, wie schön es mit ihr gewesen war und dass er sie wiedersehen wollte. Doch da hatte sie mit einem »Bitte halte mich auf dem Laufenden« das Gespräch bereits beendet.

Brokat saß an diesem Abend noch lange im Büro und versuchte, seine Gedanken zu ordnen. Immer weniger gelang es ihm, den Fall und seine Beziehung zu Maria auseinanderzuhalten. Aber was hieß schon Beziehung? Einmal mehr sah es so aus, als wäre diese zu Ende, bevor sie richtig begonnen hatte.

Und der Mordfall? Er kam ihm vor wie ein riesiger Krake mit unzähligen Fangarmen, die er gar nicht alle sehen konnte. Die glitschigen Tentakeln griffen nach ihm und zogen ihn langsam tiefer. Er rieb sich die Augen und versuchte das Bild aus seinem Kopf zu verscheuchen.

Er wollte gerade seinen Mantel anziehen, um auf dem Nachhauseweg bei dem indischen Imbiss auf der Severinstraße etwas zu essen zu holen, als sein Blick auf Andrea Ferrus Fotoalbum im Regal fiel. Seit seiner Rückkehr von Sardinien hatte er es nicht mehr beachtet. Er warf den Mantel wieder über den Besucherstuhl und legte das Album auf den Schreibtisch. Hier drin befand sich die komplette Lebensgeschichte von Marias Bruder, warum nicht auch ein Hinweis auf seinen Tod? Langsam, angefangen mit den zum Teil schon verblassten Kinderbildern, blätterte er Seite für Seite um. Nach den Babyfotos wurde der Junge größer, die ersten Bilder aus der Schule, Urlaube mit der Familie, Klassenfahrten, Ferru beim Militärdienst. Brokat musste sich eingestehen, dass Marias Bruder sehr fotogen gewesen war. Er wirkte weich, eher schüchtern, war aber zweifellos ein attraktiver junger Mann gewesen. Dem Kommissar fiel auf, wie ähnlich sich Andrea und Maria auf vielen Fotos sahen. Und da, in der Mitte des letzten Drittels, als seine Aufmerksamkeit schon nachzulassen drohte, sah er es plötzlich.

Sein Atem stockte, und er musste tief Luft holen.

Da war es, und er hatte es die ganze Zeit übersehen.

Das Foto war ein typisches Urlaubsbild und zeigte eine

Gruppe von Leuten am Strand. Die Stimmung wirkte ausgelassen. Einige spielten Fußball, andere schauten zu, warfen die Arme in die Luft und hatten den Mund offen. Augenscheinlich feuerten sie die Akteure an. Diese waren Andrea, Maria und eine junge Frau, die er nicht kannte, vielleicht eine Freundin. Alle trugen Badekleidung. Unter den Zuschauern erkannte er Carlo Ferru und Michele Sareddu. Schräg vor ihm standen drei Jugendliche – vielleicht Freunde, vielleicht aber auch Strandbekanntschaften. Etwas hinter Sareddu stand ein Mann, leicht durch ihn verdeckt, aber trotzdem gut zu erkennen. Er war nur mit Shorts bekleidet, der Oberkörper muskulös und stark gebräunt. Er trug die Haare viel länger als heute, vielleicht hatte ihn das getäuscht. Aber trotzdem – er hätte ihn erkennen müssen, auch wenn dieser als Restaurantbesitzer im dunklen Anzug natürlich eine ganz andere Figur abgab.

Maria nahm nach dem zweiten Klingeln ab. Ihre Stimme hörte sich immer noch weit weg an. Brokat beschrieb ihr das Foto und nannte ihr die Jahreszahl, die über der Seite stand.

»Kannst du dich an das Bild erinnern? Wer war damals mit euch zusammen am Strand? Bitte denk gut nach, es ist ungeheuer wichtig.«

Einen langen Moment herrschte Schweigen. Doch dieses Mal war es nicht unangenehm. Als Maria antwortete, schien sie direkt neben ihm zu stehen. »Ich erinnere mich an das Foto. Es war im Sommerurlaub an der Costa Rei in Südsardinien. Carlo besuchte uns wie jedes Jahr. Er hatte einen Freund oder Arbeitskollegen dabei. Er war Italiener, nicht von der Insel, aber an seinen Namen kann ich mich nicht mehr erinnern.«

»Denk an den Abend, als wir zusammen bei Francesco essen waren. Könnte er dieser Mann gewesen sein?«

Sie brauchte einen Augenblick, um zu überlegen. Dann sagte sie verblüfft: »Ja, jetzt wo du es sagst … Er sieht heute anders aus, irgendwie distinguierter, und er trägt die Haare kurz. Aber ja, er ist es.«

»Es ist kein Zweifel möglich?« Aus seiner Stimme klang die Hoffnung, sie möge sich doch irren.

»Nein, ich bin ganz sicher. Und jetzt erinnere ich mich auch wieder. Es war kein Kollege, sondern sein damaliger Chef. Carlo hat bei ihm als Koch gearbeitet, bevor er sich in Frankfurt selbstständig gemacht hat.«

»Hast du ihn damals näher kennengelernt?«

»Nein, sonst hätte ich ihn ja bei dem Essen mit dir erkannt. Er ist am nächsten Tag weitergefahren, und später hat ihn Carlo nicht mehr mitgebracht. Aber er hat ab und zu von ihm gesprochen. Offensichtlich hatte ihm mein Onkel viel zu verdanken. Er hat sich Carlos angenommen und ihn als Koch angestellt, als dieser unerfahren und ohne Sprachkenntnisse nach Deutschland gekommen ist.«

»Wie hat denn Francesco reagiert, als Carlo gekündigt und seinen eigenen Laden aufgemacht hat?«

»Genau weiß ich das nicht. Er war wohl damit einverstanden. Mein Onkel hat jedenfalls bis zum Schluss voller Dankbarkeit und Respekt von ihm gesprochen.«

Brokat schwieg einen Moment, bevor er die nächste Frage stellte. »Hat Carlo dir irgendwann mal mehr über Francesco erzählt?«

Maria dachte kurz nach. »Nein, nur einmal erwähnte er, dass Francesco wohl vor seiner Zeit als Gastronom ein bewegtes Leben geführt hat.«

Auf dem Weg nach Hause fühlte sich Brokat elend. Jeglicher Appetit war ihm vergangen, und seine Gefühle drohten ihn zu überwältigen. Die Enttäuschung saß wie ein vergifteter Stachel in ihm. Francesco kannte Carlo und Andrea. Also hatte er ihn die ganze Zeit über getäuscht und belogen. Aber warum sollte er das tun? Welche Rolle spielte er in dem Fall? Warum hatte er ihm seine Bekanntschaft zu Carlo verschwiegen? Konnte er etwas mit den Morden zu tun haben?

Brokat bemühte sich, die Gefühle außen vor zu lassen und seine Beziehung zu Francesco sachlich zu analysieren. Was wusste er eigentlich wirklich über ihn? Francesco erzählte viel und gern, aber vor allem aus der Gegenwart: von seiner Frau und den Kindern, Freunden, von seinen Restaurants und der Kölner

Politik. Besonders gut erinnerte sich Brokat an die Anekdoten über bestimmte Kölner Politiker und ihre fast schon neurotische Eitelkeit und Profilierungssucht. Der Kommissar musste sich eingestehen, dass die Zeit, die Francesco in Sizilien gelebt hatte, für ihn eigentlich ein weißer Fleck war. Sicher, hin und wieder hatte er ihn nach Verwandten und Freunden in seiner Heimat gefragt. Und natürlich hatte Francesco geantwortet, hatte von seiner Mutter erzählt, die in der Familie zärtlich *nonnina* genannt worden war. Brokat wusste auch, dass Francesco schon in Sizilien Geschäftsmann gewesen war, aber welcher Art die Geschäfte waren, die sein Freund dort betrieben hatte, davon hatte er keinen Schimmer.

Er parkte im Kartäuserhof und spurtete die Treppen in den dritten Stock zu seiner Wohnung hoch. Im Kühlschrank herrschte Flaute, sodass es nur zu einem trockenen Käsesandwich mit einer überreifen Tomate reichte. Nachdem er das Ganze mit einem Glas Wein runtergespült hatte, führte er das vorletzte Telefonat des Abends. Er erreichte Paolo Garzone auf einem Ball, einem Tanzfest der Carabinieri in Nuoro, falls er das wegen der Lautstärke dort richtig verstanden hatte. Garzone entschuldigte sich wegen des Lärms und schlug vor, dass Brokat in fünf Minuten noch einmal anrufen solle. Beim zweiten Versuch konnte er seinen italienischen Kollegen klar und deutlich hören – offensichtlich war er vor die Tür gegangen. Brokat entschuldigte sich nun seinerseits für die Störung an einem Sonntagabend und erkundigte sich, wie es Garzone und seiner Familie gehe.

»Gut, sogar sehr gut. Der diesjährige Polizeiball ist ein echter Höhepunkt in diesem eher langweiligen Winter. Gavina ist übrigens auch hier und lässt Sie herzlich grüßen. Aber Sie haben mich sicherlich nicht angerufen, um sich nach meinen kulturellen Zerstreuungen zu erkundigen.«

Brokat erzählte Garzone von den Ereignissen seit Ferrus Anruf bei ihm. Als er von dem Foto in Andreas Album sprach, unterbrach ihn der Italiener.

»Wie heißt Ihr Freund, den Sie auf dem Foto erkannt haben?«

»Francesco Leone.«

»Der Name sagt mir nichts. Glauben Sie wirklich, dass er etwas mit den Morden zu tun hat?«

»Ich weiß es nicht. Ich muss so schnell wie möglich mit ihm sprechen. Aber bevor ich das tue, will ich mehr über seine Vergangenheit wissen. Vielleicht haben ja die Behörden in Sizilien etwas über ihn.«

»Wissen Sie denn, wo er in Italien gelebt hat und wann genau er nach Deutschland gegangen ist?«

»Ich vermute, in oder bei Palermo. Zumindest hat er Verwandte dort, und sein Restaurant hier in Köln heißt so. Seine Mutter wohnt ebenfalls da, wenn ich mich richtig erinnere. Nach Köln ist er meines Wissens '96 oder '97 gekommen. Genau weiß ich das leider nicht.«

»Wenn Sie mit diesen wenigen Fakten eine offizielle Anfrage bei den Behörden stellen, kann es Wochen dauern, bis Sie eine Antwort bekommen.«

»Was raten Sie mir?«

»Wie Sie wissen, habe ich im Zuge unserer gemeinsamen Ermittlungen mehrmals Kontakt mit der Polizei in Palermo gehabt. Mein dortiger Kollege, Corrado Catani, wird sich sicherlich noch daran erinnern. Wenn Sie einverstanden sind, würde ich ihn auf dem kleinen Dienstweg um den Gefallen bitten, etwas über Ihren Freund herauszufinden, und das möglichst schnell.«

»Garzone, Sie wissen gar nicht, wie dankbar ich Ihnen bin.«

»Lassen Sie nur, das geht schon in Ordnung. Schließlich ist es ja auch mein Fall.«

»Was ist mit Maria?«

»Ich habe sie für übermorgen vorgeladen.«

Brokat schwieg.

»Ich weiß, dass das schwer für Sie ist«, sagte Garzone verständnisvoll. »Und jetzt, wo auch Carlo tot ist, erscheint es mir immer unwahrscheinlicher, dass sie etwas mit den Morden zu tun hat. Dennoch, ich muss sie vorladen. Was wollen Sie in der Zwischenzeit unternehmen?«

»Ich weiß es noch nicht genau. Der Mörder wird inzwischen über die Presse erfahren haben, dass Carlo Ferru den Überfall überlebt hat. Das wird ihn hoffentlich nervös machen.«

»Was immer Sie auch tun, seien Sie vorsichtig. Der Täter hat nichts mehr zu verlieren.«

***

»Hallo, ich bin's. Können wir uns sehen?«

Der Anruf kurz nach dreiundzwanzig Uhr traf Brokat unvorbereitet. Nach den Telefonaten mit Maria und Garzone hatte er lange neben dem Telefon gesessen und gegrübelt, ohne jedoch Ordnung in seine Gedanken bringen zu können. Er hatte versucht, eine besonders reizvolle Variante der Aljechin-Verteidigung nachzuspielen, konnte sich aber nicht auf die Partie konzentrieren. Schließlich holte er die Kette mit dem Anhänger, die er in der Tatnacht im Forstbotanischen Garten erbeutet hatte, aus der Jackentasche. Bisher hatte sie ihn nicht weitergebracht, und auch im Licht der neuen Erkenntnisse passte sie nicht ins Bild.

Langsam strich er mit dem Finger über die reliefartige Prägung. Handelte es sich bei dem wertvollen Anhänger um ein persönliches Geschenk oder um ein Erinnerungsstück? Und wenn wirklich der Mörder die Kette getragen hatte: Welche Bedeutung hatte das serbische Wappen? Oder war der Schriftzug mit der aufwendigen Prägung auf der Rückseite vielleicht ein Hinweis? Aber das ›R‹ und das ›K‹ sagten ihm gar nichts. Kopfschüttelnd hatte er die Kette wieder in sein Jackett gesteckt.

Als Brokat nichts sagte, begann der Anrufer zögerlich. »Ich habe vorhin im Radio gehört, dass in einem Hotel im Belgischen Viertel ein Italiener angeschossen worden ist.«

Brokat beschloss, es ihm nicht so einfach zu machen. »Ja und?«

»Sie haben keinen Namen genannt, aber natürlich habe ich über meine Beziehungen herausbekommen, um wen es sich handelt.« Francesco Leone machte eine bedeutungsvolle Pause. »Ich kenne Carlo Ferru gut. Können wir reden?«

Brokat zwang sich, ruhig zu bleiben. »Was willst du?«

»Du weißt, dass ich ihn kenne?« Francesco wirkte erstaunt.

Brokat sagte nichts.

»Ich will dir helfen. Ich kann dir alles erklären. Mit dem Mord habe ich nichts zu tun, glaub mir.«

»Na schön, treffen wir uns gleich bei dir.«

»Nicht zu Hause, bitte. Carla weiß von alledem nichts. Komm doch ins ›Palermo‹, dann trinken wir einen Wein zusammen.«

Als er sich anzog, merkte Brokat, wie ihn die Enttäuschung übermannte. Er hat mich verraten, dachte er. Bevor er die Haustür schloss, fiel ihm ein, seine Pistole mitzunehmen, aber er verwarf den Gedanken genauso schnell, wie er gekommen war.

Francesco öffnete ihm die Tür und führte ihn durchs fast leere Restaurant in den Nebenraum. Brokat registrierte, dass um diese Zeit kaum noch Gäste da waren.

»Setz dich. Ich hole uns etwas zu trinken. Oder möchtest du etwas essen?«

Brokat schüttelte den Kopf. Auf einem Tablett brachte Francesco eine noch ungeöffnete Flasche Rotwein, Wasser und Gläser. Geschickt entkorkte er die Flasche. Ganz der vollendete Gastgeber, probierte er den Wein, bevor er auch Brokat eingoss.

»Ein 2008er Barolo aus Serralunga d'Alba, wahrhaftig ein edler Tropfen.« Er prostete Brokat zu, der sein Glas nicht anrührte. Francesco sah seinen Freund an. »Bevor ich dir alles erzähle, sag mir bitte, wie es Carlo geht. Ich habe gehört, dass er schwer verletzt ist.«

»Er lebt, ist aber noch nicht vernehmungsfähig. Mehr kann ich dir im Moment nicht sagen.«

»Ich verstehe, dass du sauer auf mich bist. Aber glaub mir, ich hatte bis jetzt gute Gründe zu schweigen.«

Brokat konnte sich nun nicht mehr zurückhalten. Seine Stimme wurde laut. »Du hast mein Vertrauen missbraucht, von Anfang an! Ich habe dir alles erzählt, dir als meinem Freund und Ratgeber. Und du hast so getan, als wäre dein einziges Interesse, die Italiener in Köln und deren Ruf zu schützen. Dabei steckst du selbst mit drin – Gott weiß, wie tief!«

Francesco Leone sah zerknirscht aus. »Du hast ja recht, ich habe mich dir gegenüber schäbig benommen. Aber mir waren die Hände gebunden, sonst wäre ich viel früher zu dir gekommen.«

Brokat war nicht bereit, ihm das abzunehmen. »Wer oder was sollte dir die Hände gebunden haben? Wolltest du jemanden decken? Herrgott noch mal, das ist ein Mordfall!«

»Ja, ich weiß. Aber ich habe Carlo zuliebe geschwiegen. Er hat mich darum gebeten, weil er nicht in die Sache hineingezogen werden wollte. Er hatte Angst, Angst um sein Leben. Und nachdem Andrea und Michele tot waren, schien diese Angst auch berechtigt zu sein.«

»Was hat er dir erzählt?«

Francesco nippte an seinem Weinglas. »Kurz vor dem Mord, vielleicht eine Woche vorher, kam Carlo zu mir nach Köln. Er erzählte mir, dass die beiden Jungen wegen einer Familiengeschichte fliehen müssten, und bat mich, sie für einige Tage aufzunehmen.«

»Warum konnte er sie nicht bei sich verstecken?«

»Das habe ich ihn auch gefragt. Er hat mir gesagt, dass es um eine Blutrache geht und dass er als Verwandter von Andrea keine sichere Anlaufstelle sei, selbst in Deutschland. Zumal seine enge Beziehung zu Andrea wohl allgemein bekannt war. Bei mir als Außenstehenden hingegen seien die beiden erst einmal sicher. Wie gesagt, es sollte nur für einige Tage sein, dann wollten sie weiterreisen.«

»Wie hast du reagiert?«

»Natürlich habe ich Ja gesagt. Wie hätte ich mich in dieser Situation verweigern können? Carlo ist mein Freund. Wir haben die ganze Zeit, seit er in Frankfurt lebt, den Kontakt gehalten. Ich konnte seinen Neffen doch nicht vor die Hunde gehen lassen.«

»Komm zum Punkt. Was ist dann passiert?«

»Eigentlich nichts.«

»Nichts?«

»Carlo hat mir gesagt, wann die beiden ungefähr in Köln ankommen würden und dass mich Andrea kurz vorher telefonisch kontaktieren würde. Ich wollte sie dann vorübergehend in einer Wohnung hier über dem Restaurant unterbringen. Aber sie haben sich nie gemeldet. Das Nächste, was ich hörte, war, dass sie tot sind. Die Information kam von dir. Aber ich habe sie hier nie gesehen, das musst du mir glauben!«

»Wann sollten die beiden denn laut Carlo in Köln sein?«

»Er sagte, sie würden wahrscheinlich Dienstagnacht hier ankommen. Glaub mir, ich war verzweifelt, als ich von dir erfahren habe, was passiert ist – und dass du den Fall bearbeitest. Was hätte ich denn machen sollen? Andrea und Michele waren tot. Ihnen konnte ich nicht mehr helfen. Und Carlo hatte Angst, dass er jetzt in Gefahr sei. Er hat mich beschworen zu schweigen. Aber jetzt, wo Carlo selbst zum Opfer geworden ist, ist alles anders geworden. Deswegen bin ich jetzt auf dich zugegangen. Es tut mir aufrichtig leid, dass ich es vorher nicht konnte.«

»Hast du nach dem Tod von Andrea und Michele mit Carlo gesprochen?« Brokat ließ sich nicht in die Karten schauen und hatte die Kontrolle über sich wiedererlangt.

»Natürlich, wir waren beide völlig entsetzt und haben danach einige Male miteinander telefoniert. Carlo war sich sicher, dass die beiden Opfer der *Disamistade* geworden sind.«

»Wann hast du ihn das letzte Mal gesehen oder von ihm gehört?«

»Lass mich nachdenken … Vor knapp zwei Wochen haben wir miteinander gesprochen. Er wollte von mir wissen, ob ich etwas Neues gehört habe.«

»Und, hast du?«

»Ja, Giorgio Toddi und sein Neffe waren kurz zuvor gestorben. Das wusste Carlo noch nicht.«

»Seitdem hast du nichts von Ferru gehört?«

»Nein, habe ich nicht.«

»Du weißt, dass ich das überprüfen muss.«

»Du denkst doch nicht etwa, dass ich …?« Francesco sah ehrlich erschüttert aus.

»Ich weiß nicht mehr, was ich denken soll.« Er zögerte einen Moment. »Ich kann verstehen, dass Ferru Angst hatte. Aber du hättest wissen müssen, wie wichtig es ist, zur Polizei zu gehen. Und trotzdem hast du mich getäuscht, warst mit mir und Maria essen – mit der Frau, deren Bruder gerade getötet worden war!«

»Du hältst es sicher für einen Fehler. Aber ich habe auch an meine gesellschaftliche Stellung gedacht. Jetzt, wo die Öffentlichkeit am liebsten alle Italiener in Sippenhaft genommen hätte, wäre es fatal gewesen, auch noch mich selbst als Repräsentanten der italienischen Gemeinde in Köln in den Fall zu verwickeln. Für die Presse wäre das ein gefundenes Fressen gewesen. Wir hätten auf Jahre in Köln keinen Fuß mehr auf den Boden bekommen.« Francesco sah ihn an. »Glaub mir, es ging mir nicht um mich selbst. Aber selbst wenn du meine Beweggründe verstanden hättest, wäre dir gar nichts anderes übrig geblieben, als mich da mit reinzuziehen. Schließlich bist du Polizist. Diesen Konflikt wollte ich dir ersparen. Aber anscheinend hast du sowieso schon gewusst, dass ich Carlo kenne, bevor ich es dir gesagt habe. Wieso?«

Brokat erzählte ihm von dem Foto und seinem Telefonat mit Maria.

Francesco lachte auf. »Von einem Foto aus Andreas Album? Was für ein Zufall. So etwas konnte niemand vorhersehen.«

Brokat stand auf.

»Du willst schon gehen?«

»Ja, mir läuft die Zeit davon. Ich muss nachdenken. Aber eine Frage habe ich noch. In Micheles Notizbuch war am Tag seines Todes ein ›M.‹ eingetragen. Es sieht aus wie eine Verabredung – möglicherweise mit seinem Mörder. Hast du eine Ahnung, wer das sein könnte?«

Francesco schüttelte den Kopf. »Nein, nicht die geringste. Und ich habe mit Andrea und Michele vorher keinen persönlichen Kontakt gehabt.« Er sah Brokat an. »Jetzt habe ich dir alles erzählt. Können wir denn wieder Freunde sein?«

Brokat blickte ihm in die Augen. Er glaubte, Aufrichtigkeit und Reue darin zu sehen. Trotzdem antwortete er: »Ich kann dich verstehen, aber ich kann dein Schweigen nicht gutheißen.«

Francesco blieb sitzen, als Brokat zur Tür ging. »In welchem Krankenhaus liegt Carlo? Kann ich ihn besuchen?«

»Nein, dafür geht es ihm noch nicht gut genug. Und du wirst sicher Verständnis dafür haben, dass wir seinen Aufenthaltsort geheim halten.«

22

Bereits in der Nacht hatte es angefangen zu regnen, und am Montagfrüh goss es wie aus Kübeln. Es war wieder kälter geworden, nur noch knapp über null Grad. Wegen der Baustelle auf der Severinsbrücke kam Brokat erst gegen halb zehn im Präsidium an. Seine Gedanken kreisten um Francesco und das gestrige Gespräch mit ihm. Für einen Haftbefehl gegen seinen Freund reichten die Verdachtsmomente eindeutig nicht aus. Jetzt musste er den offiziellen Weg gehen, ihn im Präsidium in Gegenwart von Zeugen verhören, ihn regelrecht ausquetschen. Bei dem Gedanken daran drehte sich ihm der Magen um. Seit wie vielen Jahren war er mit Francesco befreundet? Und jetzt warf er ihn Vonderschmitt zum Fraß vor.

Aber es ging nun mal nicht anders. Schon mit dem Gespräch im »Palermo« hatte er sich sehr weit aus dem Fenster gelehnt. Brokat gestand sich ein, dass er Francesco glaubte, vielleicht aber auch, weil er ihm glauben wollte. Das Dilemma war, er hatte keinen anderen Verdächtigen. Und wenn er nicht bald etwas in der Hand hatte, dann würde die Nachricht vom Tode Carlos an die Öffentlichkeit dringen – mit allen Konsequenzen.

Brokat schrak auf, als das Telefon klingelte. Ohne Umschweife eröffnete sein Chef das Gespräch. »Hören Sie, leider muss ich Ihnen mitteilen, dass unsere Abmachung hinfällig ist.«

»Wie meinen Sie das?«

»Ich hatte eben ein Gespräch mit dem Polizeipräsidenten. Die Reaktionen der Presse auf die misslungene Festnahme der beiden Verbrecher sind ihm gehörig auf den Magen geschlagen. Jetzt will er Köpfe rollen sehen.«

»Aha, und da ist Ihnen Ihrer natürlich näher als meiner?«

»Jetzt werden Sie nicht unverschämt, Brokat! Wenn ich ehrlich bin, traue ich Ihnen nicht mehr zu, dass Sie den Fall noch lösen. Und das Risiko, den Tod Carlo Ferrus noch länger geheim zu halten, ist mir einfach zu groß.«

Brokat schwieg einen Moment »Wie viel Zeit habe ich noch?«, wollte er wissen.

»Nur noch bis heute Abend«, antwortete Vonderschmitt knapp. »Haben Sie denn eine Spur, irgendetwas, was rechtfertigt, dass wir den Tod Ferrus weiter verschweigen?«

Statt einer Antwort unterbrach Brokat die Verbindung.

Brokat hatte den Hörer auf den Apparat gelegt, als Kunert ohne anzuklopfen sein Büro betrat, offensichtlich aufgeregt, was man ihm an seinen schnellen fahrigen Bewegungen ansehen konnte.

»Chef, ich habe gerade das Ergebnis der ballistischen Untersuchung der Kugel bekommen, die Carlo Ferru getötet hat.«

»Ja und?«

»Du wirst es nicht glauben, aber die Kugel, die Ferru im Bauch hatte, kommt aus derselben Waffe, mit der auch Andrea und Michele in den Kopf geschossen wurden!«

»›M.‹«, sagte Brokat. »Wir müssen ihn endlich finden!«

»Dann sind Giorgio und sein Neffe unschuldig?«

»Nein, denn die Kugel in der Brust von Andrea stammt aus einer Pistole, die wir bei ihnen gefunden haben. Aber für die tödlichen Kopfschüsse sind sie nicht verantwortlich. Tragisch, nicht wahr? Aber ich habe auch eine Neuigkeit.« Zögernd erzählte er von dem Foto in Andreas Album. Von Francesco Leone und seiner Geschichte.

Kunert schwieg einen Moment, bevor er sagte: »Chef, das tut mir leid. Das muss sehr schwer für dich sein.«

Brokat ging auf diesen ungewöhnlich persönlichen Satz des Kollegen nicht ein, sondern schlug vor, in die Kantine zu gehen und zu frühstücken, was er sonst selten tat. Aber zu Hause hatte er keinen Bissen runterbekommen.

Kunert hatte eine Liste dabei, die ihm die Technik heute Morgen gegeben hatte. Darauf waren die Telefonate aufgelistet, die Carlo in den letzten zwei Tagen von seinem Handy geführt hatte. Am Morgen vor seinem Tod hatte es nur ein Gespräch gegeben, und zwar mit einem Bekannten in Frankfurt, wie Kunert bereits gecheckt hatte.

»Carlo hatte sich mit ihm für den gestrigen Abend in der

Oper verabredet. Ich kann mir nicht vorstellen, dass er etwas mit dem Fall zu tun hat.«

Am Samstag hatte Ferru fünf Gespräche per Handy geführt, eines mit einer Freundin aus Köln, mit der er sich für den Abend vor seinem Tod getroffen hatte.

»Ich habe bereits mit ihr gesprochen. Sie heißt Gabriele Dommert. Sie und Ferru hatten mal eine Zeit lang eine feste Beziehung. In letzter Zeit sehen sich aber nur noch sporadisch. Sie waren zusammen essen und danach noch bei ihr zu Hause. Sie sagt, dass er so gegen Mitternacht zurück ins Hotel gefahren ist, wo er ja dann auch laut Aussagen desjenigen, der an der Rezeption Dienst hatte, gegen halb eins angekommen ist.«

Die anderen Gespräche waren noch nicht so gründlich überprüft worden, aber auf den ersten Blick alle unverdächtig.

»Und dann ist da noch eine Nachricht auf der Mailbox.« Kunert drückte eine Taste und reichte Brokat Ferrus Handy. Die Gesprächsmitteilung war sehr kurz. Eine Männerstimme sagte etwas auf Italienisch. Brokat hatte keine Mühe, den Satz zu übersetzen. »Ich muss dich dringend sprechen, melde dich.« Genauso wenig Mühe machte es ihm, den Anrufer zu identifizieren. Er blickte Kunert an, der an ihm vorbei sah. Offensichtlich hatte er die Nummer schon überprüft.

»Könnte dein Freund vielleicht dieser ›M.‹ sein?«, fragte er.

»Ich weiß es nicht, ich weiß nur, dass er schon wieder gelogen hat. Aber weder sein Vor- noch der Nachname fangen mit einem ›M‹ an. Und was für ein Motiv sollte er gehabt haben, Carlos Neffen und dessen Freund zu beseitigen?« Er dachte nach. »Möglicherweise gibt es eine Verbindung, die wir noch nicht kennen. Hat du inzwischen etwas mehr über Carlos Vergangenheit herausbekommen?«

Das hatte Kunert. Carlo Ferru war fast auf den Tag genau vor fünfzehn Jahren nach Deutschland gekommen. Er hatte am Anfang nur eine vorübergehende Aufenthaltsgenehmigung gehabt und sich im ersten halben Jahr mit Aushilfsjobs als Koch über Wasser gehalten. Über einen Bekannten hatte er Francesco kennengelernt, dessen Chefkoch gerade nach Italien zurückgegangen war. Francesco suchte dringend einen Nachfolger.

Ohne zu zögern, stellte er Carlo ein. Dieser dankte es ihm, indem er die Küche des »Palermo« innerhalb von drei Jahren zu einer der besten in Köln machte. Anscheinend passten Carlo und Francesco ausgezeichnet zusammen. Ersterer sorgte für außergewöhnliche Gaumengenüsse. Francesco hingegen tat das, was er am besten konnte, mit seiner charismatischen Art die Gäste zu unterhalten, sie persönlich anzusprechen und so ans Restaurant zu binden.

Das funktionierte so gut, dass Francesco vier Jahre später in der Engelbertstraße nahe am Zülpicher Platz das »Spiga d'oro« eröffnete, das als kleine, trendige und etwas preiswertere Alternative zum »Palermo« vor allem jüngere Gäste anlockte. Im Jahr darauf verließ Carlo Köln und machte sich im Frankfurter Westend selbstständig. Francesco fand einen geeigneten Nachfolger, wenn dieser vielleicht auch nicht die Raffinesse von Carlos Gerichten erreichte. Dessen Kochkünste und seine ausgefallenen Gerichte wiederum sprachen sich schnell in gewissen Kreisen in der Mainmetropole herum, wenn ihm auch die direkte und verbindliche Art fehlte, mit der sich Francesco um seine Gäste kümmerte. Trotzdem lief seine Trattoria gut, soweit man das aus der Entfernung sagen konnte.

Das alles entsprach in etwa dem, was Brokat auch schon wusste, aber Kunert wäre nicht Kunert, wenn er nicht auch noch eine Überraschung parat gehabt hätte.

»Anscheinend ist der Fortgang von Carlo aus Köln doch nicht so problemlos verlaufen, wie es auf den ersten Blick aussah.«

»Vorher willst du das wissen?«, fragte Brokat misstrauisch, der sich an Marias Schilderung einer anscheinend freundschaftlichen Trennung der beiden erinnerte.

»Ich hab mich etwas ausführlicher mit Carlos Freundin, dieser Gabriele, unterhalten, wenn man sie denn so nennen mag. Die beiden hatten wohl bis zuletzt ein Verhältnis miteinander. Interessante Frau übrigens, Chef.«

»Komm zur Sache«, brummte Brokat. Die sich hin und wieder äußernde Weitschweifigkeit Kunerts störte ihn genauso wie der schuljungenhafte Übereifer, in den sein Kollege manchmal verfiel.

»Ferru hat der Dommert viel über die Trennung von Francesco erzählt. Dieser war damals wohl richtig sauer auf Carlo. Er hat ihm Undankbarkeit vorgeworfen. Ferrus Exfrau, die ich danach angerufen habe, hat das bestätigt. Sie hat die Geschichte damals hautnah miterlebt. Nach ihren Worten hat Francesco Carlo massiv unter Druck gesetzt, damit dieser bleibt. Anscheinend hatte Carlo eine Zeit lang richtig Angst vor seinem alten Arbeitgeber.«

»Wie meinst du das, er hatte Angst?«

»Er fühlte sich körperlich bedroht.«

***

Bis zum Abend betrat Vonderschmitt noch zweimal Brokats Büro. Beim letzten Besuch verkündete er dessen sofortige Ablösung von dem Fall. Die Tatsache, dass der Kölner Express auf seiner Website vor wenigen Minuten einen Bericht über den Tod Carlo Ferrus und die versuchte Vertuschung des Falls durch die Polizei gebracht hatte, habe das Fass zum Überlaufen gebracht. Der Polizeipräsident sei völlig außer sich.

»Bis auf Weiteres wird Frank Wolf die Leitung der Ermittlung übernehmen«, erklärte Vonderschmitt.

»Ausgerechnet Wolf? Er hat durch seine vorschnelle Reaktion den Tod der beiden Sarden im Wohnheim ausgelöst!«

»Sie sollten Wolf lieber dankbar sein. Denn möglicherweise hat er auch Ihr Leben gerettet. Wahrscheinlich hätte Toddi nämlich auch auf Sie und die anderen Kollegen geschossen. Dann hätten wir ein Blutbad von ganz anderem Ausmaß gehabt.«

Brokat war sich sicher, dass Toddi in seiner Logik von Schuld und Sühne nicht vorgehabt hatte, auf jemanden zu schießen, der mit der Blutrache nichts zu tun hatte. Dennoch sparte er sich eine Erwiderung, weil sich Vonderschmitt offensichtlich längst für den Konkurrenten und gegen ihn entschieden hatte.

»Im Übrigen hat Wolf eine Theorie zu dem Fall, die mir sehr erfolgversprechend erscheint«, fuhr sein Chef fort.

»Nämlich?«

»Nach dem augenblicklichen Ermittlungsstand spricht einiges

dafür, dass Toddi und sein Neffe im Auftrag der Mafia gehandelt haben. Insofern ist die Theorie mit dem Bandenmord von Anfang an richtig gewesen.«

»Und wie erklären Sie sich dann den Mord an Carlo Ferru?«, fragte Brokat verblüfft.

»Ganz einfach. Toddi hat hier Helfershelfer. Leute, die wie er im Auftrag der Mafia arbeiten oder sogar dazugehören. Und die werden wir jetzt ausfindig machen.«

»So einen Quatsch habe ich lange nicht mehr gehört!«

»Seien Sie ruhig, Brokat! Das braucht Sie jetzt Gott sei Dank nicht mehr zu beschäftigen.« Ohne ein weiteres Wort verließ Vonderschmitt den Raum.

Brokat war so perplex, dass er nicht einmal nachfragte, wie die Boulevardpresse an die Informationen über Carlo Ferrus Tod gekommen war.

Der Kommissar nahm die Nachricht von seiner Abberufung ohne äußere Regung auf. Innerlich fühlte er sich jedoch leer und ausgebrannt. Eigentlich konnte er nur froh sein, dass jetzt ein anderer den Fall übernahm – auch wenn dabei wahrscheinlich am Ende alles Mögliche rauskam, nur nicht die Festnahme des wahren Mörders. Aber konnte er Francesco dessen mögliche Täterschaft und vor allem den Verrat an ihm und ihrer Freundschaft wirklich so ohne Weiteres durchgehen lassen?

Einem plötzlichen Impuls folgend, nahm er den Mantel und ging in die Tiefgarage zu seinem Wagen. Es regnete immer noch stark, und Brokat fuhr langsam in südliche Richtung, bis er hinter dem Chlodwigplatz auf die Bonner Straße gelangte. Kurz darauf fiel ihm ein, dass in der Nähe ein französisches Restaurant war, in dem er vor längerer Zeit einmal mit einem Kollegen gegessen hatte.

Fünf Minuten später betrat er die »L'Imprimerie« in der Cäsarstraße. Er wählte das Spanferkel. Das Essen war gut, alles war frisch und von bester Qualität. Sogar der Patron, der das letzte Mal etwas brummig gewirkt hatte, war freundlich und erkundigte sich nach seinem Kollegen, der offensichtlich Stammgast war. Nachdem er noch einen Espresso und eine absolut vorzügliche Crème brûlée genossen hatte, fühlte er sich schon viel besser.

Während des Essens hatte er über eine Idee nachgedacht, die er schon am Morgen gehabt hatte. Ihm war klar, dass sie eher aus der Verzweiflung geboren war, aber sein innerer Drang, die Rolle seines Freundes bei diesem Mordfall zu klären, war so groß, dass er schließlich sein Handy aus der Tasche holte. Jetzt konnte er nur hoffen, dass Francesco noch nicht vom Tod Carlos erfahren hatte.

Francesco Leone nahm nach dem ersten Klingeln ab.

Brokat holte tief Luft. »Carlo hat geredet. Und er hat dich beschuldigt, ihn angeschossen zu haben.«

Francesco schwieg einen Moment. Seine Antwort klang völlig emotionslos. »Wenn er das wirklich gesagt hat, warum kommst du dann nicht mit deiner Truppe und nimmst mich fest?«

Brokat wusste, dass er jetzt keinen Fehler machen durfte. »Weil ich dir die Chance geben wollte, mir deine Version der Geschichte zu erzählen, bevor ich Carlos Aussage zu Protokoll nehme und es zu einem offiziellen Verhör vor dem Untersuchungsrichter kommt.«

Der Zynismus war kaum zu überhören, als Francesco antwortete: »Nett von dir, aber ich war es nicht. Also, warum sollte ich mich darauf einlassen?«

»Weil es besser für dich ist, vorher mit mir zu reden. Glaub mir, ich tue das nur um unserer Freundschaft willen.«

Francesco zögerte. Offensichtlich dachte er nach. »Okay, dann aber jetzt gleich.«

»Einverstanden. Ich komme so schnell wie möglich.«

Francesco wirkte ungeduldig. »Komm sofort oder gar nicht. Ich bin wegen einer anderen Sache in der Hafenstraße in Mülheim. Dort ist auch die alte Lagerhalle von ›Noodels‹. Draußen steht ein Schild. Wir treffen uns da in spätestens einer halben Stunde. Sei pünktlich, sonst bin ich weg.« Er legte auf.

Brokat zahlte und fuhr über die Rheinuferstraße in Richtung Norden. Er überquerte die Deutzer Brücke und bog schließlich in Mülheim auf den Auenweg zum Hafengelände ab. Dieses wirkte im Dunkeln mit seinen düsteren alten Industriebauten ziemlich unheimlich. Mehrmals versuchte er, Kunert zu erreichen. Doch dieser ging nicht an sein Handy. Schließlich wählte er Schmids Durchwahl im Präsidium. Doch auch der war nicht zu erreichen. Brokat ließ den Kollegen ausrichten, wo er hinfuhr, und bat um Rückruf.

***

Als Brokat gegen einundzwanzig Uhr dreißig in der Hafenstraße ankam, regnete es so stark, dass er kaum mehr seine eigene Hand vor Augen sehen konnte. Die Wolken lagen wie große graue Kissen auf den alten Gebäuden, die ihm düster und abweisend vorkamen. Brokat fuhr im Schritttempo über das löchrige Pflaster. Er fluchte, weil er nicht die geringste Ahnung hatte, wo die Halle lag, die Francesco erwähnt hatte. Um diese Zeit und bei dem Wetter war natürlich auch niemand draußen, den er hätte fragen können.

Er wollte gerade anhalten, um Francesco anzurufen, als er ungefähr hundert Meter vor ihm im schwachen Licht einer Straßenlaterne einen roten Alfa Romeo bemerkte. Brokat parkte ein Stück dahinter in einer Einfahrt und sah sich um. Nirgendwo war ein Schild oder ein Hinweis auf die Halle zu sehen. Er versuchte noch einmal, Schmid und Kunert zu erreichen, doch beide nahmen nicht ab. Er nahm seine Waffe aus dem Handschuhfach und steckte sie in die Manteltasche. Sie fühlte sich schwer und kalt an. Plötzlich bekam er Angst. Er atmete tief durch und schalt sich einen Narren. Es ist Francesco, den ich hier treffe, sagte er sich. Und wenn es sein muss, werde ich ihn auch festnehmen.

Er lief die Halle entlang, vor der das Auto stand. Nirgendwo sah er eine Tür, nur große schmutzige Fenster, deren Glas teilweise gebrochen war. Viele von ihnen waren mit Holz zugenagelt. Brokat hatte den Kragen hochgeschlagen. Nach kurzer Zeit lief ihm das Wasser über die Haare ins Gesicht und in den Mantelkragen hinein. Er fror. In einer Hofeinfahrt kam endlich eine Eingangstür. Sie war aus Stahl und trug die halb verblichene Aufschrift »Noodels, Noodels & Noodels, Schiffszubehör«.

Eine Klingel gab es nicht, also versuchte Brokat, die Tür zu öffnen. Sie klemmte etwas, gab aber am Ende knirschend seinem Druck nach. Er trat ein. Drinnen war es stockdunkel, die größtenteils vernagelten Fenster ließen kaum Licht von draußen herein. Schließlich fand er einen Lichtschalter, und nachdem er ihn gedrückt hatte, erhellten mehrere altersschwache Neonlampen an der Decke notdürftig den Raum. Brokat stellte fest, dass er in einer riesigen alten Lagerhalle stand. Sie war offensichtlich in keinem guten Zustand. Von der Decke hingen Rohre und Holzbalken herunter, Letztere sahen so aus, als drohten sie jeden Moment herunterzufallen. Der Boden war übersät mit Schutt. Betonteile, Fensterrahmen mit zersplitterten Scheiben, dazwischen lagen Kisten und alte Maschinenteile. An einigen Stellen waren große schwarze Flecken auf dem Boden, und es roch nach Maschinenöl. Wenn überhaupt noch jemand diesen Raum nutzte, dann höchstens Obdachlose, die sich vor der Kälte schützen wollten.

Langsam tastete sich Brokat voran, tiefer in die Halle herein. »Francesco?«, rief er laut. Nichts war zu hören. Er rief noch einmal.

Endlich bekam er vom anderen Ende der Halle eine Antwort. »Ich bin hier drüben.«

Brokat sah Licht und ging schneller. Plötzlich löste sich ein Schatten von der Wand. Francesco stand vor ihm, in der Hand eine Pistole, die auf Brokat gerichtet war.

»Warum bist du gekommen?«, fragte der Italiener.

»Warum hast du Carlo niedergeschossen?«

Francesco schwieg. Von der Decke der Halle tropfte etwas herunter. Der Ölgeruch wurde stärker. Brokat wurde allmählich übel. Wie war er nur hier hineingeraten? Er schluckte.

Francesco sah ihn abfällig an. »Das würdest du nicht verstehen.« Er lachte bitter. »Sieh dich an, wie du dastehst, selbstgefällig, weil du den Staat verkörperst. Du kannst keine Fehler machen mit deinem unumstößlichen Glauben an die Gerechtigkeit. Aber ich sage dir, du irrst dich. Es gibt andere Ideale und

Ziele, die über der staatlichen Ordnung stehen. Und sie geben einem das Recht, zu handeln – auch wenn damit das Gesetz gebrochen wird. Schau dir die Politik an. Viele Staatsmänner sind nur deswegen groß geworden, weil sie ihre eigenen Ideale verfolgt haben, konsequent und unbeirrbar.«

»Dann würdest du für deine Ideale auch töten?«

»Wenn es nicht anders geht, ja.«

Brokat sah ihn an. Erstaunlicherweise berührte ihn die Aussage Francescos nicht. Er fühlte sich nur müde. »Lass es uns zu Ende bringen«, sagte er.

»Und was willst du tun? Willst du mich festnehmen?« Francesco wirkte ruhig, fast nachdenklich. »Du hättest nicht kommen sollen«, sagte er leise.

Dann schoss er. Brokat hatte keine Chance, zu reagieren. Er spürte einen fürchterlichen Schmerz in der Brust, dann brach er zusammen.

23

Kunert hatte sich nach dem Gespräch mit seinem Chef weiter mit den Telefonaten beschäftigt, die Carlo kurz vor seinem Tod geführt hatte, und noch einmal alle Nummern überprüft. Inzwischen hatte sich auch die letzte noch fehlende Person aus der Telefonliste gemeldet, offensichtlich die Schwester einer Kellnerin von Carlo, die diese für den Abend wegen einer hartnäckigen Magen-Darm-Grippe entschuldigen wollte. Brummend strich Kunert sie von der Liste. Gegen Abend rief er noch einmal Gabriele Dommert an und fragte sie, ob ihr denn bei Carlos letztem Besuch etwas Besonderes an ihm aufgefallen war. Nachdem sie das verneinte, fragte er, welchen Eindruck Francesco auf sie gemacht hatte.

Sie überlegte etwas, bevor sie sagte. »Er war auf alle Fälle ein sehr charmanter Mann, immer freundlich, aber auf eine verbindliche Art, die Autorität ausstrahlte. Mir war er trotzdem nicht sympathisch.«

»Warum nicht?«

»Auf mich wirkte er immer etwas unterkühlt. Vielleicht hat mich ja auch seine militärische Vergangenheit abgeschreckt.«

»Was meinen Sie damit?«

»Eines Abends, wir hatten ziemlich viel Wein getrunken, erzählte Francesco von seinen Heldentaten im Bosnienkrieg. Er hat dort wohl als Söldner aufseiten der Serben gekämpft. Und noch etwas. Er hatte in letzter Zeit wohl finanzielle Probleme.«

»Wie kommen Sie darauf?«

»Nun ja, ich habe mitbekommen, wie er vor ein paar Monaten versucht hat, sich von Carlo Geld zu leihen.«

»Na und? Vielleicht war er gerade etwas klamm?«

»Es drehte sich bei diesem Gespräch um eine größere Summe, die Francesco wohl dringend benötigte. Um genau zu sein, ging es um fünfundfünfzigtausend Euro.«

Nach dem Telefonat blieb Kunert eine Weile nachdenklich vor seinem Schreibtisch sitzen. Offensichtlich hatte der Chef seinen Freund doch nicht so gut gekannt, wie er gedacht hatte. Nach einem kurzen Abendessen in der Kantine wollte Kunert noch einmal in Brokats Büro nachsehen, ob dieser inzwischen zurück war, als ihm Maric auf dem Flur entgegenkam.

»Weißt du, wo der Chef ist? Ich habe hier einen Polizisten aus Italien an der Leitung, der ihn dringend sprechen möchte.«

»Keine Ahnung. Ich habe ihn seit Stunden nicht mehr gesehen.« Er überlegte kurz. »Kannst du mir den Anruf rüberstellen?«

Kurz darauf hatte er Garzone in der Leitung. »Sie wissen, ich bin der italienische Kollege, den Brokat vor Kurzem auf Sardinien besucht hat. Ich muss ihn dringend sprechen, aber er geht nicht an sein Handy.«

»Ja, ich hab es auch schon versucht. Was gibt es denn?«

»Brokat hat mich gestern gebeten, über einen Freund von ihm Erkundigungen einzuholen.«

»Francesco Leone.«

»Ja, genau. Ich hatte gerade eben Kontakt mit der Polizei in Palermo. Sie hat mir einige Dinge über ihn erzählt, die Brokat sicher noch nicht weiß.«

»Dass er als Söldner im Bosnienkrieg war?«

»Genau. Er hat dort fast drei Jahre als Offizier für die Serben gekämpft. Aus dieser Zeit kommt wohl auch so eine Art Ehrentitel, den er für seinen Mut und die Kunst bekommen hat, aus jeder noch so schlimmen Situation unbeschadet wieder herauszukommen.«

»Wie lautet dieser?«

»Auf Italienisch *il mago* – was auf Deutsch so viel bedeutet wie ›der Zauberer‹ oder ›Magier‹. Ich weiß, dass Sie im Zusammenhang mit dem Mord an Andrea Ferru und Michele Sareddu einen mysteriösen ›M.‹ suchen. *Allora*, ich denke, wir haben ihn gefunden.«

Kunert versuchte noch, die Informationen zu verarbeiten, als Garzone bereits fortfuhr. »Da ist noch die Kette mit dem Anhänger. Er trägt doch das serbische Wappen als Motiv, oder?«

»Ja, richtig. Sie meinen …?«
»Es kann kein Zufall sein. Alles deutet auf Leone hin.«

Kunert wählte erneut Brokats Handynummer, aber wiederum meldete sich nur die Mailbox. Auf dem Gang stieß er mit Schmid zusammen.

»Eben hat mir die Zentrale ausgerichtet, dass wir den Chef dringend anrufen sollen.«

»Das habe ich gerade versucht, aber er geht nicht dran.«

»Es geht um Francesco Leone. Brokat ist wohl gerade auf dem Weg zu ihm.«

Kunert erstarrte. »Weißt du, wohin?«

»Ja, eine alte Lagerhalle im Mülheimer Hafen. Ein merkwürdiger Ort für eine Verabredung. Was machen wir denn jetzt?«

»Was wohl? Los, wir fahren hin!«

***

Wie zuvor Brokat spürten auch Kunert und Schmid die unheimliche Atmosphäre, als sie etwa zwanzig Minuten später den Mülheimer Hafen erreicht hatten. Es regnete weiterhin Bindfäden. Nirgendwo war eine Spur von Brokat zu sehen. Kunert rief die Zentrale an und bat darum, das Handy des Chefs zu orten. Trotzdem vergingen noch einmal fast zehn Minuten, bis sie den alten Volvo ihres Vorgesetzten in einer Einfahrt gefunden hatten. Kurz darauf liefen sie mit entsicherten Waffen durch die Halle. Auf ihre Rufe antwortete niemand.

Sie kämpften sich durch Berge von Schutt und Schrottteilen, bis sie den Kommissar schließlich am anderen Ende der Halle fanden. Er lag in der Nähe einer Tür, offensichtlich einem zweiten Eingang, bewegungslos auf dem Rücken. Rund um die Brust herum war sein Hemd blutig. Verzweifelt schauten sich die beiden Polizisten an. Kunert kniete sich neben Brokat nieder. »Gott sei Dank, er atmet. Schnell, ruf den Notarzt.«

***

Als Brokat aufwachte, war es dunkel. Er öffnete die Augen und versuchte, sich zu orientieren. Aber er fühlte sich so schwach, dass er sie gleich wieder schloss. So lag er eine Weile, bis er wieder einschlief.

Er hatte einen Traum. Darin war er in einem fremden Land. Es herrschte Krieg. Er wusste nicht, warum, und auch nicht, gegen wen er kämpfte. Aber der Weg am Rand eines Waldes, den er entlangging, barg eine Gefahr. Irgendwo dort war der Feind und wartete auf ihn. Er selbst war unbewaffnet. Aber trotz seines Ausgeliefertseins hatte er keine Angst. Er hatte das Gefühl, dass ihm das, was dort draußen auf ihn wartete, merkwürdig vertraut war.

Eine komische Art, Krieg zu führen, dachte er. Du läufst mit offenen Augen in den sicheren Tod und hast dabei das Gefühl, dass alles seine Richtigkeit hat. Fast so, als würde man nach Hause kommen. Wenn das Sterben ist, dachte er weiter, muss man keine Angst davor haben.

Der Weg machte eine Biegung und führte direkt in den Wald hinein. Darin war es dunkel und absolut ruhig. Er hörte weder das Rauschen von Ästen noch den Gesang von Vögeln. Nach einiger Zeit kam er an eine Lichtung, die durch ein Licht erhellt wurde, das durch den dichten Blätterwald drang. Er blickte nach oben und sah den Mond schräg durch die Bäume scheinen. Er sah sich um, konnte jedoch nichts erkennen. Und dennoch wusste er, dass ihn jemand erwartete.

Plötzlich kam die Angst hoch. War er wirklich bereit zu sterben? Er wollte sich umdrehen und zurücklaufen, aber er konnte nicht. In diesem Moment kam eine dunkle Gestalt auf ihn zu. Sie trug einen weiten Umhang mit einer Kapuze, sodass Brokat das Gesicht erst nicht sehen konnte.

»Es ist gut, dass du kommst«, sagte die Gestalt, und Brokat erkannte Andrea Ferru. »Jetzt bringe ich zu Ende, was du dir schon so lange gewünscht hast.«

Brokat bemerkte, dass sein Gegenüber einen großen Hammer in der Hand hielt. Mit der anderen Hand holte er einen mindestens zehn Zentimeter langen rostigen Nagel aus einer Tasche seines Gewands. »Du musst keine Angst haben. Der Schmerz ist nur kurz«, sagte die Gestalt, die nun mit einer anderen Stimme sprach.

»Francesco, du?«, wollte Brokat sagen, aber er brachte nur ein leises Flüstern heraus.

Die Gestalt setzte den Nagel genau an seiner Brust an und trieb ihn mit einem einzigen Hammerschlag mitten ins Herz.

Brokat wachte auf, und die Erinnerung war voll da: die alte Lagerhalle, in der er sich mit Francesco getroffen hatte. Er hatte ihn töten wollen. Aber offensichtlich war er noch am Leben.

Wo war er? Dieses Mal öffnete er die Augen entschlossen und blickte um sich. Er lag allein in einem abgedunkelten Raum, offensichtlich einem Krankenhauszimmer. Die Jalousien waren heruntergelassen. Draußen war es immer noch dunkel. Ächzend versuchte Brokat, sich aufzurichten. Es ging nicht, er hatte keine Kraft.

Da öffnete sich die Tür. Eine junge Schwester kam herein. »Lassen Sie das, Sie müssen sich ausruhen. Sie sind sehr schwach.« Sie schaute ihn aus dunklen Augen an. Ihre Stimme war nicht unfreundlich, jedoch sehr bestimmt. »Ich bin Schwester Lisa. Sie sind verletzt, aber es ist nicht lebensgefährlich. Versuchen Sie etwas zu schlafen. Nachher kommt der Arzt. Er kann Ihnen mehr sagen.«

Als Brokat das nächste Mal aufwachte, stand ein junger Mann in einem weißen Kittel an seinem Bett und fühlte seinen Puls. Er lächelte. »Mein Name ist Wagner. Ich bin der Oberarzt. Wie geht es Ihnen?«

Brokat nickte. Sein Hals fühlte sich völlig trocken an, er brachte kein Wort heraus.

»Lassen Sie nur, Sie sind noch sehr schwach. Aber das wird schon wieder.« Er machte eine Pause, bevor er fortfuhr. »Wissen Sie eigentlich, dass Sie unglaubliches Glück gehabt haben? Eigentlich müssten Sie jetzt tot sein, denn der Schuss hätte Ihr Herz glatt durchbohrt. Doch das Zigarilloetui, das Sie in der Brusttasche Ihres Jacketts getragen haben, hat Ihnen wahrscheinlich das Leben gerettet. Die Kugel hat es durchstoßen und ist dann im Lungengewebe stecken geblieben. Wir haben das Projektil in einer Notoperation entfernt und eine Drainage gelegt. Alles ist gut gegangen. Also keine Angst, Sie werden wieder ganz gesund.«

»Was ist mit …?«, krächzte Brokat.

»Es tut mir leid, ich kann Ihnen keine Fragen beantworten. Das muss bis später warten. Sie würden sich sonst zu sehr aufregen.«

***

Drei Tage später hatte sich Brokat so weit erholt, dass der Arzt Besuch erlaubte. Die anfänglichen Schmerzen hatten nachgelassen, nur wenn Brokat seinen Oberkörper zu schnell bewegte, tat es noch weh. In der Zeit im Krankenhaus hatte er nachgedacht und war zu dem Schluss gekommen, dass er so schnell wie möglich mit dem Kapitel Francesco abschließen musste. Noch immer wusste er nicht genau, warum und wann dieser zum Verbrecher geworden war. Aber dass er ihn, Brokat, der ihm sein ganzes Vertrauen geschenkt hatte, derart belogen hatte, das würde er ihm nicht verzeihen können. Und ausgerechnet er hatte Francesco auch noch vertrauliche Informationen über den Stand der Ermittlungen gegeben und ihm damit unwissentlich in die Hände gespielt. Jetzt machte er sich dafür schwere Vorwürfe. Sein Verhalten war in höchstem Maß unprofessionell und letztlich unentschuldbar. Wie hatte er nur so etwas tun können?

Seit es ihm wieder besser ging, musste Brokat viel an Maria denken. Was würde sie wohl empfinden, wenn sie wüsste, dass er verletzt war? Würde es ihr etwas ausmachen, weil sie ihn vielleicht auch ein wenig liebte? Du alter Narr, schalt er sich dann, zu lange hast du dich in Selbstmitleid gesuhlt. Du bist gerade neu geboren worden, also nutze die Chance.

Kunert und Schmid kamen ins Krankenhaus, um Bericht zu erstatten. Beide waren sichtlich froh, dass es Brokat so viel besser ging. »Wir hatten schon für dein Begräbnis gesammelt«, scherzte Kunert. Schmid sah ihn strafend an.

»Entschuldige, Chef, ich habe das nicht so gemeint«, sagte Kunert hastig.

Beide waren völlig erstaunt, als Brokat lauthals loslachte. »Ist das nicht wunderbar? Ein Zigarilloetui hat mir das Leben gerettet. Da soll noch mal jemand sagen, dass Rauchen tödlich ist. Kann es einen besseren Beweis für das Gegenteil geben?« Er wurde wieder ernst, als er Schmid ansah. »Wie geht es deiner Frau?«

»Besser. Die Chemotherapie hat sie sehr angestrengt. Aber sie ist tapfer, und die letzten Untersuchungsergebnisse sind vielversprechend. Jetzt muss sie sich erst einmal erholen. Danach sehen wir weiter.« Er schwieg einen Moment und sah auf den Boden.

Kunert berichtete, dass Francesco beim Versuch, das Land zu verlassen, an der schweizerischen Grenze gefasst worden war. Der Zugriff war so überraschend erfolgt, dass er keine Gegenwehr leisten konnte. Die Pistole, mit der er auf Brokat geschossen hatte, trug er bei sich. Die Spurensicherung hatte in der Zwischenzeit das Projektil untersucht, das die Ärzte aus Brokats Körper geholt hatten. Es war aus derselben Pistole abgefeuert worden, mit der auch Carlo und Andrea Ferru sowie Michele Sareddu erschossen worden waren.

Über das Motiv für die Morde konnten die Beamten bisher nur Vermutungen anstellen – Francesco Leone sollte am kommenden Tag dem Haftrichter vorgeführt werden. Ob er sich dann zu den Taten äußern würde, blieb abzuwarten.

Nichtsdestotrotz hatte Kunert seine Theorie bereits fertiggestrickt. »Ohne dass wir schon etwas abschließend sagen können, kann es nur so gewesen sein, dass Francesco Leone Michele Sareddu im Auftrag der Mafia liquidieren wollte. Diese hatte offensichtlich noch ein Hühnchen mit dem Sarden zu rupfen. Dem wollte er sich durch die gemeinsame Flucht mit Andrea entziehen. Also doch ein Mafiamord, wie ich zu Beginn gesagt habe«, fügte er nicht ohne Stolz hinzu.

Brokat sagte nichts, auch sein kurzes Gespräch mit Francesco in der Halle behielt er für sich. Umso mehr grübelte er über die Worte seines früheren Freundes nach. Immer wieder fragte er sich, wie ein Mensch nur so werden konnte – ein Mensch, den er einmal gut zu kennen geglaubt und als seinen Freund betrachtet hatte. Der Gedanke machte ihn traurig, aber nicht nur das. Er merkte, dass eine kaum kontrollierbare Wut in ihm aufstieg. Was würde er jetzt wohl tun, wenn Francesco neben ihm stünde? Würde er Rache nehmen?

***

Fünf Tage später wurde Brokat aus dem Krankenhaus entlassen. Für die Medien der Boulevardpresse war er plötzlich der »Held von Köln«, der mit seinem Mut und seiner Tatkraft einen der international gefährlichsten Verbrecher dingfest gemacht hatte. Die Zeitungen überboten sich in den wildesten Spekulationen, für welche Organisationen Leone gearbeitet und welche Verbrechen er noch alle begangen hatte. Die Berichterstattung war so überschwänglich, dass Vonderschmitt und schließlich auch der Polizeipräsident nicht umhinkamen, in die Huldigungen einzustimmen und Brokat am Ende persönlich und im Beisein der versammelten Pressevertreter zu gratulieren.

Doch der Medienhype hörte so plötzlich auf, wie er begonnen hatte. Francesco Leone schwieg gegenüber dem Haftrichter und in allen Verhören eisern, sodass den Zeitungen irgendwann der Stoff ausging. Brokat hatte die Vermutung, dass einflussreiche politische Kreise in Köln ein Übriges taten, um den Fall herunterzukochen. Schließlich war Leone einmal einer der ihrigen gewesen, und sie konnten kein Interesse daran haben, dass diese Geschichte weiter breitgetreten wurde. Nach einer Woche schrieb niemand mehr auch nur eine Zeile über den schillernden Restaurantbesitzer, Kölner Politiker und potenziellen Mafioso Francesco Leone.

Ganz ähnlich wie die Medien verhielt sich die Staatsanwaltschaft. Die Beweise für die Morde an Andrea Ferru, Michele Sareddu und Carlo Ferru waren durch die gefundenen Projektile und die eindeutige Zuordnung zu der bei Leone sichergestellten Waffe eindeutig, ebenso wie für den Mordversuch an Brokat. Außerdem hatte die Polizei bei einer Durchsuchung des »Palermo« in einem versteckten Tresor den Ausweis Michele Sareddus sowie die Handys der beiden Ermordeten gefunden. Anhand der Anrufliste konnte man nachweisen, dass Andrea Ferru in den Tagen vor seinem Tod mehrmals mit Francesco telefoniert hatte. Immerhin das hatte gestimmt, dachte Brokat nüchtern. Carlo Ferru selbst hatte Francesco den Kontakt zu Andrea vermittelt, um ihn aus der Schusslinie der mordlüsternen Dorfgemeinschaft zu bringen. Damit hatte er jedoch, ohne es zu wollen, Ferru und Sareddu selbst ans Messer geliefert. Doch nicht nur Francesco war hinter Andrea her gewesen, sondern auch die Vollstrecker der Blutrache. So oder so, mit dem Entschluss zu fliehen waren die beiden jungen Sarden quasi zu Vogelfreien geworden und hatten ihr eigenes Todesurteil unterschrieben.

Für Brokats Chef und auch die Staatsanwaltschaft waren bei der Beweislage die Motive für die Morde zweitrangig. Die Verstrickung von Giorgio Toddi und seinem Neffen Roberto in den Fall blendeten sie weitgehend aus. Auch die Schuld, die ein in den italienischen Bergen gelegenes Dorf durch eine über Jahrzehnte während Blutrache auf sich geladen hatte, spielte in den Betrachtungen des Staatsanwalts kaum eine Rolle. Wie sollte sie auch, da sich der einzige Bezug zu Köln mit dem Tod Toddis und seines Neffen quasi selbst eliminiert hatte? Natürlich hatte die Staatsanwaltschaft von Amts wegen in dieser Sache Anklage erheben müssen. Schließlich hatte Toddi seinen Neffen getötet. Aber da der Mörder Robertos unmittelbar nach der Tat von Wolf in Notwehr erschossen worden war, gab es keinen Grund, in dieser Sache weiter zu ermitteln.

Brokat sah das völlig anders. Er war davon überzeugt, dass Francesco die Morde nicht ohne Grund begangen hatte. Auch aus dessen vermeintlichen Idealen ließ sich ein solcher nicht ohne Weiteres ableiten. Sie schienen Brokat eher eine Erklärung für seine Skrupellosigkeit, wenn es darum ging, einen Mord zu rechtfertigen, nicht aber das eigentliche Motiv zu sein. Dieses jedoch war jetzt der Schlüssel, um die Verbindung zum Tod von Michele Sareddu und Andrea Ferru verstehen zu können.

Wenn Kunert mit seiner Vermutung, dass Francesco im Auftrag der Mafia gehandelt hatte, richtiglag, dann stellte sich die Frage, welche Rolle *il mago* in Köln in den letzten Jahren wirklich gespielt hatte. Waren das Restaurant und sein Engagement für die italienische Geschäftswelt in der Domstadt nur Fassade gewesen? War er in Wirklichkeit hier, um schmutzige Geschäfte für die Mafia abzuwickeln?

Natürlich waren immer mal wieder Hinweise auf Schutzgelderpressungen und ähnliche Vergehen bei der Polizei eingegangen, die möglicherweise einen mafiösen Hintergrund haben könnten. Aber niemals hatte es in den letzten Jahren einen eindeutigen Beweis für eine systematische Einflussnahme der Mafia in Köln gegeben, und ebenso wenig war Francesco in irgendeinem verbrecherischen Zusammenhang aufgefallen.

24

Lange hatte Brokat darüber nachgedacht, ob und in welchem Rahmen er Francesco noch einmal gegenübertreten sollte. Offiziell konnte er das nicht tun, so viel war sicher. Vonderschmitt hatte ihm bereits klargemacht, dass man ihn in dieser Angelegenheit als viel zu »involviert« betrachtete. Schön, dachte Brokat, wie er den Begriff der »Befangenheit« umschifft hat.

Wegen des ganzen Trubels nach der Verhaftung Francescos hatte Brokat bisher nur kurz mit Garzone sprechen können. Dieser hatte auch von dem Anschlag auf Brokat erfahren und sich besorgt nach seinem Befinden erkundigt. Nachdem es um den Fall etwas ruhiger geworden war, nahm sich Brokat die Zeit, am späten Nachmittag von seinem Büro aus den italienischen Kollegen anzurufen. Vor ihm auf dem Schreibtisch standen ein Espresso und italienische Plätzchen, die er in einem Café in der Severinstraße gekauft hatte. Er verspürte ein Gefühl der Sehnsucht nach der italienischen Sonne und der duftenden Macchia, als er den Hörer abnahm und die Nummer wählte.

Garzone freute sich ganz offensichtlich über den Anruf. »Inzwischen habe ich noch einiges mehr über Ihren Freund rausgefunden.«

»Woher wussten Sie das mit dem Bosnienkrieg?«

»Dass Francesco Leone in Bosnien war, ist allgemein bekannt. Auch Ihr Kollege wusste das bereits.«

»Stimmt, er hat das von einer Freundin von Carlo Ferru.«

»Leone war seit Anfang 1992 auf dem Balkan, also noch vor der Ausrufung der Unabhängigkeit der Republik Bosnien und damit vor Kriegsbeginn. Offiziell hat er als eine Art Berater für die bosnischen Serben gearbeitet.«

»Berater wofür?«

»Ich würde sagen für Kriegsführung, insbesondere für die Ausbildung von Eliteeinheiten.«

Brokat schluckte. Er wusste, dass er das, was jetzt kommen würde, eigentlich gar nicht hören wollte. Mit jedem Satz zerstörte Garzone das Bild weiter, das er von Francesco gehabt hatte. Aber er hielt den italienischen Kollegen nicht auf.

»Leone war dafür bestens geeignet. Er hat über Jahre hinweg Eliteeinheiten der Carabinieri ausgebildet, bevor ihn die italienische Polizeiführung hinauswarf.«

»Dann war er gar kein Gastronom, wie er immer gesagt hat, sondern bei der Polizei?«

»So ist es. Er war ausgebildeter Nahkampfexperte. Nachdem er jahrelang bei einer Antiterroreinheit gearbeitet hat, ist er dann Ausbilder geworden.«

»Wissen Sie, warum er gehen musste?«

»In den Akten steht, dass er wegen Differenzen über die Art der Ausbildung gekündigt wurde. Er war der Ansicht, dass die Rekruten härter angepackt werden müssten, und hat das wohl auch getan. Aber zurück zum Bosnienkrieg. Für ihn war das wohl eine Chance, seinem Beruf weiter nachzugehen. Später hat er aufseiten der bosnischen Serben gekämpft und sich durch einen gewissen Heldenmut ausgezeichnet. Angeblich hat er im Sommer 1995 eine Einheit, die von den Kroaten bei der Befreiung der serbischen Krajjna eingekesselt war, durch eine List befreien können. Das hat ihm den Beinamen ›der Zauberer‹ eingetragen. Für seinen Heldenmut ist er übrigens auch von höchster Stelle ausgezeichnet worden.«

»Wie meinen Sie das?«

»Nun, er hat einen bedeutenden serbischen Orden bekommen, und zwar den Orden des Weißen Adlers. Überreicht wurde dieser durch den bosnischen Serbenführer Radovan Karadžić persönlich.«

Das beeindruckte Brokat nun doch ein wenig. »Hat das irgendetwas mit dem Anhänger zu tun, den ich Francesco im Gebüsch abgenommen habe?«

»Allerdings. Da man Orden nur bei seltenen Gelegenheiten tragen kann, bekam er als Zugabe und persönliches Erinnerungsstück den Anhänger geschenkt, übrigens auch vom General persönlich.«

»Dann bedeuten die Buchstaben ›R‹ und ›K‹ also …?«

»Radovan Karadžić, genau.« Garzone wirkte nachdenklich,

als er sagte: »Alles, was ich Ihnen erzählt habe, ist der italienischen Polizei seit Langem bekannt.«

»Warum hat sie ihn dann nicht belangt?«

»Weil man ihm noch nicht einmal die Beratertätigkeit eindeutig nachweisen konnte, geschweige denn, dass er im Bosnienkrieg gekämpft und Menschen hat umbringen lassen oder sogar selbst gemordet hat. Das alles ist nicht beweisbar, obwohl er es vermutlich getan hat.«

Brokat schwieg eine Weile. Auch Garzone sagte nichts – er wusste wohl, wie schwer es seinem Kollegen fiel, diese Informationen zu verdauen.

Schließlich atmete Brokat tief aus und redete weiter. »Okay, gesetzt den Fall, dass alles, was Sie in Erfahrung gebracht haben, stimmt, denn bewiesen ist es ja offensichtlich nicht, was für ein Motiv sollte Francesco gehabt haben, die beiden Sarden zu töten? Hatte er etwas mit der Mafia zu tun?«

Garzone lachte. »Viele Fragen auf einmal, mein Freund. Ich merke, dass es Ihnen schon wieder besser geht.« Er wurde ernst. »Leider kann ich Ihnen da nicht viel weiterhelfen. Zumindest nach dem jetzigen Stand gibt es keine Hinweise darauf, dass Leone eine direkte Beziehung zur Mafia hatte.«

Sie plauderten noch über dies und das, doch bevor sich Garzone verabschiedete, zögerte er etwas. »Ach ja, wegen des Briefes von Maria, den wir bei Michele gefunden haben. Wir haben die Sache zu den Akten gelegt. Nach den Ereignissen bei Ihnen in Köln gab es keine Notwendigkeit mehr, sie vorzuladen. Wir wissen mittlerweile auch, dass sie erst nach dem Mord nach Köln geflogen ist. Ich denke, alles andere ist ihre Sache. Sie hat mich übrigens noch einmal angerufen und sich wegen ihres abweisenden Verhaltens mir gegenüber entschuldigt.«

Brokat fühlte sich erleichtert, wusste aber nicht, was er sagen sollte.

»Und Ihnen soll ich schöne Grüße und die besten Genesungswünsche ausrichten«, fuhr Garzone fort. »Sie hat mich gebeten, sie darüber auf dem Laufenden zu halten, wie es Ihnen geht.«

Brokat spürte einen Stich. »Warum ruft sie dann nicht mich an?« Er spürte, dass seine Stimme eine Spur zu hart klang.

»Haben Sie Geduld«, mahnte Garzone. »Ich glaube, dass Sie Maria wichtiger sind, als Sie ahnen.«

***

Die nächsten Tage verbrachte Brokat damit, systematisch nach Verbindungen zu suchen, die Francesco zum organisierten Verbrechen gehabt haben könnte. Das war nicht einfach. Vonderschmitt wartete immer noch auf seinen Abschlussbericht, um den Fall so schnell wie möglich zu den Akten legen zu können. Außerdem hatte Brokat in der Zwischenzeit schon wieder zwei neue Fälle auf den Tisch bekommen, bei denen er mit den Ermittlungen noch ganz am Anfang stand. Und wie gewohnt machte ihm sein Chef dabei Druck.

Spätestens nach den Morden der 'Ndrangheta in Duisburg vor wenigen Jahren war klar geworden, wie eng die Verbindungen der italienischen Mafia nach Deutschland waren. Brokat las das ihm zugängliche Material zu dem Fall aufmerksam durch. Aber er fand nichts, was auf einen Bezug zu den Bluttaten in Köln hindeutete. Dann nahm er sich gemeinsam mit Kunert im Computer die regionalen Fälle der letzten Jahre vor, bei denen Anhaltspunkte für organisierte Kriminalität in größerem Stil aus dem Ausland bestanden. Als er dabei nicht weiterkam, überprüfte er alle Personen, von denen bekannt war, dass Francesco mit ihnen Kontakt gepflegt hatte – geschäftlich oder über die Vereinigung italienischer Geschäftsleute in Köln, der er jahrelang vorgestanden hatte. Auch hier war das Ergebnis gleich null. Natürlich hatte es auch in der gesellschaftlichen Umgebung Francescos den einen oder anderen Fall von Vetternwirtschaft oder gar Korruption gegeben. Aber in Köln war das »Klüngeln« an der Tagesordnung und in diesem Fall auch schon deswegen nicht weiter verwunderlich, da Francesco Leone zu fast allen wichtigen Politikern, Bankiers und sonstigen Lokalgrößen Kontakte gepflegt hatte, was von einem Mann in seiner Position ja auch erwartet wurde.

Schließlich nahm sich Brokat die Bücher vor. Schon kurz nach der Festnahme Francescos waren dessen gesamte geschäftliche und private Unterlagen beschlagnahmt worden. Allerdings waren sie, nachdem der Staatsanwalt befunden hatte, dass die vorhandenen Beweise für eine Verurteilung wegen Mordes ausreichten, nicht weiter geprüft worden. Das taten nun Brokat und Kunert während der nächsten Tage gemeinsam, zum Teil bis in den späten Abend hinein.

Was sie fanden, veranlasste Brokat schließlich, Vonderschmitt anzurufen. Wie erwartet, reagierte dieser anfangs unwirsch. Als Brokat ihm jedoch erklärte, dass Francesco schon seit Jahren hoch verschuldet war und inzwischen mit fast dreihunderttausend Euro in der Kreide stand, merkte dieser auf. »Hm, das kommt allerdings unerwartet. Dem Ruf des ›Palermo‹ nach zu urteilen, hätte ich gedacht, dass er zu Hause die Geldmünzen zählt. Wissen Sie denn, warum er dermaßen hohe Schulden hat?«

»Dafür gibt es mehrere Gründe. Zum einen ist das Restaurant nach dem Ausscheiden von Carlo Ferru anscheinend nicht mehr so gut gelaufen. Ich selbst habe die Küche vorher nicht kennengelernt, aber ich habe mir sagen lassen, dass viele der betuchteren Gäste dem ›Palermo‹ den Rücken gekehrt haben, als Carlo nach Frankfurt ging. Richtig schlecht ist es trotzdem nicht gelaufen – im Gegensatz zu seinem zweiten Restaurant, dem ein Jahr zuvor gegründeten ›Spiga d'oro‹. Das ist nach einer kurzen Anfangseuphorie völlig den Bach runtergegangen, auch nachdem im Kölner Süden immer mehr Restaurants mit einem ähnlichen Konzept aufgemacht haben. Hier hat Francesco viel Geld reingepumpt.«

Brokat machte eine kurze Pause, bevor er fortfuhr. »Dazu kam noch ein dritter Punkt, der möglicherweise ausschlaggebend war. Francesco konnte nicht mit Geld umgehen. Es rann ihm nur so zwischen den Fingern hindurch. So leistete er sich neben einem, wie man so schön sagt, angemessenen Lebensstil gleich mehrere dicke Autos, darunter einen Alfa Romeo, einen S-Klasse-Mercedes und einen Ferrari. Ja, Autos waren seine große Schwäche. Fast noch mehr Geld gab er allerdings für seine Familie aus. Beide Kinder gehen auf ein teures Internat in der Schweiz. Seine Frau Carla macht regelmäßig Urlaub in der Karibik. Dazu kamen noch einige völlig übertriebene Investitionen in seine Restaurants. So versuchte er, das ›Spiga d'oro‹ mit einem teuren Umbau größer und attraktiver zu machen. Dabei verlor es jedoch den letzten Rest an familiärer Atmosphäre, für die Francesco nun mal stand, und es lief danach noch schlechter. Das alles können wir augenblicklich nur zum Teil beweisen. Ich wollte Sie deshalb bitten, unsere Experten noch einmal die Bücher überprüfen zu lassen, damit sie die Ergebnisse verifizieren können.«

»Ich weiß nicht«, meinte Vonderschmitt zögernd. »Wozu der Aufwand? Was soll das für unseren Fall noch bringen?«

»Vielleicht doch etwas. Wir haben nämlich einen Vertrag gefunden, der die Rückzahlungsbedingungen eines Kredits über fünfundsiebzigtausend Euro beschreibt, den ihm ein gewisser Michele Sareddu eingeräumt hat.«

Sein Vorgesetzter war nun ganz Ohr. »Woher kannten sich die beiden?«

»Das wissen wir nicht genau. Auf dem Foto aus dem Sardinienurlaub, über das ich Francesco identifiziert habe, stehen Michele und Francesco nebeneinander. Möglicherweise haben sie sich bei diesem Urlaub an der Costa Rei kennengelernt. Der Kreditvertrag ist zwei Jahre später unterschrieben worden. Wahrscheinlich ist es so gewesen, dass Michele irgendwann das mit den Entführungen verdiente Geld investieren wollte. Und Francesco brauchte dringend finanziellen Nachschub, um die größten Schuldenlöcher zu stopfen. In Köln wollte er sich wohl kein Geld leihen, da er um seinen guten Ruf fürchtete. Und bei den Banken hatte er bereits hohe Kredite laufen, die er kaum zurückzahlen konnte. Und so ließ er sich auf horrende Zinszahlungen ein, die der Vertrag mit Michele vorsieht. Übrigens gehen wir davon aus, dass ihm auch Carlo Ferru Geld geliehen hat. Darauf deutet eine Äußerung hin, die seine Freundin Gabriele Dommert Kunert gegenüber gemacht hat. Aber das müssen wir noch überprüfen.«

»Und nun vermuten Sie, dass Leone Michele Sareddu und Andrea Ferru wegen dieses Darlehens umgebracht hat?«

»Ja, das denke ich. Der Kredit ist vor zweieinhalb Monaten

fällig gewesen mit der Rückzahlung der gesamten Summe plus Zinsen. Vermutlich wollte Michele sein Geld zurückhaben, um sich von der Mafia loszusagen und außerhalb Italiens eine neue Existenz aufzubauen. Dazu passen auch Äußerungen seiner Freundin Patricia Calmieri. Aber Francesco konnte nicht zahlen. Als ihn Carlo dann bat, die beiden vorübergehend bei sich aufzunehmen, damit Andrea der Blutrache entfliehen konnte, sah er eine Chance, sich seiner Schuld Michele gegenüber ein für alle Mal zu entledigen.«

»Sie meinen, er plante schon im Vorfeld, Carlo Ferru und Michele Sareddu umzubringen?« Vonderschmitt verstummte für einen Augenblick. »Und wieso auch Andrea Ferru? Wenn ich Ihre komplizierte Geschichte richtig verstanden habe, war der ja wegen der Blutfehde geflohen und hatte mit der ganzen Sache gar nichts zu tun.«

»Richtig. Aber da die beiden zusammen waren, war es für ihn einfacher, gleich beide zu beseitigen.«

»Moment, und was ist dann mit Toddi und seinem Neffen Roberto? Die beiden wollten doch auch Ferru und Sareddu töten?«

»Andrea ja, Michele dagegen wohl nicht. Nach ihrem Kodex hatte Sareddu mit der Blutrache ja nichts zu tun. Wahrscheinlich wusste Francesco gar nicht, dass Giorgio und Roberto nach Köln gekommen waren. Sie haben den Treffpunkt wohl über Patricia, Micheles Freundin, herausbekommen, die sich verplappert hatte. Francesco war sicher sehr überrascht, als er in seinem Versteck wartete und plötzlich die beiden anderen Sarden sah. Vermutlich dachte er, dass dies ein Glücksfall für ihn sei und er nur abzuwarten brauchte, bis Giorgio und Roberto die schmutzige Arbeit für ihn erledigen würden. Das taten sie aber nicht wie erwartet. Toddi schoss nur auf Andrea und traf ihn noch nicht einmal richtig. Geistesgegenwärtig erledigte Francesco dann wohl oder übel den Rest. Die beiden Sarden bekamen vermutlich einen furchtbaren Schreck. Als die beiden dann mit ihrem Leihwagen flohen, folgte er ihnen.«

»Dann fuhr er den ominösen schwarzen Mercedes, den Ihr Zeuge gesehen haben will?«

»Richtig. Nur hat Leimgruber sich die Autonummer nicht richtig gemerkt. Er sprach von einer Ziffernfolge mit zwei gleichen Zahlen am Ende, zwei Neunen, wie er meinte, und der Buchstabenkombination HA. Francesco hat jedoch KA und zwei Sechsen auf seinem Nummernschild stehen.«

»Dann hat er die beiden bis zum Wohnheim verfolgt?«

»Das glaube ich nicht. Er wollte wohl nur sicher sein, dass sie auch wirklich abhauen. Wahrscheinlich ist er umgekehrt, nachdem sie den Unfall hatten, denn er musste noch einmal zum Tatort zurück, um Spuren zu beseitigen – und um falsche zu legen.«

»Sie denken an die Haltung, in der die Toten gefunden wurden?«

»Ja, das war offensichtlich eine Inszenierung mit dem Ziel, den Verdacht in Richtung des organisierten Verbrechens zu lenken. Was ja anfangs auch wunderbar funktioniert hat. Aber er musste auch die Handys von Andrea und Michele verschwinden lassen, weil dort möglicherweise seine Nummer gespeichert war.«

Vonderschmitt überlegte einen Moment. »Aber wer war dann der anonyme Anrufer bei der Polizei, der Toddi und seinen Neffen gemeldet hat?«

»Wir wissen es nicht genau. Wahrscheinlich jemand aus dem Heim, dem die beiden verdächtig vorkamen, der aber nicht mit hineingezogen werden wollte. Vielleicht hatte der Anrufer selbst Probleme mit den Behörden. Letztlich ist es auch unerheblich. Jedenfalls kam Carlo der Verdacht, dass Francesco etwas mit den Morden zu tun hatte, sodass diesem nichts anderes übrig blieb, als Andreas Onkel auch noch umzubringen.«

Vonderschmitt schwieg eine Zeit lang. Dann entschied er: »Na gut, machen Sie weiter. Wenn wir wirklich eine schlüssige Beweiskette und ein klares Motiv vorweisen können, wird das diesen Mistkerl vielleicht doch noch zu einem Geständnis veranlassen.«

Nach dem Telefonat fuhr Brokat nach Hause. Er fühlte sich deprimiert und niedergeschlagen. Die halbe Nacht lang wälzte er sich unruhig im Bett, bis er gegen fünf Uhr aufgab und aufstand. Auf dem Weg ins Bad fiel ihm sein Schachbrett ins Auge. Die Figuren standen noch so wie an dem Abend, als ihn Francesco angerufen hatte. Brokat zögerte kurz, dann warf er den schwarzen König mit einer entschlossenen Bewegung um.

Erst beim Prozess sah er seinen alten Freund wieder. Brokat war als Zeuge geladen und saß in der ersten Reihe. Als der Sizilianer in den Raum geführt wurde, blieb er kurz vor ihm stehen. Er hatte sich kaum verändert, war höchstens etwas dünner geworden. Sein Lächeln war so charmant wie immer, aber seine Augen sahen müde aus. Beide sahen sich an.

Schließlich sagte Francesco leise: »Es tut mir leid. Ich wollte dich nicht töten, das musst du mir glauben. Schließlich warst du mein einziger Freund.«

Brokat erwiderte nichts. Was hätte er auch sagen sollen? Dabei schrie es fast aus ihm heraus: »Du lügst, du lügst, so wie du mich immer belogen hast.« Ruhig hielt er dem Blick des anderen stand und schwieg.

***

Wie zu erwarten, wurde Francesco ein halbes Jahr später zu lebenslanger Haft verurteilt. Am Ende gestand er die Morde.

Es zeigte sich, dass Brokat mit fast all seinen Vermutungen richtiggelegen hatte, dass Francesco nach den Morden an Michele und Andrea Giorgio Toddi und Roberto Logozzo bis zu deren Zusammenstoß mit Hausner gefolgt und danach zum Tatort zurückgefahren war, um eventuell vorhandene Spuren zu beseitigen und, indem er die Leichen wie bei einem Ritualmord arrangierte, falsche zu legen.

Dabei wäre er beinahe von dem Spaziergänger mit seinem Hund, der die Leichen fand, entdeckt worden, konnte sich jedoch rechtzeitig im Gebüsch verstecken, wo er – vielleicht aus einem Gefühl der Unangreifbarkeit heraus – in aller Seelenruhe die Arbeit der Polizei beobachtete. Schließlich wurde er doch noch von Brokat überrascht, und es kam zu dem Kampf, bei dem ihm dieser die Kette mit dem Anhänger abnehmen konnte.

Insgesamt zeugte das Vorgehen des Mannes, der auf seinen Beinamen *il Mago* offensichtlich stolz war, von einer geradezu unheimlichen Ruhe und Kaltblütigkeit, wie der Staatsanwalt in seinem Plädoyer hervorhob.

Die Anteilnahme der Öffentlichkeit an dem Prozess war eher gering. Zu viel Zeit war seit den Ereignissen vergangen, und die Medien hatten längst das Interesse an der Story verloren. Dabei konnte die Staatsanwaltschaft nicht nur eindeutige Beweise für die von Francesco begangenen Morde vorlegen, sondern auch eine klare und schlüssige Erläuterung der Abfolge der Ereignisse und des Motivs. Das alles war im Wesentlichen Brokats Verdienst, was der Staatsanwalt in seinen Ausführungen allerdings zu erwähnen vergaß.

Epilog

Mitte März, knapp zwei Monate nach den vermeintlichen Mafiamorden in Köln, wagte sich der Frühling mit den ersten schönen Tagen ins Land. Brokat genoss die noch zaghaft scheinende Sonne. Das »Palermo« hatte in der Zwischenzeit einen neuen Besitzer gefunden, und er hatte am Freitagabend, zum Beginn des Wochenendes, dort gegessen. Die neue Leitung hatte das Restaurant umgebaut und neu eingerichtet, sodass außer der Bar nur wenig an das frühere Etablissement erinnerte. Das Essen war gut, sehr gut sogar, und Brokat beschloss, in nächster Zeit wieder hinzugehen.

Nach Wochen harter Arbeit konnte er zwei weitere schwierige Fälle abschließen und beschloss, vierzehn Tage Urlaub zu nehmen. Zu seinem Erstaunen wurde ihm dieser anstandslos genehmigt. Die erste Zeit beschäftigte er sich damit, seine Wohnung gründlich aufzuräumen. Am dritten Abend, es war ein Mittwoch, setzte er sich an den Schreibtisch und schrieb seinem Sohn einen langen Brief. Tagelang hatte er sich davor gefürchtet, hatte nach Formulierungen und Fragen gesucht, die ihm am Ende allesamt banal vorgekommen waren. Was schrieb man seinem Sohn, den man seit zwei Jahren nicht mehr gesehen oder gehört hatte?

Als er dann endlich den Federhalter in der Hand hielt, ging alles ganz einfach. Er erklärte, dass er einige Zeit krank gewesen sei und sich dadurch verändert habe und dass er ihn, Alexander, längere Zeit nicht hatte treffen wollen und dass das ausschließlich an ihm selbst gelegen habe. Nun würde er ihn gern sehen, am liebsten schon in den nächsten Tagen. Was er denn davon halten würde?

Fünf Tage später saß er im Zug nach Kiel, den Brief seines Sohnes auf den Knien, der so endete: »Das ist der erste Brief, den ich seit Jahren schreibe. Ich habe mir angewöhnt, nur noch E-Mails und SMS zu verschicken, weil das schneller geht und es all meine Freunde so machen. Eigentlich schade. Einen Brief mit der Hand zu schreiben gibt dem Ganzen eine ganz andere Bedeutung. In diesem Fall scheint mir das angemessen. Schließlich haben wir einiges nachzuholen.«

Am darauffolgenden Montag fuhr er zurück nach Köln. Das Wetter zeigte sich von seiner besten Seite. Die Sonne schien in das Großraumabteil. Kurz vor der Ankunft, als der Zug die Hohenzollernbrücke überquerte und er einen wunderbaren Blick auf die Altstadt und Groß Sankt Martin hatte, rief er spontan Garzone an. Als dieser hörte, dass Brokat Urlaub hatte, lud er ihn ohne Umschweife zu sich ein.

»Sie müssen einfach herkommen, hier blüht alles! Der Frühling ist die schönste Jahreszeit bei uns. Und Gavina würde sich so freuen, Sie wiederzusehen. Wann können Sie hier sein?«

Sie verabredeten sich für den übernächsten Tag.

»*Va bene!* Sie sagen mir noch, wann Sie ankommen, dann schicke ich einen Wagen, der Sie abholt.«

Zu Hause angekommen, stellte Brokat seinen Koffer ab und ging auf die Severinstraße, um einzukaufen. Als er an seiner Lieblingseisdiele kurz vor der Ecke Kartäuserhof vorbeikam, die schon wieder geöffnet hatte, konnte er nicht widerstehen. Mit der Waffel in der Hand setzte er sich auf die Mauer vor der Severinstorburg und genoss die Sonne. Danach rief er seine Sekretärin Anja Korschmann im Büro an und fragte sie, ob sie ihm einen privaten Gefallen tun könne.

***

Als er das Flugzeug in Olbia verließ, schien ihm die warme Frühlingssonne ins Gesicht. Er setzte seine neue Sonnenbrille auf, die er am Kölner Flughafen gekauft hatte, und hielt nach Garzone Ausschau.

Plötzlich stand sie neben ihm, so nah und so selbstverständlich, als sei er erst gestern hier gewesen. Er war so verblüfft, dass er zunächst gar nichts sagen konnte.

»Was ist, freust du dich denn gar nicht?«, fragte sie, und in ihren Augen funkelte es.

»Woher weißt du …?«

Sie umarmte ihn lange und küsste ihn zärtlich. Schließlich löste sie sich von ihm und sah ihn an. »Bitte, du darfst keine zu großen Erwartungen an mich stellen.«

Brokat lächelte. »Keine Angst, ich habe keine großen Erwartungen. Ich habe ein zweites Leben geschenkt bekommen.«

»Ich weiß, was du meinst«, erwiderte sie ernst, nahm seinen Arm und führte ihn in die Sonne hinaus.

Danksagung

Auch wenn das Schreiben selbst ein eher einsames Geschäft ist, so ist die Entstehung eines Buches doch nie die Leistung des Autors allein. Deshalb möchte ich mich bei den Menschen bedanken, die mir geholfen haben.

Besonders danke ich meinem Vater Klaus Kartte und meinem Freund Clemens Wagner, die mich mit ihrem Enthusiasmus über so manche Hürde getragen und mich immer wieder motiviert haben, weiterzumachen. Clemens Wagner habe ich auch zu danken für die fachkundigen Antworten auf viele medizinische Fragen, die ich ihm gestellt habe.

Mein Dank gilt außerdem Natalja Schmidt von der Literaturagentur Schmidt & Abrahams, die mit ihrer Kritik und ihren Verbesserungsvorschlägen wesentlich dazu beigetragen hat, dass das Buch so geworden ist, wie es ist.

Weiterhin danke ich Lisa Bitzer für das feinfühlige Lektorat und so manchen wichtigen Hinweis zu Logik und Gefühl.

Erwähnen möchte ich auch Gabriella Angheleddu, deren beeindruckender Text »Auge um Auge« über die Blutrache auf Sardinien (Merian: Sardinien, April 2002) mich zum Schreiben dieses Romans inspiriert hat.

Und schließlich danke ich meiner Frau Margret und meinen drei Söhnen Nico, David und Julian für Kritik und Ansporn gleichermaßen, vor allem aber auch für ihre Geduld.